Vrijloper
(De kronieken van Langlicht)

Uitgegeven met steun van *The Canadian Council for the Arts* en *The Canadian Department of Foreign Affairs and International Trade.*

Canada Council
for the Arts

Dit boek is opgedragen aan
Dr. H. Mirakal
alias Ron Foon

NEDERLANDSE
KINDERJURY
2006

Dennis Foon
Vrijloper (De kronieken van Langlicht)
Oorspr. titel: Freewalker (The Longlight Legacy)
Vertaald uit het Engels door Frieda Dalemans
Oorspr. uitgever: Annick Press Ltd, Toronto, New York, Vancouver
© 2004 Dennis Foon
© 2005 voor het Nederlandse taalgebied Clavis Uitgeverij, Hasselt – Amsterdam
Omslagillustratie: Susan Madsen
Trefw.: fantasy, avontuur, queeste, geweldloosheid, broer/zus, vriendschap
NUR 284 / 285
ISBN 90 448 0476 6 – D/2005/4124/138
Alle rechten voorbehouden.

www.clavis.be
www.clavisbooks.nl

dan ziet Roan dat de planten wel degelijk bewegen. Heel langzaam, zoals de zeeanemonen waarover hij wel eens heeft gelezen, maar er is geen twijfel mogelijk: ze zijn duidelijk van plaats veranderd.

'Waren er daarstraks, toen we hier aankwamen, niet een pak minder?' Bubbel huivert. 'Ze hebben hun vrienden uitgenodigd.'

Hun eiland is nu omsingeld door de stengels en in de bleke gloed van de dageraad zien ze dat er nog meer hun kant op komen.

Eén van de stengels die het dichtste bij de oever staan, buigt plotseling voorover en grijpt met zijn ranken een tegenspartelende kikker. Een seconde later is alles afgelopen. Eerst valt de brulkikker stil en dan is hij weg. Dan buigen de andere planten zich allemaal tegelijkertijd voorover om hun maaltijd op te scheppen.

'Zeg het als ik domme dingen uitkraam, maar zouden die planten hen naar hier hebben gelokt?'

'Dat zou dan toch wel een heel ingewikkelde jaagstrategie zijn.'

'Heb jij ooit gehoord van planten die zoiets doen?'

'Nee,' zegt Roan.

De schrokpartij gaat verder. Als de zon boven de horizon verschijnt, hebben alleen een paar kikkers die op een tak buiten het bereik van de ranken zijn gesprongen, het overleefd.

'Natuurlijke selectie in actie,' merkt Roan nuchter op.

'Ja. Ik zou het allemaal hoogst interessant vinden, als we niet omsingeld waren door vleesetende planten.'

De planten staan er weer kaarsrecht en roerloos bij, maar hun meedogenloze slachting ligt Roan en Bubbel nog zo vers in het geheugen, dat ze op hun plaats genageld blijven, naar beneden staren en wachten.

'Ze hebben nu al een tijdje niets meer gegeten,' zegt Bubbel.

'Ze zijn waarschijnlijk allemaal voldaan.'

Maar de twee vrienden blijven veilig waar ze zitten tot de overblijvende brulkikkers van het eiland springen en hun uitstapje in het water overleven, onaangeroerd door de planten.

'Nu dan maar?' vraagt Roan.

Langzaam laten ze zich uit de boom glijden. Geen beweging. Roan raapt zijn rugzak op. Die voelt wat slijmerig aan, maar verder is hij intact. Als ze voorzichtig naar het water lopen, deinst Bubbel opeens achteruit. Een stengel heeft zijn linkerhand ingeslikt. Hij probeert zich uit alle macht uit haar greep te bevrijden, maar een paar ogenblikken later is zijn arm tot aan de elleboog verdwenen.

Roan laat zijn haakzwaard van zijn rugzak glijden en snijdt de bolle kop van de plant met één hand af, terwijl hij met de andere Bubbel overeind trekt en wegsleurt. Nu vallen er twee planten tegelijk aan, maar de vrienden drukken zich stevig tegen de boom aan, waar de planten net niet bij kunnen.

'Wij zijn blijkbaar het toetje.'

'Alles in orde?'

'Ik zal me een stuk beter voelen als ik dat ding van mijn hand krijg.'

De nek van de afgehakte stengel geeft makkelijk mee, maar Roan heeft grote moeite om de plakkerige ranken hun greep te laten lossen. Als de laatste rank is losgemaakt, ruikt Roan eraan: een scherpe, bijna ziekmakende zoete geur. Voor Bubbel hem kan tegenhouden, proeft Roan ervan.

'Wat doe je nu?'

'Ik probeer te weten te komen wat het is.'

'Waarom? Weet je zeker dat je dit ding beter wilt leren kennen?'

'Dit ding is geen gewone plant.'

'Dat had ik al begrepen, ja.'

Roan negeert de sneer. 'Ze hebben een soort van ... energie. Het lijkt wel of ze ...' Roan zwijgt, piekert zich suf naar een verklaring.

'Wat?'

'Het lijkt of ze kunnen denken.'

'Maar het zijn ... planten.'

'Je hebt gelijk,' zegt Roan. Maar hij weet niet of hij dat gelooft. Hij bekijkt Bubbels hand nog eens goed. 'Ik denk dat het wel goed komt. Hoe voelt ze?'

'Goed. Alleen een beetje verdoofd.'

'Daarom gaven die kikkers de strijd zo snel op. De ranken spuiten vast een verlammend gif in bij hun prooi.'

'Goed dat ik groter ben dan een brulkikker.'

'Ja. Maar als vijf of tien van die dingen ons in hun tengels krijgen, kunnen we het wel vergeten.'

'Daar zeg je zoiets.'

'We wachten maar beter tot zonsondergang. Als we geluk hebben, drijven ze weer weg, op zoek naar nog meer kikkers.'

'Heb jij het gevoel dat we geluk hebben?'

'Ik kan niet zeggen dat ik had voorzien dat we zouden worden belegerd door planten. Daar wordt in de hele bibliotheek van Sancto met geen woord over gerept ...'

'Als ik niet zo bang was, zou ik erom lachen. Zeg, wat zei Bildt ook alweer over planten? Dat ze gevoelig zijn voor geluid of zoiets, weet je nog?'

'O ja, want ze praat er altijd mee of zingt ervoor.'

'Als je nu eens voor ze speelde, je weet maar nooit. Misschien slaan ze op de vlucht of dommelen ze in slaap.'

'Het is het proberen waard.'

Terug veilig boven in de boom hangt Roan zijn rugzak aan een tak binnen handbereik. Hij zoekt zijn fluit en laat hem voorzichtig uit zijn hoesje glijden.

'Het is bijna niet te geloven dat de Broeders zich de moeite hebben getroost om iets ... geweldloos uit te vinden.'

'Broeder Adder was anders. Ik kon er maar niet bij dat hij bij hen bleef, hij leek zo zachtaardig, maar hij zei dat hij daar meer kansen kreeg om als genezer te werken. Ik denk dat ik me door hem nog het meest verraden voelde. Hij wist al die tijd wat Sancto en de Broeders Langlicht hadden aangedaan, hij was aanwezig bij alle Visitaties en bloederige rituelen, maar hij heeft ze nooit proberen te verhinderen.'

'Misschien was hij niet wie je dacht dat hij was. Alandra woonde in Helderzicht, en hoe walgelijk ze die kinderontvoeringen ook vond, toch werkte ze eraan mee. Ze verdroeg het allemaal omdat ze op jou wachtte, toch? Op jou en onze kinderen. Hé, wat als Adder ook een Zandeter is?'

'Broeder Adder?'

'Ja,' zegt Bubbel, 'De Zandeters hebben zich in de Oase, in Helderzicht en in Nieuwlicht telkens over jou ontfermd, dus moet er bij de Broeders toch ook een zijn geweest?'

Roan denkt na. Adder was inderdaad heel gul, altijd bezorgd om de anderen en heel erg geïnteresseerd in Langlicht. 'Zo heb ik het nog nooit bekeken. Maar als je het zo stelt, lijkt het logisch.'

'Bedankt. En speel je nu eindelijk iets op die verdomde fluit, zodat we kunnen zien of we die planten kunnen hypnotiseren?'

Roan laat het instrument tussen zijn vingers balanceren, heft het op en blaast. De honingzoete trillingen van een ballade uit Langlicht zweven landerig door de vroege ochtendmist. De wereld die hij heeft verloren, zweeft voor zijn geestesoog en als hij klaar is, durft hij Bubbel niet aan te kijken.

'Speel verder,' moedigt Bubbel hem vriendelijk aan.

Roan speelt alle Langlichtdeuntjes die hij kent, de melodieën die hij als kind honderden keren heeft gehoord en die hij nu voor de kinderen van Nieuwlicht speelde. Lona was de eerste die had gevraagd of hij voor haar een paar blaaspijpjes wilde maken, zodat ze kon meespelen en al snel deden Bub en alle anderen ook mee. Hij en Bubbel hadden vele avonden lang fluitjes voor hen gekerfd, behalve voor Jam, want die wilde een drum. Elke avond na het eten speelden ze wat. Na een paar weken klonk hun kleine fluitensemble harmonieuzer dan Roan ooit voor mogelijk had gehouden. Het had hem niet hoeven te verbazen. Deze kinderen waren in alle opzichten bijzonder.

Een blik in Bubbels troebele ogen vertelt Roan dat de muziek bij hem net dezelfde herinneringen oproept.

De vraatzuchtige planten willen echter van geen wijken weten, al heeft Roan al urenlang met veel gevoel gespeeld. Integendeel, lijkt het wel.

'Het goede nieuws is dat mijn hand niet meer verdoofd is,' zegt Bubbel. 'Het slechte nieuws is dat die planten dol zijn op jouw muziek. Hé, ze verplaatsen zich.'

Roan kijkt op en ziet een massa ranken in hun richting zwiepen. 'Benen omhoog!' roept hij. De planten meppen tegen de boom en Roan voelt een fijn poeder langs zijn gezicht strijken.

'Voel je dat?'

'Wat?'

'Iets … Ik weet het niet goed.' Roan richt al zijn zintuigen op de plant om niet toe te geven aan het slome gevoel dat hem overmant.

'Je weet toch zeker dat dit geen valstrik is? Want stel dat de Verraders jou dat visioen van die jongen in het hoofd hebben gestoken om je naar hier te lokken.'

'Nee, ik heb hun trucjes al gevoeld. Dit is iets anders.' Roan houdt Bubbel de fluit voor. 'Jouw beurt. Het houdt ze tenminste op een afstand.'

'Ik wil wel proberen, maar ... Je hebt gehoord hoe ik speel, hè. Ik wil ze niet boos maken.'

'Ik wil even pauzeren, mijn vingers doen pijn. Speel Kaaks liedje,' zegt Roan en hij duwt het instrument in Bubbels hand.

Bubbel haalt diep adem en blaast. Hij speelt de noten van een deuntje dat hij en Kaak samen schreven. Het is het enige deuntje dat hij goed kent, het enige dat hij en zijn vriendje al zo vaak hebben gespeeld. Met gesloten ogen en zijn gedachten bij die mooie tijd herhaalt hij die simpele melodie steeds weer.

De stengels staken hun aanvallen. De stengels waggelen en knikkebollen. Hun scharlaken ranken wuiven in de wind, op en neer. In een hypnotiserend ritme, een slaapverwekkend ritme, een dodelijk ritme. Als Bubbel ook maar even durft te stoppen, slaan de stengels toe en hullen ze hen in een wolk van poeder. Na een tijdje is ook Bubbel uitgespeeld en de bezorgde blik die hij met Roan wisselt, spreekt boekdelen. Ze weten dat het nog maar een kwestie van uren is voor ze allebei uitgeput zijn en de planten hen in hun macht hebben.

Als er in het moeras vals gekrijs van een wilde vogel of iets weerklinkt, lijkt het wel of dat geluid de spookachtige voorbode van hun ondergang is.

'Wat was dat?'

Roan gebaart dat Bubbel stil moet zijn. Hij begint heel langzaam te ademen en maakt zich vrij van alle angst, gedachten en zelfbewustzijn. Als zijn geest helemaal leeg is, reikt hij naar zijn haakzwaard.

'Roan!' fluistert Bubbel, maar Roans voeten staan al op de grond.

'Pak de rugzakken en volg mij.'

De ranken zwiepen meteen naar zijn benen, maar Roan ziet een patroon in hun bewegingen. Ze zijn als een bewegend tapijt.

Hij anticipeert elke aanval en hakt de kop van de vleesetende planten af, zodat hij zich langzaam een weg naar het water weet te banen.

'Daar!' Bubbels adem stokt en Roan stopt.

De stengels wijken uit elkaar. Er glijdt een gladde, kleine boot naar hen toe. Aan de boeg is een doos vastgesnoerd waar dikke rook uit komt. De stengels deinzen achteruit voor de rook. Op de een of andere manier is het een geruststellende gedachte dat je deze dreiging niet alleen met het zwaard kunt bekampen. De roeier vaart zo dicht tegen de oever dat Roan zijn gezicht kan zien.

'Stap in,' zegt de jongen.

PERFECT LICHAAM, PERFECTE GEEST

JA, ZO'N DOKTER VAN DE STAD,

WELDOORVOED, GEWIEKST, GELD ZAT,

IS DAAROM NIET TE BENIJDEN.

WANT ZIJN JOB IS MEESTERS LIJMEN

EN DA'S NOOIT ZONDER GEVAAR,

ZO, NU IS MIJN VERSJE KLAAR.

- LEER VAN DE VERTELLERS

Uit elk lichaamsdeel van Ode steken draden. Elke draad hangt aan een machine waarvan technici de knopjes nerveus in de gaten houden. Dokter Arcanthas is haar nu al uren aan het testen, scannen en doorlichten.

'Ik wil Darius zien.' De dwingende toon in Odes stem doet de dokter zijn dunne wenkbrauwen optrekken.

'Wat zegt u?'

Ode kijkt hem ziedend aan. 'Ik wil Darius spreken.'

Zijn ene mondhoek begint nerveus te trillen. 'Ik heb die boodschap een uur geleden al laten overbrengen, Onze Ode, precies zoals u had gevraagd, en het uur daarvoor ook al, en het uur dáárvoor.'

'Dan doe je het nog eens,' grauwt ze.

Dokter Arcanthas en de drie technici verstenen. Ze kunnen hun post niet zomaar verlaten, maar het is duidelijk dat ze niets liever zouden doen dan zich zo snel mogelijk uit de voeten maken. Ze zijn allemaal doodsbang voor haar, bang voor de verschrikkelijke toorn van Onze Ode.

Gelukkig. Ze glimlacht. 'We wachten tot hij er is.'

Dokter Arcanthas loopt buigend achteruit tot hij bij de deur is en laat de technici verstard op hun post achter. Ode is hen onmiddellijk vergeten, want ze is in gedachten verzonken. Na haar sessie bij Kordan in het

Dromenveld, had ze zich onoverwinnelijk gevoeld. Omdat ze al zijn tests zo glansrijk had doorstaan, was ze er zeker van dat ze Darius te zien zou krijgen. Maar hij ging niet in op haar verzoek. En toen kreeg ze, toen ze vanochtend wakker werd, te horen dat de Oudste haar nog een aantal tests wilde laten ondergaan. Ze wilde onmiddellijk met hem gaan praten, in de hoop dat hij het dan wel zou begrijpen. Maar zijn deur bleef gesloten voor haar. Bijna drie jaar lang kon ze altijd bij hem terecht als ze dat wilde, dag en nacht. Maar door één klein incidentje, omdat ze zich één keer 'onbetamelijk' heeft gedragen, is het alsof ze voor hem niet meer is dan een voorwerp om op te experimenteren. Is dat haar straf? Hoe lang duurt dit nog? Het liefste zou ze nu meteen uit haar lichaam treden en op zoek gaan naar antwoorden. Maar als Willum Darius over haar 'droom' vertelde, zou die weten dat ze een nieuwe vaardigheid had. Hij zou waarschijnlijk meteen een machine laten programmeren om die astrale reizen te detecteren. En dat mocht niet gebeuren, ze mocht vooral niet in zijn kaart spelen.

Ze droomt nu al een paar nachten achter elkaar over Roan. In die dromen zijn zijn ogen van kristal, en als ze erin kijkt, ziet ze een gigantisch ijzeren hek voor een afgrond. In de stangen van het hek zitten ogen die openglijden en haar aanstaren. En lippen die iets lijken te zeggen, een of andere boodschap hebben die ze niet kan verstaan. En als ze ontwaakt, brandt ze telkens van onmacht en twijfel.

Ze had niet over Raaf mogen beginnen tegen Willum. Ze heeft te veel prijsgegeven. En wat ze met de klerken heeft gedaan ... dom. Maar Willum gebruikte een aura om zich te beschermen ... Iets gelijkaardigs heeft ze alleen nog maar in het Dromenveld gezien. Met een schok beseft Ode opeens dat ze er geen idee van heeft welke krachten de Meesters allemaal hebben. Als haar ondergeschikte leraar hier toe in staat is, kunnen ze dat allemaal. En toch hangt Darius haar aan machines en laat hij haar onderzoeken – hij wil blijkbaar weten of haar krachten die van hen beginnen te overstijgen, zoals Willum zei.

De dokter komt terug de kamer binnen, maar hij heeft niet Darius, maar Willum bij zich. Zijn uitgestreken gezicht verraadt dat hij daar niet mee gediend is.

Willum aarzelt even, legt haar met een boze blik het zwijgen op en zegt tegen de dokter. 'Het rapport, alstublieft. Draai de monitor zo dat Onze Ode mee kan kijken, en leg alles tot in de kleinste details uit.'

De dokter doet heftig teken naar een technicus die komt toegesneld en de monitor richting Odes bed duwt. Er vliegt een eindeloze stroom van cijfertjes over het verlichte scherm.

'Deze cijfers brengen al uw stelsels in kaart: uw ademhalingsstelsel, zenuwstelsel, spijsverteringsstelsel, immuunstelsel, lymfestelsel, uw spieren, weefsels en organen.'

'En?' vraagt ze.

De mond van de dokter beweegt, maar er komt geen geluid uit, hij kan de woorden niet vinden.

'We luisteren, dokter Arcanthas,' dringt Willum aan.

'U bent een perfect exemplaar van de menselijke soort. Beter dan perfect. Al uw stelsels zijn van uitzonderlijke kwaliteit. Nu begrijp ik, vanuit een fysiologisch standpunt, waarom Onze Ode zo wordt vereerd. U bent de beste van ons allemaal.'

'Dus is ze fit genoeg voor de volgende fase van haar opleiding,' zegt Willum. 'Als u zo vriendelijk zou willen zijn om haar los te koppelen, dan kunnen we beginnen.'

Terug in de beslotenheid van de Reiskamer, ontspant Ode meteen. Darius wilde alleen maar weten of haar lichaam sterk genoeg was voor wat haar te wachten stond. Een praktische, maar ook vaderlijke maatregel.

Zou het kunnen dat hij toch niet zo heel erg boos is op haar?

Willum gaat haar tot het uiterste drijven, dat voelt ze, maar diep vanbinnen geniet ze van zijn uitdagingen. Ze staat er altijd versteld van tot hoeveel ze in staat blijkt te zijn. Maar het is moeilijk om bij hem op haar hoede te blijven, want door hem voelt ze zich niet bedreigd, al weet ze niet hoe dat komt.

En dat op zich zou haar al moeten verontrusten. Hoeveel van wat ze hem vertelt, brieft hij over aan Darius?

Willum voelt in zijn zak en haalt er een vilten tasje uit. 'Vandaag oefenen we op hoe je je in het Dromenveld kunt transformeren.'

Ode glimlacht bij het idee. 'Klinkt interessant.'

'Je bent je er toch van bewust dat de vorm die je nu hebt, tijdelijk is, dat het een soort van interimlichaam is? Maar je kunt je lichaam zo veranderen, dat het een wapen wordt. Een soort van bescherming, bijvoorbeeld.'

'Zoals een harnas?'

'Precies. Je kiest een materie en als je je op de juiste manier concentreert, kun je die materie oproepen om je lichaam van klei te vervangen.'

'Hoe doe ik dat?'

Willum geeft haar het vilten tasje. Ode laat de inhoud ervan in haar hand rollen. Een diamant zo groot als haar duim glinstert in haar handpalm.

'Kijk er goed naar. Neem elk facet ervan in je op. Voel zijn gewicht, zijn innerlijke resonantie. Je moet de essentie van deze diamant in je bewustzijn prenten.'

Ode laat de edelsteen in haar handpalm rollen. Ze knijpt hem tussen duim en wijsvinger, gaat op haar glazen reisstoel zitten en houdt hem op ooghoogte. Ze laat zich meevoeren door het licht dat elk facet weerkaatst. Haar ademhaling wordt oppervlakkig, haar zicht gefixeerd, haar hele zijn draait om die steen. Ze is zich niet meer bewust van tijd of plaats. Alles is een met de diamant.

Een gezoem, eerst nog nauwelijks hoorbaar, kriebelt tegen haar vingers, en klinkt dan harder en harder. Ze laat het binnendringen, laat het zich verspreiden over haar organen, haar botten, beenmerg, tot het haar hele lichaam vult. Als elke cel erdoor is beroerd, heeft ze toegang tot de essentie van de diamant. Ze opent haar ogen en geeft hem terug aan Willum.

'Ik heb hem niet meer nodig.'

Willum knikt goedkeurend. 'Als je het Dromenveld binnentreedt, hoef je gewoon dat gezoem terug op te roepen en dan openbaart het zich aan je. Dat kan een pijnlijk proces zijn, maar als je volhoudt, zul je er de vruchten van plukken. Er is geen andere manier om de taken die je wachten, te volbrengen.'

De deur zwaait open en een krassende stem achter haar vervuilt de lucht. 'We beginnen eraan. Je bent hier al meer dan de helft van de middag mee bezig. Nu zullen we zien of het geen tijdverspilling was.' Kordan licht het zilveren deksel van zijn bokaal met Zand. 'Gaat Willum vandaag met ons mee?' Terwijl hij de bokaal aan Willum doorgeeft, spot hij: 'Bezorgd over hoe je het er vanaf hebt gebracht?'

Willum negeert die opmerking, neemt een heel klein snuifje van het Zand en installeert zich sereen op zijn stoel. Kordan neemt dezelfde hoeveelheid voor zichzelf en geeft een volle lepel aan Ode, die gulzig toehapt en haar mond meteen weer openhoudt voor een tweede portie. Kordan geeft haar grinnikend haar zin.

GOLVEN SPATTEN UIT ELKAAR TEGEN DE KUST VAN HET ZANDERIGE EILAND. NIET MEER DAN EEN PAAR MIJL VERDER DOEMEN DE TORENHOGE ZUILEN VAN DE WALLEN OP UIT DE ZEE. HET EERSTE VAN DE ZES BOUWWERKEN IS EEN ONDOORDRINGBARE HINDERNIS DIE DE OOSTGRENS MET DE ETERS VORMT.

DE VALK OP ODES ROODBRUINE SCHOUDER FLUISTERT: 'BEGIN MET HET PROCES.'

ODE VINDT DE TOONAARD EN VOEDT HEM ALS EEN AARZELEND VLAMMETJE, LAAT HEM IN HAAR BINNENSTE AANZWELLEN EN STUURT DE TRILLINGEN. ER SCHIET EEN ONDRAAGLIJKE PIJN IN HAAR VOETEN ALS ER DIAMANTEN UIT HAAR ZOLEN BARSTEN. ZE SCHREEUWT HET UIT EN DE TRANSFORMATIE STOPT.

DE GIER ZWEEFT BOVEN HAAR. 'ZIE JE WEL! ZE KAN HET NIET!' SPOT KORDAN.

WILLUM, DE VALK MOEDIGT HAAR ZACHT AAN. 'EEN KLEIN BEETJE PER KEER. MAAK GEBRUIK VAN DE PIJN. LAAT ZE HET TEMPO VAN JE TRANSFORMATIE BEPALEN.'

ZE VINDT DE TOONAARD TERUG EN LAAT HAAR ENKELS, KUITEN EN KNIEËN ERVAN DOORDRONGEN RAKEN. ALS ZE HAAR LINKERBEEN EEN BEETJE BUIGT, SCHIET ER ZO'N ENORME PIJNSCHEUT DOOR, DAT ZE ERVAN IN HET ZAND LIGT TE KRONKELEN.

'BELACHELIJK,' MOMPELT DE GIER MET SPOTTENDE KRAALOOGJES.

MAAR DE KLAUWEN VAN DE VALK DIE ZICH STEVIG IN ODES SCHOUDER PLANTEN, HERINNEREN HAAR ERAAN DAT ZE DE PIJN MOET VERBIJTEN, ZE ALS MOTOR MOET GEBRUIKEN.

ZE LOKT NOG EEN REEKS UITBARSTINGEN UIT, ZODAT DE KRISTALLEN UIT HAAR DIJEN PRIEMEN. ALS ZE TOT AAN HAAR HEUPEN ZIJN GEKOMEN, BEVEELT WILLUM DAT ZE MOET STOPPEN.

'GOED, DAT IS GENOEG VOOR VANDAAG.'

ODE ZUCHT, DE PIJN EBT WEG, NU KAN ZE ZICH CONCENTREREN OP DE TAAK DIE HAAR WACHT.

'WE ZULLEN ZIEN OF ZE IN STAAT IS OM HET VOLUME IN HAAR BENEN TE DRAGEN ALS ZE DE LUCHT IN MOET,' ZEGT DE GIER MINACHTEND. DAN SCHIET HIJ VOORUIT EN VLIEGT HEN VOOR NAAR DE WALLEN.

'DENK ERAAN DAT JE NIET HELEMAAL BESCHERMD BENT. ALS JE JE ARMEN GEBRUIKT OM JE TE VERDEDIGEN, KUN JE ZE KWIJTRAKEN,' WAARSCHUWT WILLUM. DAARNA DUIKT HIJ NAAR HET EILAND.

ZE VOERT HAAR SNELHEID OP EN PROBEERT ZICH ALLES VOOR DE GEEST TE HALEN WAT ZE OVER DE WALLEN WEET. HET WAS AAN DEZE GRENS DAT DE ETERS OOIT

PROBEERDEN OM HUN GRONDGEBIED UIT TE BREIDEN. DE ZUILEN ZIJN EEN OVER-
BLIJFSEL VAN EEN VORIG GEBOUW DAT DATEERT VAN VOOR DE ONTDEKKING VAN HET
ZAND. DARIUS KNAPTE ZE IN HET GENIEP OP EN MAAKTE ER EEN ONDOORDRINGBA-
RE AFSLUITING VAN DIE DE ETERS TERUGDRONG EN SINDSDIEN ALLE INVALLEN VER-
HINDERDE.

ODE MAAKT EEN BUITELING IN DE LUCHT, ZODAT HAAR DIAMANTEN BENEN ALS
EERSTE TUSSEN DE ZUILEN ZWEVEN. ER SCHIETEN SCHERPE PIEKEN NAAR BUITEN, MAAR
ZE SCHOPT ZE VLIEGENSVLUG EEN VOOR EEN AAN DIGGELEN. HOE MEER ZE ER VER-
NIETIGT, HOE SNELLER ZE ELKAAR OPVOLGEN, TOT ZE ALS EEN BEZETEN TEKEER-
GAAT EN DE METAALSCHERVEN OVERAL IN HET ROND VLIEGEN.

ZE IS ZO IN DE BAN VAN DEZE VERNIETIGINGSORGIE DAT ZE HET GEKRIJS VAN DE
GIER BIJNA NIET HOORT. ZE MAAKT EEN PAAR ACHTERWAARTSE SALTO'S, WEG VAN
DE ZUILEN EN VOEGT ZICH WEER BIJ HAAR LERAREN.

'GOED GEDAAN,' ZEGT WILLUM. HIJ HEEFT EEN KROP IN DE KEEL VAN TROTS.

'MET EEN VOLLEDIG HARNAS IS HET VEEL MOEILIJKER. WE ZULLEN MORGEN EENS
KIJKEN HOE JE HET ER DAN VANAF BRENGT,' BIJT KORDAN.

Ode komt uit de glazen stoel en kijkt naar haar twee leraren. 'Voor
welke missie zijn jullie me eigenlijk aan het opleiden?'

Willum antwoordt niet. Kordan grijnst, en geniet ervan dat ze bijna
smeekt om meer informatie. 'Je weet goed genoeg dat alleen Darius zulke dingen met je kan bespreken. En Darius beslist zelf wanneer hij dat
zal doen.'

Ode heeft veel zin om Kordan een rake klap te verkopen, maar daar
aast hij natuurlijk op en ze mag niet weer haar zelfbeheersing verliezen.
Nee, ze moet geduld hebben, dan wijst alles zichzelf wel uit.

Maar ze haat geduld.

DE VRIEND DROEG DE PROFEET OP OM DE WERELD
TE VERLATEN EN DE WEG VOOR TE BEREIDEN VOOR
DE ENIGE.
EN SANCTO SPRAK HET WOORD VAN DE VRIEND
TEGEN BROEDER WOLF, ZODAT DEZE HET ZOU
BEWAREN EN VOLBRENGEN IN NAAM VAN DE PRO-
FEET.

- ORINS GESCHIEDENIS VAN DE VRIEND

Op Roans teken gooit Bubbel de rugzakken in de boot en stapt dan voorzichtig zelf in om hem niet te laten kantelen. Hij gaat zitten en draait zich naar de jongen toe. 'Ik zie er misschien zo uit, maar maak je maar geen zorgen, ik heb geen Mor-teken.'

De jongen kijkt hem nieuwsgierig aan.

'Ik bedoel, ik heb er gehad, maar nu niet meer.'

De jongen haalt onverschillig zijn schouders op.

Bubbel glimlacht. 'O ja, ik heet Bubbel. En dit is Roan.'

Roan zet één voet in de boeg en duwt de boot met zijn andere voet van de kant. Hij gaat zitten en houdt zijn haakzwaard in de hand. Hij durft nog niet helemaal op de muskusachtige rook te vertrouwen.

'Ik ben Mabatan. We reizen verder tot zonsondergang.' Alsof hij gehoorzaamt aan een bevel dat alleen hij hoort, draait de jongen de boot om en laveert hem behendig door de smalle doorgang tussen de planten. Terwijl de jongen roeit, bewondert Roan het vakmanschap waarmee de boot werd gemaakt. De buitenkant is vervaardigd van dunne stroken boomschors die op een houten geraamte werden geslagen. Het is een lichte boot, perfect voor in het ondiepe moeras. Hij laat zijn vingers over de gladde randen van het vakwerk glijden en bekijkt de jongen aandachtig. Het is het kind uit zijn visioenen, maar hij lijkt veel jonger dan Roan zich had voorgesteld. Niet meer dan elf of twaalf, schat hij. Het lange zwarte haar van de jongen zit in een paardenstaart en zijn vale broek en hemd zijn geweven van ruwe vezels. Hij roeit soepeler en sneller dan je zou verwachten op zijn leeftijd. Dit is iemand die voor zichzelf zorgt, denkt Roan, die waarschijnlijk altijd alleen is. Als ze tussen de planten uit zijn gevaren, worden ze verwelkomd door de gloed van het late ochtendlicht. Roan steekt zijn hoofd uit, geniet van de warmte op zijn gezicht en voelt zich eindelijk genoeg op zijn gemak om iets te zeggen.

'Hoe heb je ons gevonden?'

'Ik heb de Skreten gevolgd.'

'Heten die planten zo?' vraagt Bubbel.

'Het zijn geen planten. Het zijn Skreten.'

'Hoe lang bevolken die Skreten het moeras al?'

'Ze waren hier al voor mijn vader hier woonde,' antwoordt de jongen. 'Maar toen waren ze kleiner. Toen waren ze nog maar pas wakker.'

Roan staart hem aan. 'Het zijn dus wezens met een bewustzijn?'

De jongen knikt.

Roan laat zijn hoofd hangen. 'Ik heb er meer dan twintig gedood.'

'Je kon het toch ook niet weten,' zegt Bubbel.

'Je hebt geen enkele Skreet gedood. Wat je hebt afgehakt, groeit gewoon terug aan.'

'Dat is een hele opluchting,' zucht Bubbel. Hij doet niet veel moeite om zijn sarcasme te verbergen.

'Je vriend heeft respect bij ze afgedwongen.'

'Door hun koppen af te hakken?'

'Omdat hij zijn geest leeg heeft gemaakt. Anders kun je het nooit winnen van de Skreten. Want ze komen op gedachten af.'

Bubbel mompelt: 'Die kikkers waren blijkbaar echte bollebozen.'

'Ze vinden kikkers niet aantrekkelijk, die eten ze gewoon op. Maar ze hebben nog liever een grotere prooi. Vooral sterk geurende prooien, zoals jullie. De stank van dat drakenkruid alleen al was genoeg om jullie op het spoor te komen.'

Bubbel lacht. 'Heb je nog een extra peddel?'

'Jij moet rusten. Je hebt nog niet geslapen en je hebt nog een lange reis voor de boeg.'

'Toch niet voor we ons eens goed hebben gewassen, hoop ik,' zegt Bubbel. 'Ik zou niet graag nog andere wezens op zoek naar een mals hapje tegen het lijf lopen.' Dan trekt hij zijn rugzak open, haalt er een paar bonenstaken uit, geeft er een aan Roan en biedt Mabatan er ook een aan.

De jongen snuffelt eraan. 'Lekker,' zegt hij en hij begint te kauwen. Hij reikt naar beneden en licht het deksel van een mand op. In de mand zitten tientallen verkoolde bolletjes. 'Proef maar.'

Bubbel neemt er eentje en bestudeert het. 'Is het lava?' vraagt hij hoopvol. Roan heeft Bubbels voorliefde voor insecten nooit gedeeld en hoopt vurig dat dit voedsel geen wriemelende pootjes heeft.

'Nee, een ei,' antwoordt Mabatan.

Bubbel geeft het aan Roan, die het hele ei met schaal en al gretig in zijn mond stopt. Een paar keer snel kauwen en hij slikt. 'Beter dan larven,' zegt hij en als Bubbel dat hoort, grabbelt hij er een paar uit de mand en slikt ze in. Nu hun maag goed gevuld is, speelt hun gebrek aan slaap hen al snel parten en het duurt niet lang voor de stralen van de middagzon die het water weerspiegelt, hen in slaap wiegen.

Ze worden wakker van een schrapend geluid op de kiel van de boot.

Als Roan zijn ogen opent, gaat Bubbel slaapdronken overeind zitten. Tot hun grote verbazing schijnt er aan de westelijke horizon al die bleekgroene gloed die de avond inluidt. Bubbel kijkt Mabatan wantrouwig aan. 'Heb jij iets in die eieren gestoken?'

'Nee, dat waren hele gewone eieren. De Skreten hebben je zo moe gemaakt. Dat doen ze altijd. Met het poeder dat ze afscheiden.'

'Ik voelde al zoiets,' zegt Roan, die uit de boot stapt en voorzichtig over de bemoste rotsen loopt. 'Maar ik besefte niet wat het was.'

'Dat mocht je ook niet weten.'

Bubbel grijnst naar Roan. 'Wow, hij weet niet alleen wat het zijn, hij weet ook nog wat ze denken.'

Mabatan glimlacht. 'Hij?'

'Bubbel heeft het over jou,' zegt Roan.

Mabatan lacht, zijn lach klinkt als rinkelende belletjes.

Nu bekijken Roan en Bubbel hem nog eens goed. 'Je bent een meis-je,' zegt Bubbel verbijsterd. Dat ze zich zo konden vergissen!

'Ik ben een meisje, ja.' Met een geamuseerd lachje trekt ze de boot op de oever.

Bubbel lijkt het nog niet helemaal te kunnen geloven en komt nog een beetje dichterbij. Dan draait hij zich met grote ogen naar Roan en roept: 'Kijk!'

De krekels van Roan en Bubbel zitten tevreden op Mabatans schou-ders.

'Ongelooflijk,' zegt Roan vol ontzag. Normaal waagt zijn krekel zich nauwelijks in de buurt van andere mensen en hij is er zeker van dat die van Bubbel minstens zo schuw is.

'Ze vertellen me net dat ze dol op jullie zijn,' zegt Mabatan. 'Dat is goed.' Opeens betrekt haar gezicht. 'Ik heb de kleintjes gezien.'

'Kleine krekels?' vraagt Bubbel.

'De kinderen,' antwoordt ze.

'In Nieuwlicht?' vraagt Roan. Hij kan zich nauwelijks beheersen.

'Alleen hun lichamen blijven daar.'

'Hoe bedoel je?' vraagt Bubbel geërgerd.

'Leg het ons alsjeblieft uit,' dringt Roan aan.

'Ik kan meer doen dan dat, Roan. Ik zal je naar ze toe brengen.'

'Zijn ze bij de Verraders? In het Dromenveld?'

'Ze zijn niet waar degenen die Zand eten soms naartoe gaan.'

Op zoveel informatie had Roan nooit durven te hopen.

Maar zijn enthousiasme wordt getemperd door een zweem van twijfel. Kan hij haar echt geloven?

Alsof hij zijn gedachten kan lezen, staart Bubbel naar de krekels op Mabatans schouders. 'De krekels zouden zelfs niet bij haar in de buurt komen als ze niet te vertrouwen was.'

'Ik ben jullie gids maar. Niets anders.'

'Daar ben ik al heel blij mee,' glimlacht Roan.

'Ik zou onmiddellijk meekomen, als dat kon,' zegt Bubbel spijtig.

'Zelfs als dat kon, zou je het beter niet doen, want we hebben je hier nodig,' zegt ze terwijl ze op haar borst klopt, 'om op onze lichamen te passen.'

'Ik blijf op post.'

'Goed. Dank je, Bubbel.' Mabatan lacht breeduit als ze zijn naam zegt, maar als ze zich naar Roan draait, klinkt ze een stuk ernstiger. 'We moeten opschieten.'

Mabatan leidt hen naar een boomgaard met torenhoge oude ceders en gaat naast deze reuzen op het mos zitten.

Bubbel kijkt vol ontzag naar omhoog. 'Die zijn minstens vijfhonderd jaar oud.'

'Ouder,' zegt Mabatan.

Roan en Bubbel worden er stil van.

Ze bewonderen de grootsheid van de bomen en snuiven hun zoete geur op.

'Er is iets met deze plek,' zegt Roan.

'Je voelt het dus. Goed. Dit is een aardeplaats,' zegt Mabatan. 'Heel bijzonder.' Ze voelt in het leren beursje dat aan haar nek bungelt. Tussen duim en wijsvinger haalt ze een zilveren naald te voorschijn. Roan komt hem van wat dichterbij bekijken. In de kop van de naald zijn er minuscule symbolen geëtst. 'Betekenen die iets?'

'Het is de oude taal. Het betekent "De aarde vergeet niet".'

'Wat vergeet de aarde niet?'

'Alles.'

'Waar dient die naald voor?' vraagt Bubbel.

'Hij zingt de weg. Ben je klaar?'

'Ja ... Waar is jouw Zand?'

Er komt een donkere gloed over Mabatans ogen en ze spuwt met zoveel verachting op de grond, dat Roan en Bubbel ervan schrikken. 'Ik eet geen Zand. Ik volg de roep.'

Roan heeft nog nooit iemand ontmoet die zonder Zand kan reizen. Hij kijkt gefascineerd toe hoe Mabatan de scherpe punt van de naald in de blootliggende rand van een dikke boomwortel prikt. Ze knielt voor de boom en legt haar voorhoofd tegen de schors, alsof ze er een gunst van afsmeekt. Dat staat ze weer op en tokkelt op het uitstekende deel van de naald. Er trilt een zachte, maar glasheldere toon door de stilte. Het is een heel doordringend geluid: het echoot door Roans hoofd, galmt door zijn botten en zijn hele lichaam begint te resoneren, te schallen, te trillen. Het is een gevoel dat in niets lijkt op wat hij al heeft meegemaakt. Opeens schiet die weergalm uit zijn borst, balt ze zich samen tot een alles verzengende hitte en slaat ze hem met een verblindende lichtflits neer.

84

ZOVER HET OOG REIKT, IS DE AARDE VERSCHROEID. STOF, GRUIS, ROTSBLOKKEN, ALLES IS ZWART. ROAN KNIPPERT MET ZIJN OGEN IN DIT DONKERE LANDSCHAP. HIJ PROBEERT ZIJN HOOFD TE DRAAIEN EN IN DE ANDERE RICHTING TE KIJKEN, MAAR DAT LUKT HEM NIET. HIJ KAN HELEMAAL NIET BEWEGEN. HET LIJKT OF HIJ GEVANGEN ZIT IN EEN VAN DE STENEN. EEN PEZIG KONIJN MET EEN AZUURBLAUWE VACHT EN EEN SNUFFELEND SNUITJE HUPT VOOR HEM OP.

'HOE RAAK IK HIER UIT?'

'HEEFT JE VADER JE DAT NIET GELEERD?'

'NEE.'

'JE MOEDER DAN?'

'GEEN VAN BEIDEN HEEFT ME HIER IETS OVER GELEERD VOOR ZE STIERVEN.'

'MAAR JE WEET TOCH DAT JE NOOIT VERANDERT EN VOORTDUREND VERANDERT, NIET?'

'DE ZANDETERS VERTELDEN ME DAT IK IN WORDING WAS TOT IK MIJN DROOM-VORM HEB GEVONDEN.'

'JE WEET NIET WAT JE MOET DOEN?'

'NEE, ECHT NIET.'

'IK WACHT WEL.'

TERWIJL HET KONIJN VAN EEN PLUKJE GRAS BEGINT TE KNABBELEN, SLUIT ROAN ZIJN OGEN. HIJ CONCENTREERT ZICH, PROBEERT ZIJN VORM IN DE STEVIGE STEEN TE VINDEN. HIJ SPANT AL ZIJN SPIEREN OM ERUIT TE BREKEN. HIJ VOELT HOE HIJ ZICH INSPANT, HOE HIJ DUWT EN TREKT, MAAR HET IS ZINLOOS. HIJ PROBEERT ZIJN OGEN TE OPENEN, MAAR HET GAAT NIET. HIJ HEEFT GEEN OGEN MEER.

HIJ IS BLIND EN GEVANGEN IN EEN STEEN. FANTASTISCH. WAAROM WORDT HIJ BIJ ELKE STAP VOORUIT METEEN WEER TIEN STAPPEN ACHTERUIT GEDUWD?

ROAN PROBEERT HET PROBLEEM TE BENADEREN ZOALS BUBBEL DAT ZOU DOEN: EERST ZOU DIE ER EEN GRAPJE OVER MAKEN, DAN ZOU HIJ OP VERKENNING GAAN EN DAN ZOU HIJ ALLES WAT HIJ WIST EENS GRONDIG ONDER DE LOEP NEMEN. UITEIN-DELIJK ZOU HIJ EEN PLAN BEDENKEN.

OKE. DAAR GAAN WE: OM TE BEGINNEN IS DIT ALLESBEHALVE EEN GRAP. ROAN KAN GEEN KANT OP, DUS OOK NIET OP VERKENNING. WAT WEET HIJ? DAT DIT MEIS-JE — MABATAN — GEEN VERRADER IS, GEEN ZANDETER, EN DAT ZIJ HEM NIET IN DEZE PENIBELE SITUATIE HEEFT GEBRACHT. DAT WEET HIJ, DAT VOELT HIJ. PLAN: HIJ MOET UIT DEZE PENIBELE SITUATIE ZIEN TE RAKEN.

HIJ RICHT AL ZIJN GEDACHTEN OP HET OPPERVLAK VAN DE ROTS. HIJ POOKT, DUWT, TREKT, STOOT, ZET AL ZIJN MENTALE KRACHT IN. PIJN DOORKLIEFT HEM, ALS-OF HIJ IN ZIJN EIGEN HUID SCHEURT.

ZIJN EIGEN HUID … ZOU HET KUNNEN DAT HIJ NIET GEVANGEN ZIT IN DE STEEN, MAAR DAT HIJ DE STEEN ÍS? NOOIT VERANDEREN, VOORTDUREND VERANDEREN. ROAN CONCENTREERT ZICH OPNIEUW, VOELT HOE HARD DEZE OEROUDE VORM IS, HOE KOUD, HOE COMPACT, HOE SCHERP DE RANDEN ZIJN. ZIJN HELE WEZEN IS VAN STEEN. VERSTEEND EN TRAAG, NET ZOALS HIJ ZICH AL EEN HELE TIJD VOELT. WAT ZOU HIJ ANDERS KUNNEN VOELEN, OF WORDEN? ROAN HAALT ZICH ZIJN MENSELIJKE LICHAAM VOOR DE GEEST, ZIJN HANDEN, ZIJN VOETEN, ZIJN HOOFD. EN OP DAT OGENBLIK VERANDERT DE ROTS IN VLEES EN BLOED DAT ZICHZELF OPNIEUW OPBOUWT. ROAN STREKT ZIJN ARMEN UIT, VOELT ZIJN VINGERS. HIJ IS NIET LANGER VAN STEEN, MAAR HEEFT ZIJN OUDE VORM TERUG. HIJ IS GEEN MAN VAN KLEI, MAAR ZICHZELF.

HET KONIJN KIJKT UIT HET GRAS NAAR HEM OP. 'JE BENT AANGEKOMEN.'

'IS DIT MIJN DROOMVORM? MIJN EIGEN LICHAAM?'

'DIT IS JE LICHAAM NIET. HET IS WAT JE GEEST VAN JE HEEFT GEMAAKT.'

'WAAROM NEEM JIJ JE MENSELIJKE GEDAANTE NIET AAN?'

'DAT KAN IK NIET. IK BEN NIET ZOALS JIJ. NIEMAND IS ZOALS JIJ. JIJ HEBT HET IN JE.'

'WAT IN ME?'

'OM TE DOEN WAT JE NET HEBT GEDAAN. DAT IS EEN VAN JOUW GAVEN. KOM.'

HET KONIJN SPRINGT. HET SPRINGT ZO VER, ZO SNEL, DAT ROAN HET BIJNA UIT HET OOG VERLIEST. HIJ RENT HET ACHTERNA, MAAR RAAKT HOPELOOS ACHTEROP. HIJ DENKT AAN HET KONIJN, AAN HAAR LENIGE LICHAAM, HAAR KRACHTIGE POTEN, HAAR ONGELOOFLIJKE VERMOGEN OM OP DEZE ONDERGROND TE SPRINGEN. EN

ROAN SPRINGT, NET ZO HOOG ALS HET KONIJN. AL SNEL HEEFT HIJ MATABAN INGE-
HAALD. ZE STAAT HEM OP TE WACHTEN BIJ EEN GIGANTISCHE KLOOF IN DE AARDE
DIE BIJNA EVEN BREED IS ALS DE MENS MABATAN LANG.

'WAT IS ER DAAR BENEDEN?'

'LEEGTE.'

ROAN LOOPT VERDER LANGS DE GRILLIGE KLOOF. IN DE VERTE ZIET HIJ EEN
STORM INBEUKEN OP EEN RIJ IJZEREN STANDBEELDEN DIE AAN DE OVERKANT VAN DE
KLOOF STAAN. MOEIZAAM BAANT HIJ ZICH EEN WEG VOORUIT IN DE LOEIENDE WIND
EN DE STRIEMENDE REGEN. HIJ ZIET DAT DE METALEN STANDBEELDEN ZICH AAN DE
ENE KANT VAN DE KLOOF VASTHOUDEN EN MET HUN VOETEN IN DE OVERKANT VAST-
GEKLONKEN ZITTEN. HET HOOFD VAN HET EERSTE STANDBEELD DRAAIT ZIJN NEK
HEEL LANGZAAM. HAAR LIPPEN KRULLEN VRIENDELIJK OMHOOG. HET IS LONA.

'WE WISTEN DAT JE ZOU KOMEN.'

'ZIJN JULLIE ALLEMAAL HIER?'

'YEP. ALLEMAAL,' ZEGT EEN ANDER IJZEREN KIND.

ROAN ZIET ZIJN GEZICHT. 'BUB!'

'HOI, ROAN!' SCHREEUWT KAAK, EN EEN VOOR EEN VOLGEN DE STEMMETJES VAN
GIP EN RUNK EN JAM EN DANI EN DE ANDERE ZEVEN IJZEREN KINDEREN OP RIJ.

'IK MOET JULLIE HIERUIT KRIJGEN.' ROAN STEEKT ZIJN HAND UIT OM LONA UIT
DE GROND TE TREKKEN, MAAR ZE GILT.

'NEE!'

ALLE HOOFDEN VAN DE IJZEREN KINDEREN DRAAIEN LANGZAAM NAAR ROAN. 'WE
MOETEN BLIJVEN, ROAN,' ZEGT BUB.

'ALS WE LOSLATEN, WORDT DE KLOOF ALLEEN MAAR GROTER,' LEGT GIP UIT.

'DUS MOGEN WE NIET LOSLATEN,' TREEDT RUNK HEM BIJ.

'JE BENT NET OP TIJD,' DOET SAKE ZIJN DUIT IN HET ZAKJE.

'WIE HEEFT JULLIE NAAR HIER GEBRACHT?'

'NIEMAND,' ANTWOORDT LONA.

DANI KNIKT. 'WE ZIJN ZELF GEKOMEN.'

'WE WISTEN WAT WE MOESTEN DOEN,' ZEGT BUB.

'DAT WAS OOK NIET MOEILIJK TE RADEN,' ZEGT KAAK.

'DE KLOOF WERD GROTER EN GROTER,' GAAT GIP VERDER.

'EN GROTER EN GROTER EN GROTER!' ROEPT KLEINE DANI.

'WAAROM ZEIDEN JULLIE NIETS?'

'HET GING ALLEMAAL VEEL TE SNEL,' ZEGT KAAK.

'WE KONDEN NIET WACHTEN,' VOEGT BUB ERAANTOE.

LONA'S OGEN BLINKEN IN HAAR IJZEREN GEZICHT. 'NU WEET JE WAAR WE ZIJN, DUS NIET BOOS ZIJN, ROAN.'

ROAN KIJKT AL WAT VRIENDELIJKER. 'IK BEN NIET BOOS. IK BEN HELEMAAL NIET BOOS OP JULLIE.' MAAR ALS HIJ ZICH WEER NAAR MABATAN DRAAIT, VERANDERT ZIJN VRIENDELIJKHEID IN WOEDE. 'WIE HEEFT DIT OP ZIJN GEWETEN?'

HET KONIJN BEWEEGT ZENUWACHTIG MET HAAR OREN. 'DEGENEN DIE ZAND ETEN, VECHTEN OM DE CONTROLE OVER DEZE PLEK. HUN GEVECHT HEEFT DEZE KLOOF VEROORZAAKT. ALS DAT GEVECHT DOOR BLIJFT WOEDEN, ZAL DE KLOOF STEEDS BREDER WORDEN. DAN ZULLEN DE KINDEREN IN TWEEËN BREKEN EN VERLOREN ZIJN. DE PLAATS DIE JIJ HET DROMENVELD NOEMT, ZAL VERDOEMD ZIJN, WE ZULLEN ALLE-MAAL VERANDEREN EN WORDEN OPGESLOKT DOOR DE ONMETELIJKE LEEGTE DIE ONDER DE KINDEREN LIGT.'

'WAT KUNNEN WE DOEN?'

'EEN EINDE MAKEN AAN HET CONFLICT.'

'HOE DAN?'

'DAT WEET IK NIET. DAT IS DE UITDAGING WAAR WE VOOR STAAN.' ER LOOPT EEN RILLING OVER HET LANGGEREKTE LICHAAM VAN HET KONIJN. HAAR ROZE OGEN ONT-WIJKEN ROANS BLIK. 'ER IS EEN PLAATS DIE JE ROEPT.'

ROAN DRAAIT ZICH WEER NAAR DE KINDEREN.

'JE MOET GAAN, ROAN!' SCHREEUWT BUB.

'GA NU, ROAN, GA!' ROEPEN OOK DE ANDEREN ACHTER ELKAAR.

'WE WETEN DAT JE ONS NIET ZULT VERGETEN,' ZEGT LONA.

'WIJ ZIJN STERK!' BULDERT KAAK.

IS DIT HET LOT VAN DE KINDEREN? HEEFT ROAN HEN HIERVOOR GERED? ZE SCHIJ-NEN TE WETEN DAT ZE HIER THUISHOREN. HET IS NIET DE EERSTE KEER DAT ROAN ZICH AFVRAAGT WIE DEZE BIJZONDERE KINDEREN EIGENLIJK ZIJN. EN AL VOELT HET VER-KEERD OM HEN DAAR ACHTER TE LATEN, TOCH IS HET ZONNEKLAAR DAT HIJ NIETS VOOR HEN KAN DOEN – NIET HIER, NIET NU.

'BELOOF ME DAT JULLIE ME ROEPEN ALS JE HULP NODIG HEBT!' ROEPT HIJ.

'DAT BELOVEN WE!' ROEPEN ZE IN KOOR TERUG.

ROAN ZIET ER TEGENOP OM TE VERTREKKEN EN HIJ WACHT TOT HET KONIJN WEGSPRINGT. DAN VOLGT HIJ HAAR NAAR DE RAND VAN EEN ZEE. MABATAN SPRINGT EN LAAT ZICH MEEDRIJVEN OP EEN IJSSCHOTS. ROAN VOLGT HAAR VOORBEELD. TER-WIJL ZE VAN IJSSCHOTS NAAR IJSSCHOTS SPRINGEN, WORDT DE LUCHT SNIKHEET. HET WATER ROND HEN BEGINT TE STOMEN. MIDDEN IN DEZE KOLKENDE, SCHUIMENDE ZEE STRANDEN ZE OP EEN SCHERPE ROTS.

MABATAN WIJST NAAR EEN DRAAIKOLK. 'DIT IS DE INGANG.'

'JIJ EERST.'

'HET ROEPT MIJ NIET.'

'MAAKT DAT WAT UIT?'

'HET BESCHERMT ALLEEN DEGENEN DIE HET ZELF ROEPT. IK ZOU HET NIET OVER-LEVEN.'

'EN IK WEL?'

'JA. HET ZAL JOU BESCHERMEN, OF JE NU GEROEPEN BENT OF NIET. JIJ BENT EEN VRIJLOPER, ROAN, JIJ REIST WAAR JE WILT.'

'IS DAT EEN DEEL VAN MIJN GAVE?'

'EEN DEELTJE, JA.'

'JE WEET BLIJKBAAR HEEL VEEL OVER ME.'

'IK HEB MET DE KINDEREN GEPRAAT. IK HEB JE GEVOELD. JE WEET MEER OVER JEZELF DAN JE WILT WETEN.'

ROAN TUURT NAAR HET WOESTE WATER EN WORDT PLOTSELING HEEL BANG.

DAAR ONDER DE DRAAIKOLK IS ER IETS DAT WANHOPIG IS EN DAT HEM ABSOLUUT WIL. 'VERTROUW OP WAT JE IS GEGEVEN,' DRINGT MABATAN AAN.

ROAN STAART IN DE MAALSTROOM, WAAR HET WATER IN EEN ONEINDIGE SPIRAAL NAAR DE DIEPTE WIJST. HET OOG VAN DE DRAAIKOLK ZUIGT HEM NAAR BENEDEN, TREKT AAN HEM, PAAIT HEM TOT HIJ ZICH OVERGEEFT.

ROAN GOOIT ALLE TWIJFELS OVERBOORD. HIJ ZWICHT VOOR DE VERLEIDING OM ZICH MEE TE LATEN SLEPEN EN SPRINGT. HIJ WORDT GEGREPEN DOOR DE STROMING EN TOLT EINDELOOS ROND IN CIRKELS. ONVERBIDDELIJK WORDT HIJ DIEPER EN DIE-PER MEEGEZOGEN IN DE WERVELING. ZIJN LEDEMATEN DOEN PIJN, DE STROMING IS ZO STERK DAT ZE BIJNA UIT HUN KOM WORDEN GERUKT. MAAR NET ALS HIJ ZIJN AR-MEN TEGEN ZICH AAN WIL KLEMMEN, DUIKELT HIJ IN EEN ZWART GAT. TERWIJL HIJ NAAR BENEDEN DRAAIT, HOORT HIJ GEZANG, EEN KOOR VAN MANNEN- EN VROUWENSTEM-MEN. HIJ HERKENT ZE ONMIDDELLIJK. DE STEMMEN VAN LANGLICHT.

OP DE DAG VAN DE HERDENKING KWAM HET HELE VOLK ALTIJD SAMEN AAN DE VUURKRATER. DAN VERTELDE ZIJN VADER OVER HET VISIOEN VAN DE EERSTEN, EN DAARNA ZONGEN ZE SAMEN. DROEVIGE LIEDEREN, LIEDEREN VOOR EEN VERLOREN WERELD, LIEDEREN VOOR DE ONSCHULDIGE SLACHTOFFERS.

MAAR DIT LIED IS ANDERS. DIT IS EEN LIED ZONDER WOORDEN. ROAN ZIET DE ONT-PLOFFINGEN, HET VUUR, DE INDRINGERS MET DE DOODSKOPMASKERS. HIJ HERINNERT ZICH HOE HIJ MET ODE DOOR HET BEVROREN HELMGRAS SLOOP. EN DAN FLIKKERT ER EEN VAGE HERINNERING AAN DE RAND VAN ZIJN BEWUSTZIJN – EEN AKELIG ROMME-LEND GELUID, ALSOF ER HONDERDEN STEMMEN SAMEN NEURIEDEN. HET VOLK VAN LANGLICHT DAT HAAR STEM VERHIEF TERWIJL HAAR DORP WERD PLATGEBRAND.

DE HERINNERING AAN DE HULPELOOSHEID VAN ZIJN VOLK TEGENOVER AL DAT MEEDOGENLOZE GEWELD STAAT VOOR ALTIJD IN ZIJN HART GEGRIFT. HIJ HOORT DE SOPRAAN VAN ZIJN MOEDER BOVEN DE ANDEREN UIT. 'MOEDER,' FLUISTERT HIJ. 'VA-DER.' MAAR TERWIJL HIJ STEEDS DIEPER VALT, KLINKEN HUN STEMMEN STEEDS VERDER WEG, EN ELKE CEL IN ZIJN LICHAAM TREURT OM HET VERLIES.

ROAN WORDT HEEN EN WEER GESCHUD DOOR DE ENE ANGSTAANVAL NA DE AN-

DERE. OPEENS SLAAT DE STANK VAN VERBRAND VLEES HEM IN HET GEZICHT. HIJ ROOK DEZE STANK VOOR HET EERST OP DE OCHTEND DAT HIJ NA DE SLACHTING TERUGKEERDE NAAR LANGLICHT. ER DREVEN BOTTEN BOVEN IN DE VUURKRATER, HIJ HIELD DE SCHOEN VAN ZIJN VADER IN ZIJN HAND GEKLEMD, EN DE DOOD HING IN DE LUCHT, DE ONEINDIGE DOOD.

HIJ MOET ERVAN KOKHALZEN, STIKT ER BIJNA IN.

HIJ STEEKT ZIJN HAND UIT EN ZET ZIJN NAGELS IN EEN WARME, ZACHTE MUUR. DUIZENDEN JAMMERENDE STEMMEN BELAGEN HEM EN IN HET STERKER WORDENDE LICHT ZIET HIJ DAT DE MUUR VAN RAUW, BLOEDEND VLEES IS. ER HANGEN REPEN VLEES AAN ZIJN VINGERNAGELS, ZIJN HANDEN ZWEMMEN IN HET BLOED.

IN PANIEK SNOKT HIJ ZIJN HAND TERUG EN TUIMELT HIJ DOOR EEN DIKKE GRIJZE MIST. ONDER HEM ZIET HIJ EEN ONMETELIJKE VLAKTE.

DE ZON DIE AL HALF ACHTER DE HORIZON IS VERDWENEN, WERPT EEN VAAL GEELWIT LICHT OP HET LANDSCHAP, DAT LIJKT TE SCHUIVEN EN TE KRONKELEN. ROAN DUIKELT IN DAT LEVENDE DECOR. HIJ STAAT NU TOT ZIJN ENKELS IN GOLVEND SLIJM WAAR EEN OORVERDOVEND ZUIGGELUID UIT OPSTIJGT.

BLOEDZUIGERS! ZE ZUIGEN ONVERMOEIBAAR AAN OM HET EVEN WAT ER IN DE BUURT KOMT. ALS ZE ZICH EEN WEG OP ROANS BENEN BEGINNEN TE BANEN, SCHRAAPT HIJ ZE ER PANIEKERIG AF. MET EEN WILDE ZWAAI SCHUURT HIJ TEGEN IETS HARDS AAN IN DEZE BLUBBERIGE MASSA EN HIJ LEGT DE VORM VAN EEN OOR BLOOT. ONTZET TREKT HIJ DE BLOEDZUIGERS ER VOORZICHTIG AF EN ER KOMEN EEN NEUS, EEN MOND EN EEN OOG TE VOORSCHIJN. TOT HIJ IN HET GEZICHT VAN SANCTO STAART.

DE OGEN VAN ZIJN DODE MENTOR GAAN LANGZAAM OPEN EN KIJKEN OP. ZE WORDEN GROOT EN KIJKEN BLIJ ALS ZE ROAN ZIEN.

DE MOND GAAT OPEN, MAAR VOOR HIJ IETS KAN UITBRENGEN, DUIKELEN ER HONDERDEN BLOEDZUIGERS TEGELIJK IN, DIE ELK GELUID IN DE KIEM SMOREN. SANCTO'S OGEN GILLEN HET WANHOPIG UIT.

ZIJN HAND SCHIET UIT EN GRIJPT ROANS ARM, TREKT HEM NAAR BENEDEN.

91

BLOEDZUIGERS KRUIPEN OP ROANS HANDEN, ARMEN, OP ZIJN HELE LICHAAM EN DAN OP ZIJN GEZICHT.

ROAN VERKRAMPT VAN PURE DOODSANGST, DIE HEM ONMIDDELLIJK IN VUUR VERANDERT. ZIJN HELE LICHAAM STAAT IN LICHTERLAAIE, HET WITTE VUUR DREIGT ZICHZELF HELEMAAL TE VERNIETIGEN EN OOK DE ARM DIE HEM DICHT TEGEN ZICH AAN TREKT. TE DICHT.

DE GOD VAN DE STAD

U, OUDSTE, DIE AL MIJN NODEN KENT,

DE GEHEIMEN VAN MIJN HART,

LEID MIJ NAAR HET PARADIJS,

DAT IK ME KAN LAVEN AAN UW WIJSHEID,

KAN DELEN IN DE WONDEREN

DIE U DAAR HEBT GESCHAPEN.

OUDSTE, DIE AL MIJN NODEN KENT,

VERHOOR MIJN GEBEDEN.

- LITURGIE VAN DE AGGLOMERATIE

'Vingertoppen, vingertoppen!'

Niet opnieuw, zeg. 'Waar is Willum?'

'Dit stadium van de opleiding is mijn bevoegdheid.' Kordan klapt ge-ergerd in zijn handen. 'Vooruit. Stuur je energie via je vingertoppen naar buiten.'

Ode haat dat jammerende toontje in Kordans stem, zijn zurige geur, zijn niet aflatende veeleisendheid. En zijn vingeroefeningen haat ze nog het meeste.

Maar het helpt wonderwel om zich voor te stellen dat ze met haar vingertoppen zijn ogen uitsteekt. De hitte straalt door haar handen.

Kordan knikt goedkeurend. 'Nu concentreer je je tenminste.'

Ode kan nauwelijks haar lach inhouden. Zich voorstellen op welke manieren ze hem zou kunnen martelen is dé truc om zich door zijn einde-loze oefeningen te slaan.

'Nu je hielen!'

Ode zucht. 'Waar gaan we vliegen, Meester Kordan?'

'Hielen!'

Ze verzamelt de energie die haar omgeeft en kanaliseert die via haar hoofd haar hele lichaam door. Dan richt ze al die energie op Kordan, om te zien of ze hem zo een bloedneus kan bezorgen.

'Concentratie! Je hielen!'

Heeft hij dan helemaal niets van haar aanval gemerkt? Akkoord, het was maar een vonkje, maar ze had gehoopt dat die controlefreak toch íets had gevoeld.

'Slaap je nog, of hoe zit dat?'

Ode duwt de energie onmiddellijk naar haar voeten.

'Je was aan het dagdromen!'

'Het spijt me, Meester Kordan, maar, we oefenen nu al de hele ochtend en ...'

Kordan fronst zijn wenkbrauwen. 'Je doet verder.'

'Ja, Meester Kordan.' Hij is een echt loeder, maar hij heeft wel gelijk. Waarom voelt ze zich zo lusteloos, terwijl ze zich om sterker te worden alleen maar hoeft te concentreren?

'Buik!'

Ode bijt op haar tong tot ze bloed proeft. Ze bundelt al haar frustraties en leidt ze naar haar buikspieren.

'Longen!'

Ze rukt zijn armen af.

'Navel!'

Zijn benen ook.

'Ogen!'

En daar rolt zijn hoofd.

En zo overleeft Ode de oefeningen die tot de vroege middag duren.

Eindelijk is Kordan tevreden. Hij beloont haar met een zelfingenomen grijns. 'Nu zijn we klaar om te vliegen.'

Maar dat kan Ode geen snars schelen. Want als Kordan met zijn handen op de muur duwt, glijdt er een lade uit. Haar hart bonst in haar keel, de adrenaline stroomt door haar lichaam, haar vingers beven.

Hij tilt een zilveren bokaal op. Ze kan nog net de drang weerstaan om ernaartoe te snellen, de bokaal uit zijn handen te trekken en alles op te slokken. Zand is macht. Zand is kracht. Zand voert haar weg van hier, waar ze niet meer is dan een kind en een slaaf, overgeleverd aan de grillen van de Meesters.

Ze buigt het hoofd. Ze mag niet te gretig lijken. Ze opent haar mond en Kordan laat er de inhoud van de lepel in glijden. Terwijl ze het Zand gulzig doorslikt, verschijnt er een zwak licht aan de rand van haar bewustzijn, maar ze weet dat ze er niet bij kan, dat hoeft ze zelfs niet te proberen. 'Meer, alstublieft.'

'Zoals je wilt,' zegt Kordan met een minzaam lachje. Hij neemt zijn tijd, steekt de lepel op zijn gemak in de bokaal en haalt hem er bomvol weer uit. Tergend traag brengt hij hem naar haar mond. Hij geniet met volle teugen als hij Ode voor hem kan laten kruipen. Als ze alles heeft doorgeslikt, neemt hij zelf ook een snuifje. De lade glijdt dicht, de muur sluit zich weer en ze gaan elk op hun stoel zitten.

Ode siddert als het Zand door haar aderen schroeit en onder haar huid brandt. En dan schiet ze flikkerend het Dromenveld in, als een ster die ontploft.

ODE STAAT MET HAAR HUID VAN KLEI OP EEN BERGKAM ONDER EEN TRILLENDE GROENE HEMEL. DE GIER MET ZIJN GRAUWE VEREN EN POKDALIGE KOP ZWEEFT NAAST HAAR.

'BEGIN DE TRANSFORMATIE.'

ODE STUWT ENERGIE NAAR HAAR VOETEN, MAAR SCHREEUWT HET UIT VAN DE PIJN ALS HAAR SPIEREN VAN KLEI KRISTALLISEREN EN VERANDEREN IN BLINKENDE DIAMANT.

'TE SNEL!'

ZE DENKT AAN WILLUMS GOEDE RAAD EN VERTRAAGT HET PROCES. NU KRISTAL-

LISEERT HAAR BEEN HEEL GELEIDELIJK, CENTIMETER PER CENTIMETER. DAN ZIJN HAAR HEUPEN AAN DE BEURT, EN DAN HAAR BORSTKAS. DE METAMORFOSE VUURT EEN MIL-JOEN MINUSCULE MESJES OP HAAR ZENUWUITEINDEN AF. DE KRISTALLISATIE VAN HAAR GEZICHT IS EEN WARE MARTELING. ALS HAAR OGEN IN DIAMANTEN VERANDEREN, WORDT HAAR ZICHT KALEIDOSCOPISCH EN GAAT ZE OP EEN ANDERE MANIER KIJKEN: MET DE INFORMATIE DIE ALLE FACETTEN DOORGEVEN, VORMT ZE EEN SAMENHAN-GEND BEELD. NU IS ZE VOLLEDIG VAN DIAMANT, BEHALVE HAAR RECHTERHAND. EN AL CONCENTREERT ZE ER ZICH UIT ALLE MACHT OP, HET KRISTAL WIL MAAR NIET ONDER HAAR POLS ZAKKEN.

DEZE HAND HERBERGT DE HERINNERING AAN HAAR BROER – HOE HIJ ZIJN GREEP ROND HAAR POLS VERSTEVIGDE VOOR ZE IN DIE AFGRIJSELIJKE NACHT WERD WEG-GESLEURD. ALS ZE HAAR OGEN SLUIT, KAN ZE DE WARMTE VAN ROANS VINGERS NOG STEEDS VOELEN.

'MAAK HET AF,' ZEGT DE GIER. 'ELK DEEL VAN JOU MOET DE METAMORFOSE ONDERGAAN.'

ZE DUWT MET HAAR GEEST, MAAR ZE KRIJGT HET KRISTAL NIET NAAR HAAR HAND GEDREVEN.

'IK BEGRIJP HET AL. JE DURFT DIE ZWAKKE PLEK NOG NIET OP TE GEVEN. SENTI-MENT IS GEVAARLIJK.'

ODE ZET HAAR STEKELS OP. ZE ZOU WILLEN UITHALEN NAAR HAAR LERAAR, MAAR DAAR STUURT HIJ NET OP AAN. IN PLAATS DAARVAN ROEIT ZE HET LAATSTE SPOOR VAN HAAR KWETSBAARHEID UIT. ZE WIST HET GEVOEL VAN HAAR BROERS AANRAKING UIT HAAR GEHEUGEN, VERSPREIDT DE DIAMANT VLIEGENSVLUG OVER HAAR HAND. MAAR IN PLAATS VAN TROTS TE ZIJN OP HAAR GESLAAGDE METAMORFOSE, VOELT ZE EEN ZEURENDE PIJN.

'GOED. PROBEER ZO COMPACT TE BLIJVEN ALS JE OPSTIJGT.'

MAAR ZE KAN ZICH NIET VERROEREN.

'OPSTIJGEN!' BEVEELT KORDAN.

MAAR ODES LEDEMATEN ZIJN TE ZWAAR. KORDANS MINACHTING BRENGT HAAR

UIT HAAR CONCENTRATIE EN VREET ENERGIE. HAAR POGINGEN WORDEN STEEDS ZWAK-
KER EN TELKENS ALS ZE ZICH PROBEERT AF TE ZETTEN, WORDT HET MOEILIJKER. MAAR
DAN DRUPPELEN WILLUMS WOORDEN BINNEN IN HAAR KRISTALLEN BEWUSTZIJN: GE-
BRUIK DE PIJN ALS MOTOR, OMARM DE PIJN, MAAK ER GEBRUIK VAN.

ZE DOET WAT HAAR LERAAR ZEI EN OMARMT HAAR PIJN. ZE LAAT ZE VOOR HAAR
WERKEN EN SLAAGT ERIN OM LANGZAAM OP TE STIJGEN EN OP DEZELFDE HOOGTE
ALS DE GIER TE KOMEN.

'LAAT ME NU EENS ZIEN OF JE NOG HOGER KUNT.'

DE LAATSTE KEER IN HET DROMENVELD HAD ZE MAAR DE HELFT VAN HAAR LI-
CHAAM KUNNEN TRANSFORMEREN. NU HEEFT ZE EEN VEEL GROTER GEWICHT TE TOR-
SEN EN IS HET MOEILIJK OM SNELHEID TE HALEN.

'WAAROM AARZEL JE ZO, ONZE ODE?'

ALS PIJN DE MOTOR IS, IS HAAT DE ONTSTEKING, DENKT ODE EN ZE SCHEURT DE
MIST IN. NU ZE ZO HOOG BOVEN KORDAN ZWEEFT, KAN ZE ZICH BIJNA VOORSTEL-
LEN HOE HET IS OM VRIJ TE ZIJN, VAN HEM EN VAN ALLE VERANTWOORDELIJKHEID
TEGENOVER DE MEESTERS EN DE STAD. MAAR DAT IS NIET VOOR VANDAAG. VANDAAG
ZAL ZE ZIJN GEHOON ONDERGAAN EN HEM ONVOORWAARDELIJK GEHOORZAMEN. ZE
DENKT NA, LAAT ZICH PIJLSNEL VALLEN EN KOMT AMPER EEN PAAR CENTIMETER BOVEN
DE GIER BRUUSK TOT STILSTAND. HAAR KRISTALLEN VINGERS WIJZEN ALS SCHERPE MES-
SEN NAAR ZIJN BORST.

'JE VERSPILT AL JE ENERGIE,' ZEGT KORDAN. 'MAAK DIE FOUT GEEN TWEEDE KEER,
ALS JE DOOR DE DRAAIKOLK MOET.'

'WAT ALS IK ER NIET MEER UIT KAN?'

'JE FAALT ALLEEN ALS JE AARZELT.'

ALLES WAT HIJ ZEGT, TREFT HAAR RECHT IN DE KERN VAN HAAR TROTS. HIJ HEEFT
HAAR ALTIJD AL ZO BEHANDELD, HIJ HEEFT HET ALTIJD OP HAAR ZWAKKE PLEKKEN
GEMUNT, PROBEERT HAAR ALTIJD TE ONDERWERPEN, DAAGT HAAR UIT OM HET MYS-
TERIE VAN ZIJN MACHT TE ONTSLUIEREN. ZO VOORSPELBAAR. HELEMAAL ANDERS DAN
WILLUM, WANT HOE DIE HAAR EN ZIJN POSITIE IN HANDEN WEET TE HOUDEN, IS EEN

RAADSEL. WILLUM LIJKT OPEN, KWETSBAAR, MAAR DIE OPENHEID IS GESPEELD. HIJ HOUDT ZIJN GEHEIMEN VOOR ZICH EN ALS HET GEMAK WAARMEE HIJ HAAR AANVAL OP DE KLERKEN AFSLOEG, EEN INDICATIE IS, VERDIENEN DIE GEHEIMEN AL HAAR AANDACHT.

ODE KIJKT NAAR DE TORENHOGE WATERSPIRAAL DIE DE HELE HORIZON INPALMT: DE DRAAIKOLK. HIJ DOMINEERT HET GEBIED DAT DE MEESTERS DE BLINDEMANSWOESTIJN NOEMEN, EEN LANDSCHAP DAT OOIT ZOU HEBBEN GEBRUIST VAN LEVEN, LEVEN WAAR DE MEESTERS MAAR GEEN VAT OP KREGEN. DIT BOUWWERK VAN DARIUS IS GENIAAL DOOR ZIJN EENVOUD. HET WATER VAN DE DRAAIKOLK KOMT UIT DE VERGEETPUT EN ZIJN ENERGIE VAN EEN WEZEN DAT ZO DOM WAS OM ZICH TE DICHTBIJ TE WAGEN. SOMMIGEN BEWEREN DAT OP HET OGENBLIK DAT DE DRAAIKOLK ZICH IN BEWEGING ZETTE, ALLE VOGELS IN DE STAD UIT DE HEMEL VIELEN EN HUN GEESTEN VOORGOED IN DE WERVELENDE WATERVAL WERDEN MEEGESLEURD. KINDEREN ONTWAAKTEN GILLEND UIT NACHTMERRIES WAARVAN ZE ZICH LATER NIETS MEER HERINNERDEN.

ODE HAD ALTIJD GELOOFD DAT HET KLETSKOEK WAS, EEN VERHAAL DAT WERD VERTELD OM DE NIET-INGEWIJDEN DE STUIPEN OP HET LIJF TE JAGEN, OM ZE ONTZAG TE DOEN KRIJGEN VOOR HET ZAND EN ZIJN KRACHT. MAAR NU ZE OOG IN OOG STAAT MET DE DRAAIKOLK EN HET LEVENLOZE LANDSCHAP WAARIN HIJ WERVELT, WEET ODE ZEKER DAT DIE VERHALEN ZIJN DODELIJKE KRACHT NOG ONDERSCHATTEN. DE UITDAGING WAAR ZE VOOR STAAT IS DUS NOG ZWAARDER, MAAR ZE IS STERK. STERK GENOEG.

ZE SCHIET RECHT NAAR DE DRAAIKOLK EN KOMT DICHTER- EN DICHTERBIJ, TOT ZE ERIN TE PLETTER VLIEGT. DOOR HAAR HOOFD FLITST DE KRACHT VAN EEN ONNOEMELIJK AANTAL WEZENS MET EEN ONONTWARBAAR KLUWEN VAN HERINNERINGEN. ZE OMHULLEN HAAR MET HUN SMEEKBEDES, PROBEREN HAAR OVER TE HALEN OM HEN TE VOLGEN. AL HAAR PIJN ZOU VERDWIJNEN ALS ZE BIJ HEN BLEEF, KIRREN ZE, ZE HOEFT NIET MEER ACHTEROM TE KIJKEN, OF BEZWAARD TE ZIJN DOOR VERLAMMENDE ANGST. ZE MAG AL HAAR ZORGEN AAN HEN GEVEN. ZIJ ZULLEN ZE WEL DRAGEN.

HUN LOKROEP VOELT ALS HEMELSE MUZIEK DIE HAAR OMARMT EN HAAR KOESTERT ALS FLUWEEL OM HAAR LEDEMATEN, HAAR HART, HAAR GEEST.

VERLANGEND STEEKT ZE HAAR HAND UIT, MAAR HAAR VAART STUWT HAAR VOORT, DWARS DOOR WAND VAN DE DRAAIKOLK, WAAR KORDAN HAAR OPWACHT. HAAR DIAMANTEN HUID IS HELEMAAL AAN FLARDEN, HAAR HOOFD HANGT HALF LOS, MAAR ZE IS ER NOG STEEDS, ALLES WAT ZE IS EN WAT ZE WEET, ALLES WAT ZE ZICH HERIN- NERT, IS NOG INTACT. ALS ZE IN DE OGEN VAN DE GIER KIJKT, IS ZE BLIJ DAT ZE IN HAAR DIAMANTGEDAANTE NIET KAN HUILEN.

Ze staat nog wat wankel op van de vloer en negeert Kordans prie- mende blik.

'Je bent volledig in je opdracht geslaagd.' In zijn zeurderige stem klinkt nu ook wrok en Ode geniet er wel een beetje van dat haar verwezenlij- kingen hem irriteren.

Haar huid voelt aan alsof ze vol blaren staat, maar een vluchtige blik in de spiegel stelt haar gerust. Dit gevoel is gewoon een neveneffect van wat ze net heeft doorstaan. Maar de kloppende pijn die ze voelt, is wel degelijk echt. Ze heeft al haar kracht nodig om overeind te blijven en zich kranig te houden voor dit zelfvoldane, misprijzende monster. Ze glimlacht naar hem.

'Ik dank u uit het diepste van mijn hart, Meester Kordan. Uw instruc- ties zijn van onschatbare waarde. U maakt me beter dan ik ben.'

De ijdele Kordan buigt het hoofd met valse bescheidenheid. 'Ik leef om Onze Ode te dienen.'

Gevlei werkt altijd.

Er wordt zachtjes op de deur geklopt. Willum verschijnt in de deur- opening en fluistert: 'Ik neem aan dat de missie een succes was?'

'Alles is naar behoren verlopen.'

'De Hoeder zou Onze Ode willen spreken.'

Eindelijk. Nu zal ze het verdict horen.

'Waarom was ik daar niet van op de hoogte?' bijt Kordan.

'Dat zul je hem zelf moeten vragen,' zegt Willum, die zich omdraait om naar buiten te gaan.

'Wacht,' sist Kordan en dan reageert hij zijn frustratie met veel vertoon af op Ode: 'Morgen zul je worden uitgedaagd. Zorg dat je er klaar voor bent.'

Ode schenkt hem haar allerliefste glimlach. 'Nog eens bedankt, mijn leraar.'

Als zij en Willum in de hal staan, geeft hij haar zijn zakdoek. 'Hoeveel heb je ingenomen?'

Ze negeert de zakdoek en likt aan haar mondhoeken.

'Genoeg.'

'En dat is?'

'Twee lepels.'

'Dat is genoeg voor tien Lopers.'

'Het Zand maakt me sterker.'

'Schijn bedriegt, Ode.'

'Niks aan te doen, Willum. Het is in het belang van de Agglomeratie.'

'Ik moet het hier toch eens met Darius over hebben.'

Die bezorgde blik in zijn ogen is niks voor hem, maar Ode is niet blind voor de gevolgen van zijn ongerustheid. Hij mag haar rantsoen Zand niet verminderen. Dat is ondenkbaar. Kordan zal het nooit toestaan.

'Er schuilt geen enkel gevaar in Zand, mijn beste Willum.'

'Ik ben er niet bang voor, maar als het wordt misbruikt, maak ik me wel zorgen.'

Ze zal hem afleiden, het onderwerp begraven onder alle andere zaken die Willum moet behartigen. 'Waarom heeft Darius zo lang gewacht om me bij hem te roepen?'

Willums stilzwijgen is zijn antwoord. Dat Darius niets meer van zich liet horen, was een deel van haar straf. Hij mag dan wel oud zijn en hoofd-zakelijk uit vervangstukken bestaan, maar er zijn er maar weinigen die zijn toorn hebben overleefd. Hoe woest is hij op haar?

'Wat is hij met me van plan?'

Willum blijft opeens staan. 'Hij deelt zijn oordeel niet met mij. Wees maar op alles voorbereid.' Als ze om de hoek komen, laat Willum Ode alleen, zodat ze de laatste stappen naar de met houtsnijwerk versierde eiken deur, het portaal naar de Aartsbisschop van de Agglomeratie, alleen moet afleggen.

Ode staart naar de koperen deurknop die omklemd is door de klau-wen van een dier. Maar wat voor dier? Geen adelaar of wolf. Iets klei-ners, scherpers, gemeners. Ooit moet ze toch eens een boek met foto's meebrengen, zodat ze het dier dat Darius vereert, kan identificeren. Toen ze pas was aangekomen in de Stad, was ze als een bibberend hoopje ellende voor Darius verschenen. Maar hij was vriendelijk geweest, zacht-aardig. Hij maakte haar blij met ingewikkelde opwindbare speeltjes en zoet gebak. Pluchen knuffeldieren van voor de Oorlogen, een aap, een leeuw en een ezel. Hij las haar verhaaltjes voor en leerde haar hoe je een kaartenhuis bouwt.

Maar dat was verleden tijd vanaf het moment dat ze in het Dromenveld begon te reizen. Vanaf het moment dat ze Onze Ode werd. Nu zijn haar bezoeken altijd officieel, staatsaangelegenheden en verwacht Darius van haar dat ze haar rol serieus neemt. Nu staat er een muur van protocol tussen hen, en blijft hij op een afstand. Ze zal elke straf die ze hem op-legt, zonder morren aanvaarden, elke vraag die hij stelt, zo eerlijk moge-lijk beantwoorden. Want ze moet zijn vertrouwen terug zien te winnen. Als hij haar vertrouwt, kan ze hem vernietigen. Ze haalt diep adem door haar neus, kalmeert en is nu klaar om om het even wat het hoofd te bie-den. Ode raakt één van de klauwen rond de deurknop aan en de deur zwaait open. Ze loopt naar binnen en laat de geborgenheid van Willum achter zich. Ze hoort de deur weer dichtglijden.

Darius zit vervaarlijk kaarsrecht op zijn troon. Zijn ogen boren zich in die van Ode, zijn doodskopachtige gezicht is nors en bikkelhard.

'Weet je waarom ik je hier heb ontboden?'

'Ik was brutaal tegen uw klerken na ons bezoek aan de fabriek.'

Zijn dunne lippen krullen omhoog. 'Eén man is nu doof, een andere ligt in een coma en nog een andere is aan een kant verlamd. Noem jij dat brutaal?'

Ze veinst angst en verbijstering en buigt snel het hoofd. Hopelijk denkt hij dat ze zich schaamt. Maar eigenlijk voelt ze een rilling van opwinding. Heeft ze zoveel kracht, is ze daar allemaal toe in staat?

'Je beseft natuurlijk dat dit niet zonder gevolgen kan blijven.'

'Oudste, ik ben zelf ook heel erg geschrokken van mijn gebrek aan zelfbeheersing, maar ik wist eerlijk waar niet dat ik tot zulke dingen in staat ben. Wat gaat er nu met mij gebeuren?'

'Je slachtoffers zijn ... hersteld. Omdat je uitbarsting, of moet ik zeggen, je test, plaatsvond in een redelijk beveiligde zone, waren er niet zoveel slachtoffers als er hadden kunnen zijn.'

'Ik was me er niet van bewust dat ik werd getest, Oudste.'

'Slimme meid. Je maakt me heel erg trots. Ik geloof dat jij óns testte, is het niet?'

Ode blijft hem zo onbewogen als ze kan in de ogen kijken en vraagt zich af hoeveel Darius weet, hoeveel ze moet toegeven.

Die vervloekte Willum ook, wat heeft hij allemaal verteld? Door de inspanning om haar ogen niet af te wenden, beginnen ze te tranen. Dat mag ze niet laten gebeuren.

'Willum vertelde me dat je overstuur was toen je hoorde dat Roan dood is verklaard.'

'Hij is niet dood,' piept Ode. Laat hem maar denken dat ze huilt van verdriet. Verdriet kan ze heel goed spelen.

'Misschien heb je gelijk, misschien leeft hij nog, verminkt of als banneling. Wat voor mij en voor jou telt, is dat hij niet langer een noodzakelijk deel van onze plannen uitmaakt.'

Onze plannen? Nu komt het. Het moet voor hem de laatste jaren zo makkelijk zijn geweest om haar te kneden, haar te manipuleren.

'Stel dat hij naar hier kwam, dan zou je worden gehalveerd, gedomineerd door je oudere broer. Dan moest je alles delen waar je zo hard voor hebt gewerkt. Terwijl het allemaal voor jou zou kunnen zijn. Jij wordt nog machtiger dan ik had gehoopt. Jij bent mijn adoptiedochter, en op een dag zit jij op de troon.'

Ja, Onze Ode. Onze Ode krijgt alles. Maar hoe, lieve adoptievader van me, zal mijn gouden kooi eruitzien?

'Maar, Vader, u zult eeuwig heersen. Ik heb die ambitie niet.'

'Dit lichaam is een ondraaglijke last. Ik heb lang gewacht om het af te leggen en voorgoed mijn plaats in het Dromenveld op te eisen. Ik heb op jou gewacht, Ode.'

Hij liegt natuurlijk. Maar waarom? Is het offer dat hij van haar zal vragen zo groot dat hij haar zijn eigen plaats aanbiedt om het de moeite waard te maken?

'Wat moet ik doen, Darius?'

Zijn gelooide vingers strelen Odes krullen. Ze buigt haar hoofd naar zijn hand, doet of ze in extase is.

Hij lijkt op het monster van het prentenboek dat haar moeder haar altijd voorlas. Hij lokt haar met snoep omdat hij haar wil verslinden.

Ze houdt zich die gedachte voor als hij met zijn vinger haar kin opheft en haar liefdevol in de ogen kijkt.

'Moeten is niet het woord. Er staat je een missie te wachten, een experiment dat het tij voorgoed in ons voordeel zou kunnen keren. Maar je bent nergens toe verplicht. Je moet er eens over nadenken, de risico's overwegen, en dan een beslissing nemen. Als je weigert, zal dat mijn plannen met jou niet veranderen.'

Ze krijgt het ijskoud, want nu beseft ze dat hij haar wil vernietigen. Hoe ze dat weet, snapt ze zelf niet goed, maar ze is er zeker van. Hij zal haar doden, wat ze ook doet. Ze voelt een rilling over haar hele lichaam. Is ze bang? Ja, maar ook opgelucht. Hij zal haar krachten verder ontwikkelen tot ze gebruiksklaar zijn. Dat geeft haar de tijd om uit te zoeken hoe ze de rollen om kan draaien en hem kan vernietigen. Hij heeft haar waarschijnlijk te goed opgeleid, die valse vader van haar.

'Wat is de opdracht?'

'Je eerste taak is door de Muur breken.'

'De barricade van de Eters?'

'Ja.'

'Ik dacht dat die ondoordringbaar was.'

'Hij is heel vernuftig ontworpen, maar ik denk niet dat ze jou voor ogen hadden toen ze hem bouwden, liefje.'

'Denkt u echt dat ik erdoorheen kan?'

'Dat weet ik wel zeker. De Eters willen het Dromenveld voor zich alleen. Maar dat moeten we verhinderen. Tien jaar lang hebben we naar een manier gezocht om door hun Muur te komen, en jij bent die manier, mijn dochter. Ik wil dat je gedetailleerde nota's neemt van zijn structuur. En dat je kijkt hoe de Eters reageren. En ... we moeten eens bekijken of het mogelijk zou zijn om er eentje mee te brengen.'

'Wat, een Eter?'

Er verschijnt een brede grijns op zijn gezicht, zo breed dat zijn huid helemaal uitrekt. 'Dat zou toch fantastisch zijn! We zouden er zo veel van kunnen leren, en het zou hun ondergang enorm kunnen bespoedigen.'

De Hoeder knippert vermoeid met zijn ogen en hij zinkt steeds dieper weg in zijn stoel.

'Hoeder? Vader?'

'Onderschat de moeilijkheden en de risico's niet. Dit is een gevaarlijke opdracht.'

Hij steekt zijn hand uit. Ode kust ze.

'Je hebt zo ongelooflijk veel kracht, kleintje. Dat hebben de klerken aan de lijve ondervonden. We moeten die kracht beter gebruiken.'

Darius begint zachtjes te snurken en Ode legt zijn hand neer. Ze kijkt naar hem en achter haar ogen welt er een zwarte poel van haat op. Hij liet haar geloven dat hij van haar hield, dat hij om haar gaf, terwijl hij haar alleen maar wilde gebruiken. *Maar ik hunker niet meer naar je genegenheid, monster. Je probeerde mijn vader te worden, zodat je met de ene hand alle leven uit mijn hart kon persen en met de andere het zicht uit mijn ogen kon scheuren. Jij bent verantwoordelijk voor alle dood, alle leugens. Jij hebt mijn wereld verwoest. Jij en je Stad. Ik zal erachter komen wat je van mij wilt stelen. Ik zal in opstand komen, en niets of niemand zal me ooit nog in zijn macht hebben.*

HELLEKOORTS

DE MEESTEN DIE ZWERVEN, WORDEN VERLOREN
GEWAAND IN DE WOESTENIJ. WAAR ZE VANDAAN
KOMEN, WAAR ZE IN GELOVEN OF HOE TALRIJK
ZE ZIJN, WETEN WE NIET. WE WETEN ALLEEN
DAT WAAR ZIJ ZIJN GEWEEST, DE WITTE KREKEL
FLOREERT.

- DE OORLOGSKRONIEKEN

Zijn lichaam gloeit, de sporen van zijn beproeving met Sancto verschroei-
en zijn binnenste, maar Roan weet zeker dat hij leeft. Hij leeft en is terug
op aarde. Dat weet hij omdat hij de koelte van de lucht voelt, het mos
onder zijn rug, en de sterke geur van de ceders ruikt. Hij kan stemmen
horen, gezichten zien door de mist, maar ze zweven in en uit zijn gezichtsveld.

'Het is nu al vierentwintig uur geleden en zijn koorts is nog steeds
niet gedaald.'

Bubbel.

'Dat is niet ongewoon als je de Kwelling hebt meegemaakt. Maar hij
heeft eraan weerstaan, hij is ervoor gevlucht, terwijl hij er zich in had
moeten onderdompelen. Hij heeft er even van geproefd, terwijl hij ermee
had moeten versmelten. Daarom is hij nu zo ziek.'

'Hij moet hier weg. Ga hulp halen.'

'Hij heeft hier alles wat hij nodig heeft. Hij is sterk en mijn genees-
middel werkt.'

'Dus hij wordt beter?'

'Zijn koorts zal verdwijnen, maar hij kan alleen volledig herstellen als
hij terugkeert naar de plek die hem tot zich riep.'

Roan voelt dat hij op de grond ligt te kronkelen. Hij roept Bubbels naam, maar er zit een stok in zijn mond.

'De doeken,' zegt Mabatan.

Op zijn borst en benen liggen koude, natte doeken, die het vuur onder zijn huid moeten blussen. Roan opent zijn ogen nog een beetje meer en probeert zijn zicht scherp te stellen.

Bubbels gezicht hangt vlak boven dat van hem. 'Roan? Ik ben het.'

Roan probeert te zeggen: 'Dat weet ik,' maar er komt alleen maar een soort gegorgel uit zijn keel.

'Haal de stok uit zijn mond,' zegt Mabatan.

'Je had een epilepsieaanval,' legt Bubbel uit, terwijl hij de stok weghaalt. 'Hierdoor kon je niet op je tong bijten.'

'Bubbel, ik heb de kinderen gezien,' stamelt Roan. 'Mabatan heeft me naar hen toe gebracht. Er is een kloof in de aarde. In het Dromenveld. Zij houden hem dicht.'

Roan sluit zijn ogen en kreunt, zijn lichaam is geradbraakt. Mabatan voelt aan zijn voorhoofd. 'Hij heeft het te warm.'

Ze plet een stukje schors met een steen. Dat poeder verzamelt ze in een kom en lost ze op in wat water.

Dan zet ze de kom aan Roans lippen. 'Drink maar. Dit zal je helpen.'

Als Roan van de vloeistof drinkt, voelt hij zich kalm worden. Zijn lichaam zinkt in het mos.

Terwijl hij daar half wakker ligt, hoort hij Mabatan zachtjes fluiten en voelt hij hoe zijn krekel op die lokroep reageert.

Bubbels krekel springt naast die van Roan en als ze beginnen te tsjirpen, komen er nog drie witte krekels uit Mabatans zak te voorschijn. Een paar ogenblikken later kruipen er krekels uit de boom, onder stenen en gevallen takken vandaan. Honderden krekels gaan om Roan heen zitten en tsjirpen.

Roan slaakt een diepe zucht, voelt hoe hij wegzinkt in een warme mist.

'Ze hebben hem naar de sluimerzone gebracht. Hij hoort de geluiden van de aarde, maar zijn geest ligt veilig te rusten. Als hij wakker wordt, zal hij zich een stuk beter voelen.'

Opgelucht gaat Bubbel voorzichtig naast Roan zitten om de krekels niet te storen.

'Mabatan, wat weet jij over de krekels? Ik bedoel, behalve dat ze wezens van de aarde zijn?'

'Maar het feit dat ze wezens van de aarde zijn, is net de kern van hun zijn. Meer dan enig ander wezen dat er bestaat. En dat moet je weten, want ze hebben jou uitverkoren.'

'Ik weet niet of dat wel verstandig van ze is, want de eerste krekel die ik had, is jammerlijk aan zijn eind gekomen,' glimlacht Bubbel cynisch.

Maar Mabatan blijft heel ernstig. 'Alle krekels hebben jou uitverkoren.'

'Dat kun je niet menen. Hoe kun jij dat nu weten?'

'Ze hebben het me verteld.'

'Praten ze dan met jou?'

'Praten, nee, maar vertellen, ja.'

'Dat ze mij hebben uitverkoren en zo?'

'Ja. Dat ze jou hebben uitverkoren.'

Bubbels hand dwaalt naar de kraters op zijn gezicht. Kraters van de Mor-Teken die hem en zijn familie hebben aangevallen. Alleen Bubbel heeft het overleefd. Hij werd gered door een witte krekel, die de parasieten die hem levend aan het verslinden waren, doodde. Ademloos stamelt hij: 'Ik heb nooit begrepen waarom ik ben blijven leven en mijn familie moest sterven. Waarom er maar één krekel was, en waarom die uitgerekend mij redde.'

'Omdat jij vele levens zult redden.'

'Ik?'

'Ja.'

'Hoor eens, je vergist je. Ik ben geen held. Dat is meer iets voor Roan.'

'Ik weet niet of levens redden en een held zijn altijd samen hoeft te gaan. Ik wou dat ik meer kon zeggen, maar dat is alles wat ik heb begrepen.'

Als het begint te schemeren en er wolken voor de driekwartsmaan drijven, ligt Roan vredig te rusten onder de sussende geur van de ceder die boven hem uittorent. Hij heeft al meer dan eens gedacht dat zijn vriendschap met Bubbel voorbestemd was. Als het waar is wat Mabatan zei, is Bubbel misschien meer dan een vriend die hem beschermt. Met alles wat Roan nog in het vooruitzicht heeft, vindt hij dat een geruststellende gedachte. Hij wil zijn ogen nu al openen, maar hij weet dat hij moet wachten. En luisteren. Al weet hij niet goed waarom.

'Heb jij familie?' vraagt Bubbel aan het meisje.'

'Ooit had ik een familie, ja.'

'Je lijkt te jong om helemaal alleen op de wereld te zijn.'

'Ik ben niet alleen op de wereld.'

Dat antwoord verbaast Bubbel. Hij herformuleert zijn vraag. 'Ik bedoel niet nu, ik bedoel voor je ons ontmoette.'

'Ik ben nooit alleen geweest.'

'Je hebt de krekels.'

'De krekels komen en gaan als ze dat zelf willen. En toch heb ik veel gezelschap. Alles wat ik aanraak, wat ik ruik, wat ik zie, wat ik proef, wat ik hoor, houdt me gezelschap. Zolang ik mijn zintuigen gebruik om mijn geest te openen, heb ik de wereld ... Voorlopig toch nog.'

Mabatan zwijgt een hele tijd, maar Bubbel onderbreekt haar gemijmer niet.

'We zullen de wereld verliezen als we er niet in slagen om de kloof te dichten. En met de wereld, onze ziel. Dat heeft men mij verteld. De gave die we hebben gekregen, zal ons worden afgepakt.'

'Je bedoelt dat de aarde zal vergaan?'

'Nee. De aarde heeft nog miljoenen zomers voor de boeg. Maar ze zal ons van haar schouders schudden en we zullen tot as wederkeren.'

Mabatan en Bubbel worden zo stil als de lucht die Roan inademt, en de nacht vult zich met het getsjirp van krekels.

De zon komt op en werpt haar bloederige kleurenpalet over de bewolkte lucht.

Roan ontwaakt en ziet dat Bubbel en Mabatan over een kookvuurtje gebogen zitten.

'Goeiemorgen,' zegt Mabatan. 'We hebben soep gemaakt. Daar kikker je van op.'

'Voel je je al beter?' vraagt Bubbel.

'Stukken,' antwoordt Roan automatisch. Maar als hij probeert op te staan, struikelt hij en valt hij op zijn knie. Bubbel grijpt zijn arm en helpt hem voorzichtig op het zachte mos.

'Rustig aan,' waarschuwt Bubbel als Mabatan Roan een aardewerken kom met soep aanreikt. 'Ze heeft een plaats gevonden waar geelbruine paddestoelen groeien. Dat is het beste wat je kunt eten als je ziek bent.'

De sterke geur van de soep doet Roan watertanden. Hij drinkt er met gulzige slokken van.

'Langzaam nippen,' zegt Mabatan. 'Je hebt twee dagen niet gegeten.'

Ondanks haar waarschuwing is de soep al snel op en vult Bubbel de kom opnieuw. Hij geeft ze aan Roan, en aarzelt voor hij zijn vraag stelt.

'Je riep Sancto's naam.'

Roan huivert. 'Ik heb hem gezien.'

Bubbels gezicht vertrekt van angst. 'Leeft hij nog?'

'Nee. Hij is op een plaats. Een verschrikkelijke plaats.' Roan draait zich naar Mabatan. 'Wat voor plaats?'

'Als het lichaam sterft, bereidt de geest een plaats voor zichzelf. Sommigen komen tot rust en keren terug naar de grote eenheid. Anderen niet.'

Er verschijnt een vreemde, opgewonden blik in Bubbels ogen. 'En je kunt iedereen die dood is daar opzoeken?'

'Sommigen kunnen dat. De meesten niet, die kunnen alleen naar de gemeenschappelijke plek. Maar Roan kan overal komen. Hij is een vrijloper.'

Bubbel kijkt Roan smekend aan.

'Het is niet wat je denkt, Bubbel. Het zijn geen geesten of spoken of zo. Het zijn geen mensen meer, maar een soort synthese van wat ze zijn geweest, en ze dompelen zich onder in een kwelling die ze zelf bedenken. De Lelbit die je kende, is daar niet. En geloof me, je zou ook niet willen dat ze daar was.'

Bubbel staart met rode ogen voor zich uit. Roan beseft hoe ellendig hij zich nu moet voelen en fluistert: 'Het spijt me.' Bubbel keert hem teneergeslagen de rug toe.

Roan kijkt Mabatan vragend aan. 'Ik begrijp niet wat Sancto van me wilde, waarom hij me riep.'

'Als je was gebleven, zou je het hebben geweten. Maar nu ben je ontsnapt en moet het toch nog gebeuren.'

'Wat moet nog gebeuren?'

'Je bent geroepen. Je moet worden herboren in de geest van de doden.'

De uitdrukking op haar gezicht is zo somber, zo doodernstig dat Roan haar woorden wel serieus móet nemen, hoe absurd ze ook klinken.

'Hoe bedoel je?'

'Was je bij hem toen hij stierf?'

Roan knikt.

'Probeerde hij jou te vermoorden?'

'Hij stond op het punt me te doden, ja. Maar Lelbit stak hem neer.'

'Het is mogelijk dat hij gevangen zit in het ogenblik van zijn dood, dat hij eeuwig zal blijven proberen om de handeling die zijn lot beslechtte, te voltooien.'

'Ik heb hem niet vermoord.'

'Maar je voelt je verantwoordelijk voor zijn dood.'

'Dus moet ik teruggaan en me door hem laten vermoorden? Waarom?'

'Dan kun je binnentreden in zijn geest, ontdekken wat hij je probeert te bieden. Als je daar bang voor bent, als je daarvoor wegloopt, zal de wijsheid die hij je wil schenken, verloren gaan.'

'Ik weet niet of ik terug kan gaan.'

Mabatan haalt haar schouders op en breekt de smeulende takken van het vuur in tweeën. Roan loopt terug naar Bubbel om daar wat steun te krijgen, maar hij botst er niet op troost, maar op grimmige verbetenheid.

'Hoe lang zullen ze het nog volhouden, Roan?' Die kloof ... Mabatan zegt dat hij hen zal vierendelen.'

Roans ogen spuwen vuur. 'Jij was er niet bij. Jij hebt niet gezien wat ik heb gezien, gehoord wat ik heb gehoord ...' Maar de gekwetste blik in Bubbels ogen legt hem het zwijgen op. Ze hebben samen al zoveel doorstaan en nooit opgegeven. En nu, nu het zo nodig is, zou Roan het liefste heel ver wegrennen, omdat hij bang is dat als hij gaat, hij nooit meer terug zal keren.

'Ik kan me inderdaad niet voorstellen wat je hebt meegemaakt, maar ik heb wel gezien hoe je eraan toe bent. Je zou nu zelfs niet kúnnen gaan, ook al zou je het willen. Nu nog niet. Dat vraagt ook niemand van je.'

Bubbels praktische denken kikkert Roan meteen op. Op dit ogenblik zou hij alles doen om niet terug naar die hel te hoeven. Maar misschien denkt hij daar over een tijdje helemaal anders over. Of nog beter, vindt hij een andere oplossing. 'Hoe lang nog voor ik het nog eens kan proberen?'

'Je moet nog aansterken,' antwoordt het meisje.

'Ik ga naar de Stad.'

Bubbel proest het uit. 'Denk je nu echt dat de Stad minder gevaarlijk is?'

'Daar gaat het niet om. Mabatan zegt dat er in het Dromenveld dingen zijn, die alleen ik kan doen. Maar dat is niet helemaal waar. Er is iemand die me kan evenaren. Mijn zus.'

Mabatan sluit haar ogen. Een ogenblik later knikt ze, alsof ze met iemand in haar hoofd heeft overlegd. Haar ogen schieten open. 'Ze zal je niet helpen om je met Sancto te verzoenen. Maar misschien kan ze de kloof helpen dichten.'

Bubbel schudt verward het hoofd. 'Je zei toch zelf dat ze beschadigd is? Ze is een Verrader geworden.'

'Al die tijd heb ik haar alleen in het Dromenveld kunnen zien. We hebben een bloedband. We houden van elkaar. Als we oog in oog staan, elkaar kunnen aanraken, kan ik haar misschien terugwinnen.'

Bubbel zucht. 'Je meent het.' Hij draait zich naar Mabatan en schudt meewarig het hoofd. 'Hij meent het. Ik herken de symptomen.' Maar de frons op Bubbels gezicht wordt steeds ernstiger. 'Ik wou dat je er niets van meende. Als ze je in de Stad gevangennemen ... En hoe ga je daar binnen raken? Ze zijn vast naar je op zoek. Ik moet je beschermen, maar ik kan me zelfs niet in de buurt van de poorten vertonen. Ik sta onder de Mor-Teeklittekens, als je dat niet meer wist.'

Mabatan legt een hand op hun schouder. 'Ik ken iemand die je ernaartoe kan brengen.'

HET GAT IN DE MUUR

DEMONEN PROBEREN DE HARMONIE IN DE STAD
TE VERSTOREN.
DAGELIJKS LEVEREN DE MEESTERS STRIJD
TEGEN HEN IN HET PARADIJS.
OM TEGEMOET TE KOMEN AAN ONZE STEEDS
DWINGENDER OPROEP
OM AAN ONZE ZIJDE TE KOMEN STRIJDEN,
WORDEN ER VOLOP VOLGELINGEN OPGELEID.
- VERKONDIGING VAN MEESTER QUERIN

Ode staart naar Willum, die nors in zijn blauwgelakte stoel zit. Ze zal te weten komen wat hem zo dwars zit, al moet ze hier nog uren blijven wachten. Maar tegelijkertijd vreest ze dat het iets met haar te maken heeft en dat ze het niet graag zal horen.

Na wat een eeuwigheid lijkt, en nadat hij een hele diepe zucht heeft geslaakt, zegt hij eindelijk waar hij mee in zijn maag zit. 'Je bent verslaafd aan het Zand.'

'Dankzij het Zand kan ik dingen doen die alle verbeelding tarten.'

'Maar de prijs die je ervoor hebt betaald, is onmenselijk.'

'Meester Darius wilde dat ik bepaalde opdrachten voor hem uitvoerde. Jij hebt me altijd geadviseerd om zijn eisen in te willigen, me er niet tegen te verzetten,' zegt Ode. 'En nu zeg je dat hij me ten gronde probeert te richten?'

'Ik zeg alleen dat je veel meer Zand inneemt dan je nodig hebt.'

'Een groot deel daarvan heb ik nodig om mijn doel te bereiken.'

'Dat willen ze je laten geloven, maar daarom is het nog niet zo.'

'Willum, waarom zeg je het niet gewoon zoals het is? We kunnen hier niets aan veranderen, we staan volkomen machteloos.' Heel even snakt ze ernaar om er alles gewoon uit te gooien, Willum te vertellen waar ze zo bang voor is, wat ze van plan is. Alsof hij haar vriend was. Maar ze is niet zo naïef om te geloven dat hij dat ook is. Net als al die anderen wil Willum iets van haar. Wat, daar is ze nog niet achter. Hij laat zich op zijn stoel ploffen en drinkt zijn water gulzig op. Ze ziet dat hij zich bij de situatie heeft neergelegd. Met Kordan gaat hij met plezier in de clinch, maar als Darius iets beveelt, gehoorzaamt Willum. Hij is geen dwaas. Als je hem op de juiste manier benadert, helpt hij je zelfs.

Ode schuift haar stoel dichter bij Willum. 'Vertel eens wat je over de Eters weet.'

'Ik weet er zoveel over. Wat wil je precies weten?'

'Ik heb alleen de officiële versie gehoord, de verhalen over de Vijf die het Zand hebben ontdekt. Dat Darius met de andere Vier heeft gebroken om het te beschermen. Dat hun machtswellust tot een burgeroorlog heeft geleid. En dat Darius die oorlog heeft gewonnen en de Stad naar de overwinning heeft geleid.'

'We hebben het er al eens over gehad, weet je nog, dat de geschiedenis altijd door de winnaars wordt geschreven?'

Ode hangt nu echt aan Willums lippen. Ze fluistert: 'Dus er is meer?'

Willum glimlacht en leunt achterover. 'Er is altijd meer. De legende wil dat de luchtmachine van Darius vijfenzeventig jaar geleden bijna alle dissidente legers heeft uitgeroeid. Behalve vier. Die vier legers konden ontkomen naar de vier windstreken. Eentje werd ontdekt en geëlimineerd, van het tweede was er geen spoor meer, de nakomelingen van het derde zijn onlangs door Darius vernietigd en daarvan zijn er maar twee overlevenden.'

Ode krijgt het ijskoud als het tot haar doordringt: zij en Roan zijn die twee overlevenden.

Ze komen van Langlicht, waar de nakomelingen van het derde dissidente leger zich probeerden te verschuilen. Er overvalt haar een vreemd gevoel. Haar gezicht trekt samen, haar ogen prikken. Is dit verdriet? Ze wijst het van de hand als een onbekend gegeven. Dan kijkt ze Willum recht in de ogen.

'Langlicht is weg, en als daar al Eters woonden, zijn ze nu dood. Dus blijft er alleen nog de vierde groep dissidenten over. Zijn dat allemaal Eters?'

'Nee, niet allemaal. Maar ... het schijnt dat ze andere krachten hebben.'

'Zijn ze zo gevaarlijk als er wordt verteld?'

Willum masseert zijn slapen, ademt diep in en kijkt haar in de ogen.

'Darius ziet erop toe dat alleen de primitiefste technologie buiten de muren van de Stad geraakt. Dus hebben ze, voor zover we weten, alleen maar zelfgemaakte wapens. Als ze al een leger hebben, is het er in elk geval een met heel beperkte middelen. Maar zoals je weet, zijn het lichaam en de geest heel dodelijke wapens als je weet hoe je ze moet gebruiken. En dan heb je nog hun geloof.'

'Hoezo?'

'Ze geloven dat het Dromenveld de menselijke geest kracht geeft. Als je over het Dromenveld heerst, heers je over de essentie van het leven zelf. Dat is de theorie. De vele verdedigingsbouwwerken die de Hoeder heeft opgetrokken, hebben een confrontatie tot nu toe nog kunnen afwenden. Maar Darius denkt dat de Muur die ze nu zelf aan het bouwen zijn, de eerste stap is van een poging om de macht opnieuw te grijpen.'

'Zijn ze in staat om onze afweer te bedreigen?'

'Het zou niet politiek correct van me zijn om zoiets te beweren, zelfs al was ik er bijna zeker van. Maar natuurlijk zijn er vermoedens.'

Aha, daar is de Willum die ze nodig heeft. Die ogen die verder kijken dan wat zichtbaar is en oren die geruchten juist inschatten.

Opeens is Willum op zijn hoede, en zij voelt hem ook: Kordan.

Als die binnenkomt, moet iedereen het weten.

Willum fluistert: 'Onderschat hen niet, Ode. Ze zijn niet dwaas.'

'En die vermoedens?'

'Van de oorspronkelijke Vijf is er maar één die met zekerheid dood is verklaard. Roan van de Breuk, noemden ze hem. Jouw overgrootvader.'

Ode is verbijsterd. 'Was mijn overgrootvader één van de Vijf?'

'Hij is degene die het Zand heeft ontdekt, jouw overgrootvader was de leider van de revolutie. Hij wilde het eten van Zand verbieden, en het Zand zelf vernietigen ... Maar de anderen ...'

De deur zwaait open en Kordan wandelt naar binnen. Hij glimlacht, iets wat bijna nooit gebeurt, en als hij Willum aankijkt, wordt die glimlach nog breder. 'Nu komt ze met mij mee.'

Willum negeert Kordans gemene grijns en zegt tegen Ode: 'Veel geluk, meisje. En denk eraan, wat je kunt gebruiken om aan te vallen, is ook efficiënt als verdediging.'

Ze ziet de dag dat ze de klerken aanviel weerspiegeld in zijn ogen. Hij had een harnas om zich heen opgetrokken. Kan zij dat ook?

'Ik zie je straks wel op het banket van de Meesters.'

'O,' zegt Kordan met een stem die druipt van het venijn, 'Ik wist niet dat jij ook was uitgenodigd.'

'Als vertrouwenspersoon van Onze Ode beschouw ik het als mijn plicht om in de buurt te blijven.'

'O ja, op die manier,' zegt Kordan. 'Hoe kon ik het vergeten.' En met wapperende mantel loopt hij samen met Ode de deur weer uit.

Geamuseerd wisselt ze nog snel een blik met Willum. 'Bedankt. Ik zal voorzichtig zijn.'

De Bestemmingkamer is de meest geavanceerde van alle reiskamers in de Grote Piramide. Ze is ontworpen voor maximale amplificatie en wordt daarom alleen gebruikt voor de belangrijkste reizen. Ze heeft driehoekige wanden van doorzichtig glas en ligt helemaal boven in de top van de Piramide. Zelfs de gewelfde bedden die op maat van een liggend lichaam zijn gemaakt, zijn van glas. Deze ongewone omgeving is de voorbije twee jaar een tweede thuis voor Ode geworden, toen ze de zoektocht naar haar broer dagelijks verder zette, hem riep en hem af en toe visioenen en dromen stuurde. En elke keer voelde ze dan Kordans hete adem in haar nek. Hij zette haar enorm onder druk. Die weinige momenten dat ze voeling had met Roans bewustzijn – dat zo sterk op dat van haar lijkt – staan haar nog even duidelijk en sprekend voor de geest als toen ze ze voor het eerst ervaarde. Maar hij is haar al elke keer ontglipt, hij vlucht altijd. Kordan zegt dat dat de schuld van de Eters is, dat zij een muur tussen haar en Roan optrekken. Voelde Roan ook elke keer nog een andere aanwezigheid? Zou hij wel contact met haar willen als ze echt helemaal alleen waren? Ze weet zeker dat ze hem al naar haar heeft horen roepen. Maar dat is al zo lang geleden. Ze heeft hem al zo lang niet meer gevoeld, al … Nee! Hij is niet dood. Dat kan gewoon niet …

Al is hij wel gestopt met naar haar te zoeken.

'Het is een mooie dag, Onze Ode. Vandaag zullen we de vruchten plukken van al ons harde werk.'

'Zullen er nog anderen bij zijn?'

'Nee, men heeft geoordeeld dat het in dit stadium niet verstandig zou zijn om de zaak onnodig ingewikkeld te maken door er publiek bij te betrekken.'

'Voor het geval dat het me niet lukt en ik het feest vergal,' zegt Ode terwijl ze gretig naar de zilveren bokaal blijft staren.

'Jij hebt heel veel talent, misschien wel het meeste van ons allemaal. Maar voor de uitdaging waar je nu voor staat, kom je met dat talent niet veel verder.'

Vorige week en vorige maand, heel vorig jaar was ze er nochtans behoorlijk ver mee gekomen, denkt Ode. Maar dat heeft allemaal geen belang. Hij heeft het Zand in handen en als ze braaf naar hem luistert, krijgt ze het sneller.

'Compact blijven, ondoordringbaar, je massa bij elkaar houden, dat zijn de sleutels om je tegenstanders de baas te blijven.'

'Tegenstanders?'

'Verraders heb je overal. Je moet leren om je in het Dromenveld net zo goed te verdedigen als hier in de echte wereld. De Meesters worden van alle kanten bedreigd. Die storende elementen moeten voorgoed schaakmat worden gezet.'

'Moet ik met een Eter vechten?'

'Ja. Misschien zelfs met meer dan één.'

'Met degene die me verhindert om mijn broer te vinden?'

'Ik sta niet aan het hoofd van de Eters, Onze Ode. Ik kan niet zeggen wie van hen onze uitdaging zal aannemen. Maar ik weet zeker dat hij of zij ons zal opwachten. De Eters zouden niets liever willen dan jou de dood injagen.'

Wil Kordan haar ook dood? Kent hij de toekomstplannen van Darius? Ze heeft de minachting in zijn stem gehoord toen hij haar naam uitsprak. Die was groter dan toen hij het over de Eters had.

Kordan neemt een snuifje Zand en legt het op zijn tong. Glimlachend biedt hij Ode een bomvolle lepel van het goedje aan. Die kan niet anders dan het gretig ophappen. Even later houdt Kordan haar nog een tweede lepel voor. Ze hoort Willums waarschuwingen in haar hoofd, maar hij heeft er geen idee van hoe moeilijk het is om eraan te weerstaan, hoe makkelijk alles haar afgaat als ze Zand heeft gegeten. En dit is belangrijk, te belangrijk. Misschien zal ze de volgende keer naar hem proberen te luisteren en minder Zand nemen. Maar deze keer aanvaardt

Ode de extra dosis en als ze op de gladde gewelfde stoel ligt, concentreert ze zich volledig op haar innerlijke reis.

OP EEN DONKERBRUIN STRAND KIJKT ONZE ODE VAN KLEI UIT OVER HET LANDSCHAP. DE GIER VLIEGT NAAST HAAR.

'HOE PAKKEN WE HET AAN?'

DE GIER LANDT OP HET ZAND EN VERDWIJNT. ODE ZWENKT NAAR BENEDEN EN GLIJDT MOEITELOOS ONDER WATER, ONDANKS HAAR LICHAAM VAN KLEI.

ZE SCHEERT LANGS KILOMETERSLANGE KORAALRIFFEN, WERVELENDE ANEMONEN-VELDEN, HELE SCHOLEN GLIMMENDE VISJES EN EENZAME JAGERS DIE ZICH VERDEKT OPSTELLEN. ZE MAAKT ZO'N ONGELOOFLIJKE SNELHEID DAT ZE NAUWELIJKS ZIET WAAR ZE LANGS KOMT. BOVENDIEN EISEN HAAR ANGST EN VASTBERADENHEID AL HAAR AANDACHT OP.

'HIER.' DE STEM VAN KORDAN ONDERBREEKT HAAR GEDACHTEN. HIJ OVERVALT HAAR ALTIJD ZO. ZE WEET DAT DAT EEN BEETJE HAAR EIGEN SCHULD IS. EERST LEEK HET WEL MAGIE, VOND ZE HET EEN SPANNEND SPEL, DAT HIJ HAAR GEDACHTEN ZOMAAR KON BINNENDRINGEN, MAAR NU WEET ZE WAT HET ECHT IS: EEN BRUTALE AANVAL. EN ALS DE TIJD ER RIJP VOOR IS, ZAL ZE HEM DAARVOOR LATEN BOETEN.

ALS ZE HAAR HOOFD OPHEFT EN MET HAAR OGEN NET BOVEN HET WATEROP-PERVLAK UITKOMT, STOKT HAAR ADEM. HOE KUNNEN ZE DIT NU EEN MUUR NOEMEN? ZIJN ZE ZO KORTZICHTIG, ZO BANG VAN HUN VIJANDEN DAT ZE BLIND ZIJN VOOR DE SCHOONHEID DIE ZE HEBBEN GECREËERD? DE BORRELENDE WATERVAL VAN ENERGIE VALT NAAR BENEDEN ALS EEN LICHTGEVENDE, VLOEIBARE STOF. ZIJN LENGTE EN HOOGTE ZIJN ONMOGELIJK IN TE SCHATTEN, WANT HIJ STREKT ZICH IN ALLE WIND-RICHTINGEN TOT AAN DE HORIZON UIT. DEZE MUUR IS ZO GROOT DAT DE SPIRAAL, VER WEG IN HET WESTEN, HET GEVAARLIJKSTE BOUWWERK VAN DARIUS, ONSCHUL-DIG SPEELGOED LIJKT. ALS ZE WEER ONDER WATER DUIKT, ZIET ZE DAT DE MUUR TOT OP DE BODEM VAN DE OCEAAN, EN WAARSCHIJNLIJK NOG VEEL DIEPER, REIKT. NU BEGRIJPT ZE WAAROM HIJ ALS EEN BEDREIGING VOOR DE VEILIGHEID VAN DE AGGLO-

MERATIE WORDT BESCHOUWD. DE LICHTFLITSEN DIE EROVER SCHIETEN LIJKEN DEZE MUUR TOT LEVEN TE WEKKEN. HIJ IS GEVAARLIJK. HEEL GEVAARLIJK.

ALSOF HIJ VOELT DAT ZE AARZELT, DUWT KORDAN HAAR WEER MET HAAR NEUS OP HAAR TAAK. 'ALS JE DOOR DE MUUR BENT GEDRONGEN, MOET JE SNEL HANDE-LEN: JE DRINGT ER ONMIDDELLIJK NOG EEN KEER DOOR EN KOMT TERUG NAAR MIJ.'

'EN ALS ZE ME ACHTERVOLGEN?'

'AL WIE ZO DOM IS JE TE VOLGEN, VANG IK EN NEEM IK MEE NAAR HUIS ALS CA-DEAUTJE VOOR DE OUDSTE. NADAT IK MIJN BELANGRIJKSTE TAAK HEB VOLBRACHT, NATUURLIJK, EN DAT IS JOU BESCHERMEN.'

EN ERVOOR ZORGEN DAT IK NIET TE DIEP NADENK OVER WAAR IK MEE BEZIG BEN, BESEFT ODE. MAAR ZE KAN DEZE ONDERNEMING ONMOGELIJK ONTLOPEN. HAAR LEVENSPAD IS NOG HELEMAAL VERSTRENGELD MET DAT VAN DE MEESTER. ZE OMARMT DE PIJN EN TRANSFORMEERT TOT HAAR HELE LICHAAM, ZELFS HAAR DIERBARE HAND, VAN DIAMANT IS. ALS ZE KLAAR IS, CONCENTREERT ZE ZICH OP HET DICHTSTBIJZIJNDE PUNT VAN HET GOLVENDE GORDIJN. ZONDER HAAR OGEN VAN DAT PUNT AF TE HA-LEN, SPRINGT ZE EN VERSNELT ZE TOT ZE ALS EEN RAKET EN TRILLEND VAN SPANNING NAAR HAAR DOEL SCHIET.

ZE ZIET DAT DE FLIKKERENDE LICHTSTRALEN EEN LEVEND TAPIJT VORMEN, MAAR EEN PAAR SECONDEN LATER IS ZE ER AL ZO DICHT BIJ, DAT ZE DE BOODSCHAP OP DE MUUR AL NIET MEER KAN ONDERSCHEIDEN. DE DIKTE VAN DE MUUR IS AL EVENMIN TE PEILEN. HIJ IS ZO COMPACT, DAT ZE ER ONMOGELIJK DOORHEEN KAN KIJKEN EN DUS OOK NIET KAN ZIEN OF ER IEMAND IN EEN HINDERLAAG LIGT. MAAR AAN DEZE KANT VAN DE MUUR ZIJN ER GEEN BEWAKERS, IS ER NIEMAND OM HAAR KOMST AF TE STOPPEN. DAT VERLOOPT ALVAST AL VOLGENS DE VERWACHTINGEN.

ALS ZE DICHT GENOEG IS GENADERD OM HET GEZOEM EN GERUIS VAN DE MUUR TE HOREN, BESEFT ZE MET EEN SCHOK DAT ZE ER AL IN ZIT. DE MUUR IS DIK, ZO DIK DAT DE ANDERE KANT UIT HAAR GEZICHTSVELD LIGT. HET LICHT IS FANTASTISCH: LEVENDIGE KLEUREN DIE SPRINGEN, DANSEN, FLIKKEREN, EN TEGEN HAAR KRISTAL-LEN LICHAAM BOTSEN.

ZE CONTROLEERT OF ZE GEEN SCHADE HEEFT OPGELOPEN. NIETS. HAAR ON-
DOORDRINGBARE LICHAAM IS AL HEELHUIDS UIT DE DRAAIKOLK GEKOMEN, EN VER-
GELEKEN DAARMEE STELT DE BEDREIGING VAN DEZE MUUR VAN VLOEIBARE ENERGIE
NIETS VOOR.

ODE BLIJFT ZELFVERZEKERD OP KOERS. ZE KIJKT GEBOEID TOE ALS ER EEN LICHT-
STRAAL LANGS DE RANDEN VAN HAAR PRISMAHUID GLIJDT. ZE RAAKT IN VERVOERING
ALS HIJ DWARS DOOR HAAR HEEN SCHUIFT, EEN MET HAAR WORDT EN UIT ELKAAR
VALT IN ONEINDIGE KLEURSCHAKERINGEN. EN AL WEET ZE DIEP VANBINNEN WEL DAT
ZE ZICH MOETEN VERDEDIGEN, TOCH GELOOFT ZE ER ROTSVAST IN DAT HET ZAND
HAAR ONGENAAKBAAR, ONAANTASTBAAR EN ONOVERWINNELIJK MAAKT.

ALS DE ACHTERKANT VAN DE MUUR IN ZICHT BEGINT TE KOMEN, HERINNERT ZE
ZICH WILLUMS WOORDEN. WAT JE KUNT GEBRUIKEN OM AAN TE VALLEN, KUN JE OOK
GEBRUIKEN OM JE TE VERDEDIGEN. OPEENS DRINGT DE WAARHEID EVEN ONVERBID-
DELIJK TOT HAAR DOOR ALS EEN DIEPE KRAS OP HAAR DIAMANTEN OPPERVLAK: ZE
HEEFT EEN KAPITALE FOUT GEMAAKT. DE ENERGIE DIE DOOR HAAR HEEN GOLFT,
BREEKT HAAR OPEN, WERPT LICHT OP HAAR EN LEGT HAAR BINNENSTE BLOOT. DOM
MEISJE! HOE HAALDE JE HET IN JE HOOFD OM KORDAN TE VERTROUWEN. ZE HEEFT
HET VERKEERDE VERDEDIGINGSMECHANISME GEKOZEN; ZE HAD ZICH MOETEN AFSCHER-
MEN, EEN BESCHERMENDE AURA RONDOM ZICH MOETEN OPTREKKEN. KEER TERUG,
SNEL! TE LAAT. ZE JAMMERT VAN ELLENDE ALS ZE UIT DE DOORSCHIJNENDE MUUR IN
VIJANDELIJK GEBIED SCHIET.

HEEL EVEN HEEFT ZE HET GEVOEL DAT ZE RESPIJT HEEFT GEKREGEN. ZE ZIET NIETS
ANDERS DAN EEN OCEAAN EN EEN HEMELSBLAUWE LUCHT. IS DIT DE BERUCHTE HABI-
TAT VAN DE ETERS? ZE BOTST TEGEN EEN WOLLIGE, WITTE WOLK. HIJ VOELT KOEL
EN VERTROUWD AAN. MAAR HAAR OPLUCHTING IS MAAR VAN KORTE DUUR: ZE KAN
ZICH NIET BEWEGEN.

MET HAAR LAATSTE KRACHTEN KAN ZE ZICH NOG LOSWERKEN UIT DE WOLK,
MAAR DAN ZIET ZE DAT ER DAMP OPKRINGELT UIT DE OCEAAN EN ER VIER WEZENS
UIT DE DIEPTE OPSTIJGEN: BERGLEEUW, HAGEDIS, JAKHALS EN BEER. HAAR ENIGE

HOOP IS EEN LIST, DUS DOET ZE ALSOF ZE NOG STEEDS WORSTELT MET DE WOLK. ZODRA DE LEEUW OP HAAR SPRINGT, GEEFT ZE HEM MET HAAR DIAMANTEN VOET ZO'N KRACHTIGE TRAP DAT HIJ STUURLOOS TOLLEND OP DE GOLVEN SMAKT. DE JAKHALS HAPT NAAR HAAR HEUP EN SLAAGT ER OP DE EEN OF ANDERE MANIER IN OM ZIJN TANDEN IN HAAR OPPERVLAK TE DRIJVEN. ODE WRIKT ZIJN MUIL OPEN EN SCHUDT HET DIER ZO HARD HEEN EN WEER DAT ZE ZIJN BOTTEN HOORT KRAKEN. ZE SLINGERT DE JAKHALS IN ZEE, MAAR ALS ZE HAAR BENEN OM DE BEER KLEMT, WORDT ZE WEGGERUKT VAN DE WOLK. DE HAGEDIS BIJT ZICH VAST IN ODE, BOORT ZIJN TANDEN DIEP IN HAAR ZIJ. DE GIERENDE PIJN KATAPULTEERT HAAR TERUG IN DE MUUR, WAAR DE GOLVENDE STROOM HAAR MET NIEUWE ENERGIE VOEDT. HAAR KNIEËN WURGEN DE BEER. ZE LAAT HEM VALLEN EN GRIJPT DE HAGEDIS BIJ DE STAART. ZE RUKT ER ZO HARD AAN, DAT HIJ AFKNAPT. DE HAGEDIS GRAAFT ZICH MET ZIJN KLAUWEN DIEP ONDER HAAR RIBBEN. ZE REIKT IN HAAR EIGEN LICHAAM, VOLGT DE WELVING VAN HET REPTIEL EN KLEMT HAAR HAND ROND ZIJN ZACHTSTE DEEL. ZIJN BOTTEN VERSPLINTEREN IN HAAR GREEP EN DE ORGANEN VAN DE HAGEDIS VLOEIEN TUSSEN HAAR VINGERS TOT IN HAAR KERN. ODE VOELT EEN MINUSCULE STROOMSTOOT IN HAAR BUIK, ALS ALLE LEVEN UIT HET BEEST WEGVLOEIT.

WALGEND SLINGERT ZE HET DODE DING UIT VOLLE MACHT UIT DE MUUR, VER IN HET TERRITORIUM VAN DE ETERS. ZE HEEFT ER ONMIDDELLIJK SPIJT VAN. ZE HAD HET DIER NIET MOGEN DODEN. ZE HAD HET KUNNEN VANGEN EN MEENEMEN ALS GESCHENK VOOR DARIUS. KOELBLOEDIG BLIJVEN IN HET HEETST VAN DE STRIJD, DAT IS HAAR NOG NIET GEGEVEN.

GEVANGEN IN EEN WEB VAN LICHT RICHT ZE HAAR AANDACHT OP HAAR WONDEN. ALLE ZICHTBARE SPOREN VAN HET GEVECHT WIST ZE VAN HAAR KRISTALLEN LICHAAM. MAAR DE PIJN ZIT DIEP EN IS NIET ZO MAKKELIJK TE STILLEN. IN DE HOOP DAT DE OPZWEPENDE GOLVEN HAAR ZULLEN GENEZEN, DRAAIT ODE ER NOG EEN KEER HELEMAAL IN ROND EN DAN SNELT ZE TERUG NAAR DE PLEK WAAR KORDAN HAAR STAAT OP TE WACHTEN. ZE ZWEEFT TRIOMFANTELIJK DOOR DE LUCHT, BARSTENSVOL NIEUWE ENERGIE.

DOOD EN VERDERF

ZOLANG IEDERS TERRITORIUM ONGESCHONDEN
BLEEF, HADDEN DE KLERKEN EN DE BROEDERS
EEN, WELISWAAR KWETSBAAR, VERBOND. MAAR
VOOR SANCTO DE WOESTENIJ BETRAD, VOOR-
SPELDE HIJ DAT DE AANBIDDING VAN DE VRIEND
EN DE AANBIDDING VAN DE MEESTERS VOOR
CONFLICTEN ZOU ZORGEN.

- ORINS GESCHIEDENIS VAN DE VRIEND

Mabatan staat naast haar boot, legt haar handen op de twee zijkanten en tilt hem moeiteloos boven haar hoofd. Ze zet de boot op haar schouders en loopt een moeilijk begaanbaar pad op. Alleen haar borst en benen zijn nog zichtbaar onder haar last. Roan en Bubbel volgen haar en algauw zijn de boomgaard en de zoete geur van de ceders niet meer dan een dierbare herinnering.

Hier worden ze omsingeld door een zee van doornstruiken die Roan pijnlijk herinneren aan het Onderkruid dat hem ooit bijna fataal werd.

'Wat gebeurt er als je deze doorns aanraakt?' vraagt hij aan Mabatan.

'Als je een doorn aanraakt, prik je je,' klinkt haar gedempte stem onder de boot vandaan.

'En verder niks? Ze zijn niet giftig?' Bubbel buigt zich over een struik en snuffelt eraan. 'Die stank is al genoeg om belagers op een afstand te houden.'

'Het is de geur van zwaar werk,' zegt Mabatan, maar ze legt haar antwoord verder niet uit.

Ze versnelt haar pas en navigeert lenig en handig over het kronkelige pad, ondanks die boot op haar schouders.

Die doornstruiken komen Roan om de een of andere reden bekend voor. Als hij ze van dichterbij bekijkt, begrijpt hij waarom. 'Dit zijn de zuiverende planten waar ik in een boek van mijn vader eens over heb gelezen. Ik vertelde Broeder Adder over ze en toen heeft hij ze laten planten om besmette landbouwgrond terug te winnen. In minder dan een jaar was de grond weer vruchtbaar.'

'De Gruwelen hebben deze grond veel sterker vervuild. Mijn grootmoeder heeft deze doornstruiken geplant toen ze jong was.' Er klinkt een vleugje melancholie door in Mabatans stem. 'Het zal nog tien zomers duren eer deze grond weer gezond is. En als het werk van de planten erop zit, sterven ze.'

'Da's ook maar een wrange beloning voor hun bewezen diensten,' zegt Bubbel bedrukt.

'Het werk zelf is hun beloning,' zegt Mabatan.

Als ze bij een langgerekt meer komen, voelt de lucht zwoel en de middagzon verzengend. Mabatan wipt de boot van haar schouders en zet hem voorzichtig in het van algen vergeven water.

Bubbel moet ervan kokhalzen. 'Van de regen in de drop gesproken. Gaan we echt varen in die smeerboel?'

De stank van het meer is zo overweldigend dat Roan alle moeite van de wereld moet doen om niet over te geven.

'Wees maar dankbaar voor die geur – het betekent dat deze wateren zelden worden bevaren.' Mabatan diept een stalen flacon op uit haar zak en sprenkelt een beetje van de inhoud op een paar repen stof. Ze geeft er een aan Roan, een aan Bubbel en zegt: 'Dit is een aftreksel van klein hoefblad, salie en knoopkruid. Hou het voor je mond en neus als je inademt, het filtert de gifstoffen. En als er een druppel water op je komt, veeg je die ook hiermee af.' Ze loopt naar een overgroeide boomstam op de grond, rolt de steen die ervoor ligt weg en reikt met haar hand naar binnen. Ze trekt twee roeispanen te voorschijn en geeft ze aan Bubbel en Roan. 'Deze keer mogen jullie helpen roeien. Je weet toch hoe dat moet?' glimlacht ze.

'We trekken ons wel uit de slag,' zegt Bubbel als ze in de boot stappen. 'We hebben nog op zulke waters gevaren.'

Roan zit nerveus op zijn plaats te draaien. 'In Helderzicht gebruikten ze het meer als kerkhof.'

'Dan zul je niet schrikken van wat je ziet,' antwoordt Mabatan.

Ze trekken hun roeispanen voorzichtig door dikke plukken oranje algen om het water niet te laten opspatten. De zware lucht past bij het deprimerende landschap. Als ze een bocht in het lange meer naderen, hopen ze dat het daarachter wat minder zal stinken, maar die hoop wordt meteen de kop ingedrukt.

'Hier stinkt het zo mogelijk nog erger,' zegt Bubbel.

'En het is hier waarschijnlijk nog een stuk gevaarlijker ook,' zegt Roan en hij wijst naar de oever. Hier is het meer nauwelijks een steenworp breed en de roestkleurige biezen groeien hier zo hoog dat je er makkelijk een hinderlaag in kunt maken. Roan speurt de omgeving af en spitst zijn oren, maar hij hoort alleen het gesnor van libellen, bladeren die op het water vallen en muizen die door het onkruid wriemelen. Zo reizen ze verder zonder dat er iets gebeurt, tot hun armen helemaal stram zijn en de zon het einde van de dag inluidt, door achter de horizon te verdwijnen.

Als ze in het midden van het meer een stapel stenen zien die hen de doorgang verspert, gebaart Roan zwijgend naar de anderen dat ze hun roeispanen uit het water moeten halen. Hij wijst naar verdachte vormen op de stenen en richt zijn aandacht op de oever. Maar hij voelt geen bedreiging en als Mabatan de boot langzaam dichterbij stuurt, zien ze wat de vreemde vormen zijn: de rottende lichamen van twee mensen.

Roan stapt uit de boot en staart naar een man en een vrouw van ongeveer dezelfde leeftijd als zijn ouders.

Hun doordrenkte kleren zijn eenvoudig, hun handen en voeten weggeteerd door het giftige water. Hij bestudeert hun grijze opgezwollen huid, hun gapende monden, hun doorgesneden keel. Hij steekt zijn hand uit, sluit voorzichtig hun uitgedoofde ogen en begint zijn dodengebed:

'Dat de liefde die je schonk ...'

'Rovers?' fluistert Bubbel door Roans gebed heen.

Mabatan bekijkt de wonden in de nek van de slachtoffers aandachtig. 'Nee,' zegt ze. 'Rovers vechten. Ze snijden de keel van boeren niet over met scheermessen. Dit is het werk van de Stad, van hen die kijken met de ogen van anderen.'

Bubbel huivert. 'Klerken? Die waagden zich vroeger toch nooit in de Verlanden?'

'Alles is aan het veranderen,' zegt Mabatan. 'Ik heb ze de afgelopen twee seizoenen vaak gezien.' Opeens zwijgt ze en steekt haar neus in de lucht. 'We moeten hier weg. Ze zijn heel dichtbij.'

'Roan,' spoort Bubbel hem aan.

Roan doet of hij hen niet hoort en maakt het gebed af.

'Snel!' dringt Mabatan aan.

Als het gedreun van een motor over het rimpelloze water weerklinkt, rolt Roan het eerste lijk in het meer.

Bubbel grijpt Roans arm. 'Geen tijd!'

Mabatan duwt haar boot op de oever. Het geluid van de motor klinkt steeds harder. Ze trekken takken van de struiken en gooien die over de boot tot hij niet meer te onderscheiden is van zijn omgeving.

Opeens valt de motor stil. Onder het bruine gebladerte loeren zes ogen naar een platte boot die naar het lijk dat er nog ligt, drijft. De passagiers van de boot zijn drie uitgemergelde mannen in een blauwe toga.

De ene staart door een telescoop die op een kruisboog is gemonteerd, en speurt de rivier af. De tweede heeft een speer met een lemmet vast en gaat aan land, gevaarlijk dicht bij de plek waar ze zich hebben verstopt. De grootste, met een nors gezicht en uilachtige ogen, hurkt neer bij het lijk en inspecteert de stenen. Heeft Roan een of ander spoor achtergelaten dat hen verraadt? De klerk gaat verzitten om het lijk van dichterbij te bekijken. Zijn handen glijden over het been van de dode vrouw, voelen aan haar gescheurde vest en haar arm. Dan wacht hij even en bestudeert het gezicht van de vrouw. Hij steekt zijn vinger uit en raakt haar ooglid aan waar Roan het enkele ogenblikken eerder ook heeft aangeraakt. Hij is zo dichtbij dat Roan het scherp van het zwaard naast hem, de spanning in zijn nek en de bult achter zijn oor kan zien.

Plotseling duwt de klerk het lijk van de stenen. Hij kijkt toe hoe het langzaam oplost in het zure water en gebaart dan tevreden naar zijn companen.

Hij trekt de boot door de nauwe doorgang, klimt weer in de boot en de klerken tuffen weg.

Mabatan kruipt met een verbeten gezicht onder de struiken vandaan. 'Ik ben op deze wateren zelden andere reizigers tegengekomen. En nu duiken er opeens klerken in motorboten op. We moeten deze route verlaten en te voet verder gaan.' Vastberaden controleert Mabatan nog eens of haar boot goed verstopt is en begint zich dan een weg te banen door het weelderige roestbruine gebladerte van de biezen. Half sluipend volgt ze het meer met Bubbel en Roan in haar kielzog.

Roan kan de verminkte lijken maar niet uit zijn hoofd zetten. Zo genadeloos afgeslacht door de soldaten van de Stad, de zogenoemde klerken. Wat als ze naar hem op zoek zijn? Zou Ode hem hebben gezien in het Dromenveld? Of misschien heeft die gier hem opgemerkt en heeft die alarm geslagen.

Wat er ook van zij, vanaf nu moet hij uiterst voorzichtig zijn.

Als ze bij zonsondergang even halt houden om te rusten, staan hun handen vol schrammen van de scherpe bladeren en baden ze in het zweet. Mabatan en Bubbel willen net even op een open plek gaan zitten, als ze zien dat Roan ongedurig staat te schuifelen.

'Ruik je dat?' vraagt hij.

Bubbel en Mabatan volgen hem in stilte als hij zich een weg door het gebladerte naar het water baant. Op één van de oevers liggen tientallen lichamen verspreid.

Het duizelt Roan. Hij begint ze te tellen. Een, twee, drie ... acht, negen ... dertien, veertien ... twintig, vijfentwintig ...

Hij telt ze een voor een en hoopt hiermee zin te geven aan wat hij ziet, de doden minder anoniem te maken, ook al weet hij dat het volkomen zinloos is. Tellen helpt niet. Niets kan een slachting zin geven. Zevenendertig. Zevenendertig mensen zijn hier van het leven beroofd.

Mabatan is lijkbleek geworden. Bubbels adem stokt. Minutenlang zeggen ze geen woord. Dan draait Mabatan zich om. Een eindje verder op het vasteland, op de top van een heuvel, ligt een dorp. Een dorp zonder beweging, zonder geluid, zonder licht.

'Het zwijgen opgelegd,' fluistert Mabatan.

'Waarom?' vraagt Bubbel.

'Dat weet alleen de Stad.'

'Misschien leeft er nog iemand.'

Mabatan kijkt Bubbel sceptisch aan. 'Ze laten geen overlevenden achter.'

'Misschien heeft iemand kans gezien om zich te verstoppen. Kinderen, misschien,' zegt Roan, die Bubbels hoop wil delen.

'De maan is bijna vol,' zegt Mabatan wanhopig. 'We moeten hier weg voor ze opkomt, en in de schaduw verder lopen.'

Bubbel kijkt haar met tranen in de ogen aan. 'We kunnen die licha-men hier toch niet gewoon achterlaten.'

Mabatan kijkt van Roan naar Bubbel, naar hun vastberaden gezich-ten, en zucht. 'Jullie hebben gelijk. We kunnen hen niet achterlaten zon-der hen te zegenen. Het was verkeerd van me om alleen maar aan onze veiligheid te denken. Bedankt dat jullie me eraan herinneren wie we zijn.'

De drie kijken elkaar somber aan. De taak die ze op zich hebben genomen, valt hen heel zwaar.

De gele maan zweeft boven het dorp en de vrienden baden in haar onaardse gloed. Ze vertrouwen de doden toe aan het meer en uitgeput door hun droeve werk zeggen ze het dodengebed op:

'Dat de liefde die je schonk, vrucht moge dragen.

We laten je gaan.

Dat de ideeën die je deelde, mogen verder leven.

We laten je gaan.

Dat jouw licht in ons hart eeuwig moge branden.

We laten je gaan.

We laten je gaan en zien je daar.'

Ze rapen hun rugzakken op en klimmen behoedzaam de heuvel op.

'Ze hadden geen beschermingsmuur,' zegt Bubbel.

'Misschien dachten ze dat ze niets hadden waar iemand zo ver voor zou willen reizen,' zegt Roan. Hij denkt aan Langlicht.

'Maar ze hadden het mis,' merkt Mabatan bars op.

Ze naderen het dorp zo onzichtbaar en geruisloos mogelijk. De ge-bouwen dragen geen enkel spoor van geweld.

'Hier woonden prima vaklui,' fluistert Roan. 'Elke steen was in een mooi vierkant gehouwen. Kijk, ze gebruikten geen mortel.'

Bij het eerste huis laat Bubbel zijn vinger bewonderend over het spleetje tussen twee stenen glijden. Roan gluurt naar binnen en ziet ontbijtborden op het aanrecht, onopgemaakte bedden, een kom vol bonen die bij het fornuis staan te weken.

'Het moet 's morgens vroeg zijn gebeurd,' merkt Mabatan op.

'Waarom, denk je?' vraagt Bubbel, die een rij kinderschoentjes bij de deur ziet staan.

Roan schudt verdrietig het hoofd. 'Moet daar dan een reden voor zijn?'

Pas als ze elk huis hebben onderzocht en bij het gemeenschapshuis komen, vindt Bubbel het antwoord op zijn vraag.

De woonhuizen zijn intact gelaten, maar het interieur van dit gebouw is brutaal verwoest. Banken, stoelen en tafels liggen overal verspreid, de wandtapijten zijn verscheurd en in het stof gegooid. Het maanlicht dat door de ramen naar binnen gluurt, schijnt op de inktkleurige bloedvlekken die overal op zitten.

Roan haalt diep adem om zijn bonzende hart tot bedaren te brengen. 'Hier zijn ze allemaal geëxecuteerd.'

'En dit is de reden,' zegt Bubbel die boven een gat staat waar vroeger duidelijk vloerplanken op hebben gelegen. Onder één van de randen zitten een kaars en een vuursteen verborgen. Hij slaat op het scherpe stukje metaal op de steen en steekt met het vonkje de kaars aan.

Een ladder leidt hen naar een grote geheime kamer.

Zelfs in het flikkerende kaarslicht is het duidelijk waar de kamer voor dient. Er staan kinderwiegjes, een tafel, een speelhoek met speelgoed voor peuters. Mabatan laat haar hand over de houten treintjes, lappenpoppen, poppenkleertjes en blokken glijden.

'Hoeveel kinderen denk je dat ze hier verborgen hielden?' vraagt Bubbel zich af.

'Minstens zes. Van alle leeftijden,' zegt ze zonder op te kijken.

Bubbel raapt een telraam op en schuift de kralen afwezig van de ene naar de andere kant. 'Dus de klerken kwamen voor de kinderen. Ze namen ze allemaal mee en vermoordden de volwassenen om een voorbeeld te stellen. En daarom hebben ze de lijken zo uitgestald, als een boodschap aan iedereen die hier voorbijkomt. Geef die paar kinderen op, of we vermoorden iedereen.'

Iets op de muur trekt Roans aandacht. Hij neemt de kaars over van Bubbel en loopt ernaartoe. Als hij ziet wat het is, wankelt hij op zijn benen en laat de kaars bijna vallen.

Het is de foto van een meisje. Haar kleding is extravagant, koninklijk, haar glimlach engelachtig en ze lijkt te stralen van goedheid. Ze steekt haar hand op, alsof ze op het punt staat om de toeschouwer liefdevol over het hoofd te strelen. Onderaan de foto staan twee woorden: ONZE ODE.

Roan staart verbijsterd naar de foto. Hij gaat er vlak voor staan, neemt haar ogen, haar mond in zich op. Hij leunt met zijn hoofd tegen de muur, vlak bij de foto van zijn zusje. 'Ze is zo groot geworden.'

Bubbel zegt niets tot Roan een stap achteruit heeft gezet. Hij probeert de woorden te spellen, dat heeft Roan hem geleerd. 'On-ze ... O ... O ... de,' leest Bubbel. 'Onze Ode. Alsof ze van iedereen is.'

Mabatan legt haar handen op de foto en sluit haar ogen.

'De klerken hebben die foto hier gehangen.'

Roans maag krimpt samen. 'Hiermee lijken ze te zeggen dat zij hier verantwoordelijk voor is.'

'Alsof zij de verpersoonlijking van de Stad is,' beaamt Bubbel grimmig.

Mabatan haalt haar schouders op. 'Het kan best zijn dat ze hier helemaal niets van weet.'

'Ik wou dat ik dat kon geloven.' Het geluid van motoren dat over het water echoot, legt hen het zwijgen op. Roan steekt zijn hand uit naar de muur, raakt Odes foto aan en klautert achter de andere twee de ladder op. Ze nemen geen risico's en sluipen naar de deur. Ze gluren naar buiten en zien in de verte de silhouetten van twee boten in het maanlicht. 'Rennen we?' vraagt Bubbel.

'Langs de gebouwen, naar de andere kant van de velden,' fluistert Mabatan en ze verdwijnt in de schaduw. Net op tijd, want op de steen naast hen vliegt er een pijl te pletter die voor haar bedoeld was.

'Hij moet een nachtkijker hebben,' zegt Roan terwijl hij Bubbel achter de deur trekt. 'Sancto had er een paar, een geschenk van de Stad. Ze hebben niet veel licht nodig om hun doelwit te lokaliseren.'

Er suist weer een pijl door de deuropening. Hij vliegt te pletter tegen een zuil achter Bubbel. Hij en Roan wisselen snel een blik en zetten het op een lopen.

Het geronk van de motoren valt stil. De klerken zijn aan land. Roan en Bubbel rennen gebukt door maïsvelden die nog te jong zijn om veel beschutting te bieden. Opgejaagd door pijlen die hen om de oren vliegen en het geschreeuw van hun achtervolgers, zigzaggen ze de rijen planten door, in de hoop hun belagers zo op het verkeerde spoor te zetten.

Bubbel valt. Hard. 'Niks aan de hand, loop verder!' schreeuwt hij als Roan naar hem toesnelt.

'Ben je gek, je voet zit vast in een gat!' Roan grijpt Bubbels been, trekt eraan, en trekt nog eens.

'En zeggen dat ik mollen altijd zulke leuke diertjes vond,' kermt Bubbel als zijn bemodderde voet eindelijk losschiet.

'Kun je erop lopen?'

Tussen hen boort er zich een pijl in de grond.

'Nou en of,' zegt Bubbel en hij schiet er als de bliksem vandoor.

De klerken banjeren zich al een weg door de maïs als Bubbel en

Roan Mabatan bij een grote afgehakte boomstam zien zitten. Ze gebaart dat ze zich moeten haasten. Als ze haar hand tussen de dikke boomwortels steekt, horen ze iets klikken. De grond aan de andere kant van de stam schuift open, net genoeg om er een persoon door te laten.

'Ga op je rug liggen en klem je rugzak tussen je benen. De tunnel is heel smal en heel steil.'

Bubbel steekt zijn benen in het gat, legt zijn rugak goed en laat zich naar beneden glijden. Roan doet hetzelfde. De tunnel kronkelt en draait door de grond en is op sommige plaatsen zo smal dat Roan zijn neus schramt. Opeens valt hij een seconde in het niets en komt dan met een harde plof in een ruw uitgehouwen ruimte terecht, waar Bubbel al overeind aan het krabbelen is. De zoldering is zo laag dat ze amper kunnen staan en in de muren zitten een heleboel gelijkaardige gaten als het gat waar ze langs naar beneden zijn gekomen. Er brandt een gaslampje dat een ijl, blauwachtig licht uitstraalt. Een geruststellende plof achter hen betekent dat Mabatan ook veilig is aangekomen.

'Handig ontsnappingsluikje, zeg. Heb jij dat gebouwd?' vraagt Bubbel haar.

'Nee,' antwoordt ze vlak. Roan ziet dat haar ogen van gat naar gat schieten. Een paar seconden later komen er wezens uitgegleden. Hun huid van was, kale koppen zonder oren en roze spleetoogjes glimmen in het blauwe licht. Ze staan langzaam op en komen met ontblote vampierentanden steeds dichterbij. Bloeddrinkers.

DE PIONIER

GEZEGEND ZIJ DE TIEN,

DE PIRAMIDE VAN HET LICHT,

ONZE GIDS, ONZE REDDING,

GEZEGEND ZIJ ONZE ODE,

DIE ONZE HARTEN NIEUW LEVEN INBLAAST.

- LITURGIE VAN DE AGGLOMERATIE

'Ode ... Ode ... Kun je me horen?' Ode opent versuft de ogen en ziet dat Darius haar onderzoekend aankijkt. Als hij glimlacht, stelt hij zijn superstrak gespannen huid zwaar op de proef: zijn lip krult moeizaam omhoog, zodat zijn kleine snijtanden zichtbaar worden. Waar is ze? Hoe lang is ze bewusteloos geweest?

'Ik hoor u, Ziener,' zegt Ode zacht. 'Ik had bijna een cadeautje voor u meegebracht.' Het verdriet in haar stem is echt. Ze kan maar beter de waarheid vertellen. Wie weet wat hij allemaal heeft ontdekt.

Darius is blij. 'Een cadeautje?'

'Een Eter. Maar dat ding ergerde me zo, dat ik het heb afgemaakt, sorry.'

Darius kan de flikkering in zijn melkachtige ogen nauwelijks verbergen; er trilt opwinding door zijn kalme stem. 'Je hebt het afgemaakt? Weet je dat zeker?'

Aha, hij dacht dus dat ze daar nog niet toe in staat was. Doe of het een peulschil was. 'Ik heb het tot moes geknepen in mijn hand. Het was dood.'

Hij denkt na over elke zin, savoureert en evalueert ze een voor een.

'Heb ik iets verkeerds gedaan?'

'Integendeel. Het is juist heel goed nieuws dat je een vluchtige vorm

135

met de blote hand hebt kunnen doden.' Zou het kunnen dat dat nog nooit iemand gelukt is? Ode weet dat het Dromenveld zelf levens kan vernietigen, en de Bouwwerken die de Meesters er in hebben opgetrokken ook, maar dat je er kunt doden in een man-tegen-mangevecht is blijkbaar nieuw. Het moet de energie van de Muur zijn geweest. Het licht dat door haar heen stroomde, moet haar energie nog hebben versterkt. 'En het lichaam van vlees en bloed,' vraagt ze zich hardop af. 'Is dat nu ook dood?'

Darius lacht. 'Ze maken deel uit van hetzelfde geheel, Ode. Als het ene lichaam sterft, overlijdt het andere ook. Dan kan het in elk geval niet meer behoorlijk functioneren.'

'Ik heb de hagedis gedood.'

Darius, die altijd de rust zelf is, hapt naar lucht van verrukking. 'Ferrell! Eindelijk zijn we van hem verlost.'

'Hoe oud was hij? En wat was hij voor iemand?' Ode wil alles van hem weten, ze wil zichzelf ervan overtuigen dat hij echt een beduchte vijand was, om haar triomf te rechtvaardigen, misschien zelfs een beetje uit te vergroten.

'Een beetje ouder dan Willum, denk ik. Een tacticus,' bromt Darius tevreden. 'Eén van de ontwerpers van hun Muur.'

'Hebt u hem ooit ontmoet?'

'Mijn beste Ode, ik heb hem zelfs nog nooit gezien. Wat ik over hem weet, heb ik van onze informatiebronnen. Maar dit weet ik heel zeker: Ferrell was een grote bedreiging, een sluwe, hypocriete, verraderlijke tegenstander en zijn dood is een ramp voor de Eters. Zonder hem zijn ze onnoemelijk veel zwakker. We zijn heel trots op je. Maar nu moet je me het hele avontuur vertellen. Ik wil alles weten, tot in de kleinste details.'

Ode beschrijft hem plichtsbewust de Muur, maar zwijgt wijselijk over de energie die ze eruit kon putten. Ze vertelt over de wolk die haar bijna had gevangen en hoe haar belagers als demonen uit de zee opstegen.

Als ze is uitverteld, realiseert ze zich opeens dat ze onbewust over haar buik heeft zitten wrijven. Hij gloeit waar de hagedis zijn klauwen in haar heeft gezet. Zijn het de naweeën van zijn beet? Of misschien voelt ze niet de wonde, maar een naschok van toen het licht haar diamanten lichaam nog dieper, nog intenser binnendrong.

'Alles goed met je, liefje?' vraagt Darius. Hij is veel toeschietelijker dan anders, maar zij is niet meer zo naïef om te denken dat al die aandacht goed bedoeld is.

'Ja, hoor, dank u,' zegt ze en ze hoopt dat het geloofwaardig overkomt. Hij mag niet weten wat er is gebeurd, want dat is haar troef. Niemand anders is in staat om in de Muur te dringen en er ongeschonden weer uit te komen. Alleen zij weet uit ervaring wat hij te bieden heeft, en dan weet ze eigenlijk nog bijna niets.

Ze moet meer te weten komen. Ze moet teruggaan.

'Vader, ik voelde me sterk, zo ongelooflijk sterk. U hebt me goed opgeleid. Maar nu ben ik heel erg moe.'

'Ja, natuurlijk, rust maar, mijn Ode, rust. En daarna houden we een feest voor jou. Dat heb je wel verdiend.' Hij streelt haar haren, en zegent haar met een blik vol ... Trots? Triomf? Hij is blij dat ze een Eter heeft gedood. Wil hij haar daarvoor gebruiken? Ze kan het nog net opbrengen om verzaligd naar hem op te kijken, maar dan vallen haar ogen toe. Ze wil de kracht van de Muur. En ze zal hem krijgen ook. Het wordt haar bron. Haar schatkamer. En hun ondergang.

De Staatsiezaal is gereserveerd voor de feesten van de Meesters. Het is een grimmige, indrukwekkende zaal met een hoog gewelfd plafond en gigantische dakramen. Het strenge interieur laat niet uitschijnen dat hier zoveel rijkdom verzameld ligt. Als Ode binnenkomt, klinkt er een oorverdovend applaus. Alle mannen en vrouwen staan op, wat een hele verwezenlijking is, want de meesten zijn stokoud en staan erg wankel op de benen. Ze bestudeert hun gezichten. Al die getransplanteerde ogen zijn op haar gericht. Ze zijn er allemaal, alle eenenveertig Meesters van de Stad. Fantastisch. Al dat vers aangeleverde bloed dat door aders van kunststof pompt – ze ziet het kloppen onder hun getransplanteerde huid die onder hoogspanning komt te staan als ze lachen met hun dodenmasker.

Ze buigt en legt hen met een autoritair gebaar het zwijgen op. 'Dank u, waarde vrienden. Uw waardering vult mijn hart met vreugde.' Dan legt Ode haar hand op haar hart en zwijgt, om de spanning op te drijven. Ze zitten allemaal samen in één zaal. Heeft ze de kracht om met één welgemikte schreeuw al hun schedels te laten exploderen? Misschien wel, maar daar moet ze eerst zeker van zijn. Voorlopig koestert ze die gedachte als een mooi vooruitzicht. Dat zou nog best eens leuk kunnen worden, zich voorstellen op welke manieren ze hen nog allemaal kan uitroeien.

'Jullie zijn mijn ouderen.' Ze stemt haar toon perfect af op het publiek: ze heeft respect voor ze, maar achter elk woord vermoed je de zinderende kracht van haar jeugd. 'En ik dank u ook voor uw goedheid. Maar in de eerste plaats wil ik de Hoeder van de Stad bedanken, de Aartsbisschop van de Agglomeratie, de Almachtige Ziener, mijn peetvader, Darius. Aan hem danken we al onze welvaart.'

Nog meer applaus. Voor Darius applaudisseren ze onvermoeibaar en luidruchtig. Vooral als hij hen in de gaten houdt. Ode buigt het hoofd en gaat braaf tussen Darius en Kordan in zitten. Darius knijpt in haar hand. 'Jij bent niemand iets verschuldigd, liefje,' fluistert hij onder het applaus. 'Jij werd geboren om te staan waar je vandaag staat. Ik heb er alleen voor gezorgd dat je talent de juiste voedingsbodem kreeg.' Ode streelt zijn hand als haar de eerste gang wordt voorgezet. Een salade van asperges en andijvie, haar lievelingskost. Al die verschillende soorten groen lijken haar te hypnotiseren en haar hartslag bonst in haar hoofd. Het lijkt of haar bord beweegt, alsof ze er met twee paar ogen naar kijkt. Ze houdt zich recht aan de tafel.

'Alles in orde, Onze Ode?' vraagt Kordan met een ijskoude stem. Hij is jaloers op haar triomf. Zijn plaats aan de zijde van Darius hangt aan een zijden draadje. En zij heeft de macht om dat draadje te laten knappen of niet.

'De keuken is waarschijnlijk niet op de hoogte van mijn allergieën, ik kan dit niet eten,' glimlacht ze lief naar Kordan. Haar leugen ligt als suiker op het puntje van haar tong. 'Zou je dit terug naar de keuken willen brengen, mijn beste leraar, en vragen of ze iets anders willen klaarmaken?'

Ze geniet ervan dat Kordans gezicht wit wegtrekt van ingehouden woede. En toch zal hij eraan moeten wennen dat zij nu de touwtjes in handen heeft.

'Mijn verontschuldigingen, Onze Ode. Iemand zal boeten voor deze nalatigheid,' sist hij en hij maakt zich snel uit de voeten.

Ze voelt Willums ogen op haar branden. Hij staat tegen een zuil geleund met een drankje in zijn hand. Zijn gezicht lijkt ontspannen, maar zijn ogen zijn constant op haar gericht, en dat betekent dat hij zich aan haar ergert. Ze wou dat ze hem kon negeren. Ze weet goed waarom hij zo boos is. Omdat ze het weer niet heeft kunnen laten om Kordan als een verwend kind op stang te jagen. En waarom wil dat gebons in haar hoofd maar niet stoppen? Het voelt net alsof er een schroef in haar brein wordt gedraaid. Ze duwt met haar vingertoppen stevig op haar slapen om de pijn te verzachten. Maar haar handen worden klam, haar nek gloeit, haar benen trillen.

'Hier, drink dit op,' fluistert Willum terwijl hij haar een glas voorhoudt. Het drankje is heerlijk zoet en koel. Ze drinkt het glas met gulzige slokken leeg en haar lichaam reageert erop zoals een woestijn op regen. Wat is dat voor smaak? Overheerlijk, maar onbekend.

'Wat is dit?' vraagt ze als hij haar lege glas door een vol glas vervangt. Water. Het is maar water. Maar het doet ongelooflijk veel deugd.

'Drink het maar helemaal op,' spoort Willum aan.

Oef. Ze voelt zich al een heel stuk beter. Was het dat? Had ze uitdrogingsverschijnselen? Was dat alles?

Willum kijkt zo bezorgd. Dat vindt ze eigenlijk wel aangenaam. Maar hij draait zich weg. Hij taxeert iedereen, blijft altijd en overal de leraar. Eigenlijk zou zij hetzelfde moeten doen. Deze meesters hebben allemaal honger. Ze hongeren naar iets dat zij hen kan geven. Denken ze. Ze hongeren naar wat Darius van plan is. Maar wat weten ze daarvan? En wat zullen ze opkijken!

'Dat was heerlijk,' mompelt Ode. 'Dank je, mijn leraar, voor je attente gebaar.' En dan draait ze zich met haar meest verleidelijke glimlach weer naar Darius.

Deze avond was bedoeld om haar te eren, maar voor Ode zelf is het een ware uitputtingsslag.

Dodelijk vermoeid door de eindeloze eentonigheid van het feest en met een pijnlijk gezicht van urenlang gemaakt lachen en geveinsde gevoelens, wil Ode alleen nog maar slapen. Maar nu ligt ze hier al uren onder haar deken te woelen en wordt ze gekweld door droevige herinneringen. Gwyneth, haar dienstmeisje, heeft haar de relaxerende thee die ze voor het slapengaan altijd drinkt, al gebracht. Maar dit is de eerste keer dat hij geen effect heeft.

Die herinneringen zijn een pest.

Mama's handen trekken een trui over haar hoofd. 'Je moet gaan. Roan zal je beschermen. Wees dapper, mijn schat!'

Ode klemt haar pop tegen zich aan. Het is de pop met de sjaal die ze zelf heeft geverfd. 'Laat me die dappere glimlach van je eens zien,' zegt mama, en ze bedelft haar gezicht onder de kusjes. Kusjes en tranen. Waarom huilt ze nu? Ode wil haar nooit meer loslaten, maar papa tilt haar door het open raam naar buiten.

'Verstop je in de blauwe struiken! Vlucht! Vlucht!'

Roan grijpt haar hand en trekt haar weg. 'Mama!' gilt Ode.

Gruwelijke monstermannen te paard gooien vuur in het rond. Alles staat in lichterlaaie. Ze rennen, rennen, langs de muur en op het ijskoude helmgras. Nu is de blauwe struik niet ver meer.

Ze voelt dat een hand haar vastgrijpt en opheft. Het is een harde, koude hand. Ze kijkt in het gezicht van het monster. Een rode doodskop! Ze grijpt Roans hand zo stevig als ze kan, maar de man schopt hem. 'Roan!' Ze steekt haar hand uit, steekt haar hand uit naar hem en kan hem bijna aanraken, maar de knuppel van de rode doodskop maait Roan neer. Haar pop valt en ze krijst en krijst en krijst.

'Onze Ode, je was aan het schreeuwen in je slaap.'

Ode, die badend in het zweet tussen de lakens ligt, ziet de altijd even kalme Gwyneth bij haar bed staan. Het dienstmeisje ontleent haar innerlijke rust aan de alfa-activator die in haar nek is ingeplant.

'Echt waar? Telkens als ik mijn ogen sluit, zie ik van alles, Gwyneth, verschrikkelijke dingen. Maar daar kun jij je natuurlijk niets bij voorstellen, hè. Jij bent niet in staat om visioenen te krijgen, of nachtmerries. Jij hebt geen dromen nodig.'

'Ik herinner me dat mijn dromen niet prettig waren. We danken Onze Ode elke dag omdat ze die zware last voor ons wil dragen. Wilt u nog een slaapmutsje? Misschien helpt dat om te slapen.'

141

'Nee, vandaag heeft het geen enkel effect. Breng me maar een glas wijn.'

'Ik heb niet de opdracht gekregen om u ...'

'Gwyneth, ik heb je iets gevraagd.'

'Ja, Meesteres.'

'Heb je de opdracht gekregen om mij te gehoorzamen?'

'Ja, Meesteres.'

'Breng me dat glas wijn dan. Nu meteen.

Het dienstmeisje dribbelt weg en Ode leunt achterover tegen het hoofdeinde van haar bed, maar meteen als ze haar zware oogleden laat dichtvallen, begint het opnieuw.

Ze schopt en schreeuwt en bijt. Schreeuwt 'Mama' tot ze haar eindelijk hoort. Samen met honderd andere stemmen. Die neuriën. Als een snorrende kat. De ruiter met de rode doodskop geeft zijn paard de sporen en galoppeert ervandoor. Odes ingewanden worden heen en weer geschud, haar keel doet pijn van het schreeuwen, haar ogen zoeken wanhopig naar iets vertrouwds, maar ze wordt zo door elkaar geschud, dat alles wazig wordt. Dan stopt het paard bruusk. Ze ziet dat er stoom uit zijn nek en flanken opstijgt, ze voelt de kilte aan haar voeten, de spanning in de arm van de man.

'Eentje maar?' vraagt een stem.

'We blijven zoeken,' zegt Rode Doodskop, en hij legt Ode in de armen van een man met een blauw gewaad.

'Heb je ooit al roomijs geproefd, meisje?' zegt die vreemde man. Zijn stem klinkt vriendelijk, maar zijn gezicht is uitdrukkingloos. 'Dat is het lekkerste wat er bestaat.'

'Onze Ode. Juffrouw.'

Ode kijkt op en ziet haar trouwe dienstbode boven haar hangen met een bezorgd gezicht.

Maar ze heeft geen lichtjes in haar ogen, geen troost te bieden.

'Ja, Gwyneth?'

'U was aan het glimlachen, Onze Ode. Weet u zeker dat u die wijn wilt?'

'Ja, dank je.' Ze herinnert zich hoe ze de vrouwen die waren aangesteld om voor haar te zorgen, van alles naar het hoofd had geslingerd. Hoe ze tegen hen had geschreeuwd. Hen had gekwetst als ze er de kans toe zag. Tot ze besefte dat die vrouwen telkens weer zouden worden vervangen door andere vrouwen die zich precies hetzelfde gedroegen. Wat had ze eigenlijk gehoopt?

Gwyneth giet haar glas snel vol. Ode drinkt het in één teug op, al is de smaak van de gegiste druiven bitter. Alles is goed om die helse herinneringen te verdrijven.

'Nog een,' roept ze. Gwyneth krimpt ineen. Maar dat kan Ode niets schelen. Waarom zou de schitterende Meesteres van het Dromenveld, de Breekster van de Muur, zichzelf deze milde drug niet gunnen? Ze heeft al veel sterker spul genomen. De dienstbode schenkt haar plichtsbewust een tweede glas in. Maar als Ode het naar haar lippen brengt, glijdt het uit haar hand en spat het in scherven uit elkaar op de vloer. Het licht wordt zwakker en zwakker tot het aardedonker is in haar hoofd.

IN HET HOL VAN DE BLOEDDRINKERS

ZE SLAPEN IN DE GROND ALS LEVENDE DODEN.
HUN TAAL KLINKT ZOALS DIE VAN DE INSECTEN
DIE HUN BED DELEN.
LET MAAR NIET OP HEN, ZE ZIJN NIET MENSELIJK.
- DE OORLOGSKRONIEKEN

Roan staat met zijn rug tegen de aarden muur en reikt langzaam naar zijn haakzwaard. De Bloeddrinkers komen steeds een stapje dichterbij. Hun zilveren messen flikkeren in het blauwe licht. Hij is al eens gedwongen om met hen te vechten en weet dat zijn zwaard zijn tol zal eisen.

Een van de lelijksten, die vol kronkelige littekens staat, vliegt Roan aan met ontblote hoektanden, flikkerende tong en een mes dat hij vliegensvlug van de ene hand in de andere gooit. Roan trekt zijn haakzwaard los en zwiept ermee naar zijn belager. Het verminkte wezen deinst achteruit en zwenkt als Roan zijn wapen opheft om ermee uit te halen. Drie drinkers sluipen tot bij de eerste en steken hun mes uit naar Roan. Hij tolt om zijn as, mept het mes uit de ene hand en schopt tegen de andere. Hij draait nog eens, maar voor hij weer kan uithalen, klemt een hand zijn pols als in een bankschroef. Mabatan.

Bubbel staart haar verbijsterd aan. 'Wat doe je nu?' Maar hij respecteert Mabatans wil en laat zijn zwaard zakken. Ze lost haar greep en loopt naar de eerste Bloeddrinker. Van diep in haar keel borrelt een zacht gegorgel op. De verminkte kijkt haar met zijn starende roze ogen aan, sist en klakt met zijn tong. Mabatan haalt voorzichtig haar rugzak van haar rug, voelt erin en haalt er een rood zakje uit te voorschijn. Met gebogen hoofd geeft ze het aan de Bloeddrinker, die een buiging maakt als hij het aanneemt. Hij trekt het zakje open en schudt voorzichtig een paar gedroogde gele bloemen in zijn hand. Hij snuffelt eraan en wenkt een jong vrouwtje met heldere ogen. Ze buigt het hoofd en maakt eerbiedig een kommetje van haar handen. Hij laat Mabatans bloemen erin vallen. Twee keer diep inademen en de waarde van de inhoud staat vast. Ze geeft een knikje, laat de frêle bloemblaadjes weer in het zakje glijden en verdwijnt door een van de gaten.

Roan luistert naar het gesis en geklak dat Mabatan met de verminkte uitwisselt en probeert uit te vissen wat die klanken betekenen. Zonder haar ogen van de Drinker af te wenden, fluistert Mabatan, 'Dit is Xxisos. Hij nodigt ons uit op de Khonta.'

'Is dat goed of slecht?' vraagt Bubbel.

'Goed. Ze hadden dringend behoefte aan de bloemen,' antwoordt Mabatan.

Als de andere Bloeddrinkers de gaten weer in sluipen en uit het zicht verdwijnen, wisselen Bubbel en Roan een nerveuze blik. Xxisos gebaart dat ze hem moeten volgen, en geeft aan ieder een dikke vilten mat.

Mabatan legt die van haar aan de rand van het gat. Dan gaat ze erop liggen, zet zich af en verdwijnt in het donker.

'Vind je het goed dat ik als tweede ga?' vraagt Bubbel met een wantrouwige blik naar Xxisos, die naar hen staat te kijken terwijl hij met zijn vingertoppen op zijn hoektanden roffelt. 'Jij hebt een zwaard.'

Roan glimlacht schaapachtig en knikt. Bubbel gaat op het vilt liggen, en na een laatste bemoedigende blik van Roan glijdt hij uit het zicht.

Roan wil net op zijn mat gaan zitten, als Xxisos vervaarlijk begint te sissen en op hem toe springt. Roan draait zich vliegensvlug om, klaar om zich te verdedigen. Maar de Bloeddrinker reikt naast hem, kijkt hem beledigd aan en draait de mat om, zodat de gladde kant onderaan ligt. Roan bedankt hem met een knikje en vertrekt. De eerste keer dat hij zich afzet, schiet hij maar een klein eindje op in de smalle tunnel, maar al snel ontdekt hij plooien in de wand die je als handgrepen kunt gebruiken om jezelf vooruit te trekken. Het gladde matje glijdt heel vlot over de geschuurde onderlaag van klei, en als hij zijn voeten lichtjes optilt, zoeft Roan met grote snelheid door de kronkelende tunnel.

Roan kan niet inschatten hoe ver hij al is gegleden, maar omdat zijn armen er pijn van doen, is hij opgelucht als hij voor zich een zwak licht ziet. Nog een paar keren trekken en hij katapulteert zichzelf in een grote uitgegraven ruimte, die heel erg op de eerste lijkt, maar twee keer zo groot is. Als zijn ogen aan het licht zijn gewend, ziet hij een groep Bloeddrinkers, zo'n dertig à veertig, in een grote cirkel zitten. Bubbel en Mabatan zijn omringd door vijf kinderen, die niet meer dan twee of drie jaar oud zijn. Het zijn albino's, net zoals de volwassen Bloeddrinkers, en hun tandjes zijn ook al gevijld, maar ze hebben wel nog oren.

Bubbel wenkt Roan bij zich en dan staat er een Bloeddrinker op. Hij is duidelijk een van de oudsten, want hij heeft diepe rimpels in zijn gezicht en zijn hele borst en armen zitten onder de bobbelige littekens. Hij sist en de anderen sissen overtuigend en in koor terug, alsof ze de perverse parodie van een lied brengen. Als hij aandachtig luistert, kan Roan kleine variaties in de toonhoogtes onderscheiden, kleine pauzes en geklak. Hij bedenkt dat deze taal waarschijnlijk veel verder draagt in die lange tunnels en veel makkelijker te verstaan is dan woorden.

De spreker met witte, starende ogen steekt een plastic fles vol deuken op. Ze is gevuld met bloed. Roan herinnert zich dat hij al heeft gezien hoe Bloeddrinkers dierenbloed in zulke flessen opvingen. Ze joegen dieren te paard op en gebruikten touwen met een gewicht eraan om hun paniekerige prooi te vangen. Hij zal nooit vergeten hoe de doodsbange dieren kreunden toen deze monsters hun hoektanden in hun nek dreven en hun bloed uitzogen. En nu brengt deze oude man bloed naar zijn lippen dat waarschijnlijk ook op zo'n jacht is vergaard. Hij drinkt met grote slokken en geeft de fles door aan het wezen naast hem, dat ook drinkt en de fles doorgeeft.

Naarmate de fles dichter bij hem komt, wordt Roan steeds ongemakkelijker. Als hij ze krijgt toegestopt, glimlacht hij beleefd en probeert hij ze onopvallend door te geven aan Mabatan. Maar die weigert ze aan te nemen. 'Drink,' zegt ze. 'Dit is ter ere van ons.'

'Maar ik heb gezien wat ze die dieren aandoen,' fluistert Roan.

'Dit is geen dierenbloed.'

Roan staart haar aan. 'Is het mensenbloed?'

Ze knikt.

Roan huivert. 'Ik kan het niet.'

'Je moet. Als je niet meedoet, beledig je hen en dan komen we hier niet levend uit.'

Drie jaar geleden had Roan nog nooit vlees geproefd, nog nooit de hand aan een menselijk wezen geslagen. Hij had het lijk gevonden van een man die was afgeslacht door deze vampieren. En nu moet hij menselijk bloed drinken. Het bloed van wie weet welk slachtoffer.

Alle Bloeddrinkers kijken naar Roan. Hij ziet hun rode hoektanden blinken in hun openhangende mond.

'Je doet hier niets verkeerd mee.' Mabatan klinkt overtuigend. Ze liegt niet, dat zou hij horen.

'Ik drink als jij drinkt,' dringt Bubbel fluisterend aan.

Xxisos sist dreigend.

Roan haalt diep adem en sluit de ogen. Hij houdt de fles aan zijn lippen en drinkt. Het bloed is warm en zout. Hij slikt het zo snel hij kan door, maar zijn maag krimpt ineen en hij moet naar adem happen. Duizelig van walging geeft hij de fles aan Mabatan. Hij kan het nauwelijks aanzien en wiegt zachtjes heen en weer om zijn misselijkheid onder controle te houden terwijl zij en Bubbel om de beurt drinken.

Als iedereen een slok van de fles heeft genomen, gaat de oudere verder met zijn betoog. Hij zoemt, sist en klakt. Wat hij zegt, klinkt gevarieerd en vol emotie. De Bloeddrinkers hangen aan zijn lippen en antwoorden door te wiegen. Roan en Bubbel wisselen een blik vol walging en zijn helemaal van de kaart van wat ze hier meemaken.

Mabatan trekt hen tegen zich aan en fluistert: 'Hij vertelt het ontstaansverhaal van zijn volk, de Hhroxhi.' Ze sluit haar ogen om zich te concentreren en vertaalt: 'Ooit leefden onze voorouders in de zon. Hun lichamen waren ongeschonden. Ze kauwden op hun eten, net zoals iedereen. Ze leefden in vrede met de rest van de wereld. Maar toen begonnen de Oorlogen. Onze voorouders wilden niet vechten, wilden geen kant kiezen. Maar toch werden ze aangevallen. Hun dorp werd platgebrand. Hun mensen vermoord. Ze verlieten het land van hun voorvaderen en zochten een land ver van het oorlogsgewoel. Maar overal waar ze kwamen, werd er gevochten. Toen kwam de Explosie en toen het Licht.'

Roan kijkt toe hoe de toehoorders het trauma naspelen. Ze kronkelen, sissen, klakken met hun tong en leggen hun handen op hun ogen. De oudere glijdt trillend van emotie met zijn vingers over de kronkelige littekens op zijn borst, tot iedereen weer stilvalt. Als hij verder gaat met zijn verhaal, vervolgt Mabatan: 'Onze voorvaderen verloren hun haren. Hun huid werd wit. Velen werden blind. Zo werden ze een makkelijke prooi voor de oorlogsvoerders. Daarom groeven ze zich in. De aarde verwelkomde hen, bood hen onderdak, beschermde hun ogen en hun huid.'

Het extatische publiek kweelt met trillende stem en kletst met de handen op de vloer. Zo betuigen ze hun dank aan de planeet omdat ze hen heeft gered.

'Ze waren niet langer besmet met de ziekte die de bovenwereld teisterde. Die zogenoemde "menselijkheid".'

Ze grauwen en krijsen met ontblote tanden. Bubbel kijkt zenuw-

148

achtig naar Roan. Zouden ze zich tegen de drie mensen die hier zitten keren? Mabatan legt haar handen geruststellend op hun dij als de oudste aan de apotheose van zijn verhaal begint.

'Onze voorvaderen verwierpen de wereld van de mensen. Ze trokken zich eruit terug. Ze veranderden zichzelf. Ze schudden hun "menselijkheid" af. Ze werden beter dan de mens. Ze werden ons, de Hhroxhi.'

'Hhroxhi, Hhroxhi, Hhroxhi ...' declameert de massa. De spanning begint te stijgen. Zelfs Mabatan doet mee. Wat bezielt haar? Het is een haatverklaring, een pact tegen de mensheid.

'Hhroxhi, Hhroxhi, Hhroxhi!'

Het meisje met de rode ogen maakt een buiging en geeft de zak met gedroogde bloemen aan de oude man. Hij neem er een paar uit, verpulvert ze in zijn handpalm en begint met lage stem te neuriën. De Bloeddrinkers vallen een voor een in, zodat de hele ruimte trilt van het geluid. Als de oudere zijn handen opsteekt, klinkt het gezoem nog harder. Het eerste kind wordt bij hem gebracht. Hij is blind, maar hij vindt de oortjes van het kind moeiteloos en wrijft ze in met de geplette bloemblaadjes.

Het gebeurt zo snel dat Roan het bijna niet ziet. De oude man heeft een glimmend mesje in zijn handen en in twee snelle flitsen zijn de oortjes van het kind verdwenen.

'Nee!' gilt Bubbel, die opspringt.

Mabatan grijpt hem bij de pols en trekt hem hardhandig terug op de grond. Gelukkig zijn de Hhroxhi zo opgewonden, dat niemand Bubbels overtreding heeft opgemerkt.

'Dat kunnen we toch niet laten gebeuren!' fluistert Bubbel woedend. Mabatan dwingt hem om zijn hoofd te draaien, zodat hij niet anders kan dan de ceremonie volgen. Er wordt nog meer bloemblaadjespoeder in de wonde van het kind gewreven, zodat het bloeden onmiddellijk stopt. Het kind glimlacht, zijn hoektandjes glinsteren in het gaslicht. Twee

Bloeddrinkers – zijn ouders, blijkbaar – omhelzen hem apetrots. Het kind straalt.

Roan en Bubbel kijken ontzet toe hoe de oren van de andere kinderen ook worden afgesneden. Alle afgehakte oortjes worden in een ovalen patroon op de vloer gelegd. Nadat ze nog meer bloed hebben gedronken, staan ze allemaal op. Al joelend en stampend beginnen ze de oren met hun hielen in de grond te duwen. Roan kijkt met afschuwen toe hoe deze vampieren vieren dat hun kinderen van menselijke wezens in bevreemdende monsters zijn veranderd.

Roan komt als eerste aan in hun slaapvertrek, maar onmiddellijk daarna glijden Bubbel en Mabatan ook naar binnen. Zwijgend rollen ze in het licht van een gaslamp hun slaapmatjes uit. Roan gaat tegen de muur zitten. Hij kan de verontwaardiging in zijn stem niet verbergen als hij Mabatan met vragen begint te bestoken: 'Waarom zijn we hier?'

'Omdat we hun hulp nodig hebben.'

Roan schudt sceptisch het hoofd. 'Waarom zouden ze ons helpen?'

'Ze zijn ons niet vijandig gezind.'

'Wie dan wel? Van wie was dat bloed?'

'Dat was hun eigen bloed. Iedereen geeft een beetje.'

'Hun maaltijden bestaan toch niet uit hun eigen bloed?' vraagt Bubbel.

'Nee. Maar ze doden hun prooi niet. Ze lenen dat bloed van dieren.'

'Ik heb ze zien moorden. Ik heb hun slachtoffers gezien,' houdt Roan koppig vol. 'Ik was erbij toen een heel leger van Bloeddrinkers Helderzicht aanviel.'

'Weet je waarom ze aanvielen?'

Dat weet Roan niet. Die vraag was zelfs niet bij hem opgekomen. 'Ze doken gewoon uit het niets op en hebben daar de prijs voor betaald. Ze zijn allemaal uitgemoord toen de Pioniers te hulp schoten.'

Maar Roan weet dat die dag niet alleen de Pioniers Bloeddrinkers hebben vermoord. Hij heeft er zelf ook een aantal gedood. Mabatan laat duidelijk haar afkeuring merken. Roan is verontwaardigd. Hij verdient die verwijtende blikken niet, vindt hij. Hij had toch geen keuze? Honderden woeste Bloeddrinkers bestormden de slecht bewaakte muren van Helderzicht en achter die muren zaten er kinderen. Hij moest ze beschermen. Hoeveel heeft hij er die dag verwond of vermoord? Niemand telt zijn slachtoffers in het heetst van de strijd. Maar het waren er veel, zoveel is zeker.

'Ik vind hun taaltje wel leuk,' zegt Bubbel die van onderwerp probeert te veranderen. 'Er zit ritme in de geluiden die ze maken. Tegen het einde van de avond begon ik al bijna te verstaan wat ze zeiden.'

'Ze zijn gevaarlijk,' bromt Roan. Monsters. Hij heeft gezien waar ze toe in staat zijn.

Ze zitten lange tijd zwijgend bij elkaar en maken zich dan zonder een woord klaar om te gaan slapen.

Na een verkwikkend dutje schuift Roan zijn hand in zijn rugzak. Hij haalt er wat gedroogd vlees uit en begint erop te kauwen. Bubbel ligt zachtjes te snurken. Mabatan woelt in haar slaapzak, gaat overeind zitten en rekt zich uit. Ze steekt de gaslamp aan, voelt in haar rugzak en reikt Roan een verschroeid ei aan.

'Ik wil hier weg,' zegt Roan.

'Nog één dag,' antwoordt ze. 'Als de Hhroxhi hebben gevonden wie we zoeken, laten ze het ons weten. Ze hebben misschien geen oorlelletjes, maar ze horen nog heel goed.'

Bubbel wordt wakker met een luide geeuw. 'Ze hebben vast overal tunnels.'

'De meeste lopen onder de grond,' zegt Mabatan. 'En de grotten in de bergen gebruiken ze om hun paarden in onder te brengen. Waar de tunnels door water moeten, bouwen ze een natuurlijke beverdam.' Als er opeens een laag klakkend gesis in hun kamer weerklinkt, legt ze haar vinger op haar lippen. 'Een Hhroxhi.'

Bubbel sist terug en het hoofd van Xsisos verschijnt in het gat in de muur. Hij kijkt Bubbel nieuwsgierig aan.

'Ik zei toch "Kom binnen", hè?' mompelt Bubbel vanuit zijn mondhoek.

'Je zei tegen hem dat hij lekker ruikt,' glundert Mabatan.

'Lacht hij?'

'Nee,' zegt ze met een plagende grijns. Dan staat ze op om Xxisos, die de kamer binnenglijdt, te begroeten.

Roan en Bubbel blijven op een eerbiedige afstand terwijl Xxisos en Mabatan in gesprek zijn. Ze kijkt om en zegt, 'Hij vraagt of ik mee ga zoeken.'

'Wij komen ook mee,' zegt Roan.

'Je bent niet uitgenodigd. We hebben hulp nodig om in de Stad te geraken. We kunnen die hulp beter snel en zonder te veel ophef zoeken. Blijven jullie maar hier. Je weet dat dat het verstandigste is.'

'Ja, ja,' geeft Roan zuchtend toe.

'Xxisos nodigt je uit om hun domein te verkennen. Het is een zeldzaam aanbod, Roan. Zonder hem kunnen we dit niet. Je moet beseffen dat bijna alles wat over dit volk is verteld, gelogen is. Sommigen zeggen dat ze hun oorlelletjes verbranden of wachten tot ze dertien zijn om bloed te drinken.' Ze kijkt Roan doordringend aan. 'Sommigen beweren zelfs dat ze mensen opeten. Dit is je kans om achter de waarheid te komen. Mhyzah zal jullie gids zijn.'

Xxisos knikt naar Mabatan en verdwijnt in de tunnel. Mabatan kijkt Roan nog een keer onderzoekend aan en volgt hem dan.

'Fantastisch,' zucht Roan.

Uit een van de andere gaten komt er een gezicht piepen. Het is het meisje met de rode ogen van de vorige avond, het meisje met de bloemen.

'Mhyzah?' vraagt Bubbel.

Mhyzah sist en steekt haar handpalm uit als begroeting. Bubbel wil proberen of hij kan antwoorden en sist terug. Als Mhyzah met haar ogen knippert en ze dan tot spleetjes knijpt, draait Bubbel zich beteuterd naar Roan.

'Ik zei gewoon hoi ... denk ik.'

'Misschien kun je toch maar beter je mond houden,' zegt Roan. Hij kan nauwelijks zijn lach inhouden.

'Ik wil het leren. Zij lijkt me wel het begrijpende type, denk je niet?' vraagt Bubbel hoopvol.

'Toe dan, ga maar op verkenning. Ik blijf wel hier.'

'Wat ga je dan doen?'

'Niks.'

Bubbel kijkt Roan onderzoekend aan, hij vertrouwt het niet.

'Ik beloof het, echt, ik heb gewoon wat tijd nodig om na te denken.'

'Waag het niet om ergens naartoe te gaan waar ik je niet kan volgen. Je weet wat ik bedoel.'

'Ik beloof het. Geen Dromenveld.'

'Ben je dan helemaal niet nieuwsgierig naar deze plek? Kom op, joh.'

'Nee,' houdt Roan vol.

Bubbel haalt zijn schouders op en glijdt ervandoor met Mhyzah.

Zodra Roan zeker weet dat ze weg zijn, zoekt hij zich een comfortabel plekje tegen de muur. Blijkbaar staan ze op dit ogenblik onder bescherming van Xxisos, dus is Roan er gerust in dat hij niet zal worden gestoord.

Wat Roan van plan is, heeft hij nog nooit met Bubbel gedeeld, met niemand, trouwens. Hij is nog maar een paar keer uit zijn lichaam getreden. Het laatste jaar heeft hij het met opzet niet gedaan, omdat het op de een of andere manier de aandacht van de Verraders zou kunnen trekken, in dat opzicht is het net hetzelfde als door het Dromenveld reizen. Maar na wat er allemaal is gebeurd, heeft dat nu geen belang. Mabatan vertrouwt deze lui misschien, maar hij is nog lang niet overtuigd. Het gezicht van de dode man die hij in de Woestenij vond, achtervolgt hem nog steeds. De keel van de man was doorboord met snijtanden. Misschien verbergen de Hhroxi iets voor hen, een gevaar waar Mabatan niet van op de hoogte is. Daar wil Roan achterkomen.

Hij voelt in zijn zak en de witte krekel kruipt op zijn vinger. Als Roan het diertje voorzichtig op zijn knie zet, begint het te tsjirpen. Roan ademt op dat ritme mee. De eerste dertig keren gebeurt er niets, maar dan licht er een vonkje op. Roan probeert er niet aan te komen met zijn geest, hij laat het gewoon zweven en blijft verder ademen. Het vonkje vermenigvuldigt zich bliksemsnel en algauw baadt Roan in het licht. Hij concentreert zich op een punt bovenin zijn schedel en absorbeert de gloed. Het licht verspreidt zich over zijn hele lichaam, glijdt door zijn botten en stroomt er weer uit. En deze keer gaat hij mee. Van bovenaf kijkt hij toe hoe hij op het slaapmatje zit en de krekel nog steeds op zijn knie staat te tsjirpen. Hij ziet er zo vredig uit. Zo vrij van angst. Voelde hij zich maar echt zo.

Roan zoeft door de tunnel waar Bubbel langs is verdwenen. De Hhroxhi verplaatsen zich razendsnel door die kronkelige gangen, maar Roan zweeft hen moeiteloos voorbij.

Het valt hem meteen op hoe ingewikkeld dit ondergrondse labyrint in elkaar zit. Elke tunnel leidt naar een kamer, en elke kamer heeft meerdere uitgangen die elk nog eens naar een andere kamer leiden. Een eindeloos netwerk van tunnels vlak onder het aardoppervlak. Roan vraagt zich af hoe uitgebreid het is.

Wat een wapen zou het zijn als het in de juiste handen was.

Roan stopt bruusk als hij een gezin van vier ziet. De jongen en het meisje hebben dezelfde leeftijd als hij en Ode, hun ouders verschillen niet veel van zijn eigen ouders toen ze nog leefden. De moeder zit de tanden van het meisje liefdevol te vijlen, de vader is touw aan het draaien met zijn zoon. Op de een of andere manier is dit niet wat hij had verwacht. Maar de liefde voor hun kinderen maakt deze wezens niet minder gevaarlijk.

Roan zweeft verder door de tunnels en bezoekt kamer na kamer. Hier wonen alle soorten ambachtslui. Wevers, schoonmakers, schoenmakers, pottenbakkers, smeden, mijnwerkers, speelgoedmakers. Er is een grote verpleegzaal, waar de bejaarden en stervenden worden verzorgd, een ziekenhuis waar een vrouw aan het bevallen is. Hij ziet het kind ter wereld komen, het zit onder het bloed. Als de vroedvrouw het wast, ziet Roan dat de pasgeboren baby niet verschilt van andere borelingen. En de moeder met grote hoektanden en zonder oren neemt het in haar armen, knuffelt en liefkoost het. Ze houdt evenveel van haar kind als om het even welke moeder die hij al heeft gezien.

In deze vluchtige gedaante verliest Roan elke notie van tijd. Hij vraagt zich af waar Bubbel zou zijn. Hij haalt zich Bubbels gezicht voor de geest en is het volgende ogenblik in een kamer waar Bubbel en Mhyzah in kleermakerszit tussen een hoop voorwerpen zitten. Zij heft een kom op, klakt zacht met haar tong en sist hees. Bubbel bootst dezelfde klak en sis na. Zij glimlacht en Bubbel lacht terug. Ze geeft hem de kom.

Bubbel is zo lang alleen geweest dat hij niet kan weerstaan aan gezelschap. Er zijn er zo weinig die niet bang van hem zijn. Beschouwen deze Bloeddrinkers hem ook als niet helemaal menselijk?

Roan heeft, net als Bubbel, ook vrienden en familie verloren, maar hij is sindsdien al zo vaak verraden, dat hij niemand nog met open armen verwelkomt. Ooit vertrouwde hij Sancto. Er was een tijd dat hij

Alandra volkomen vertrouwde. Nu heeft hij geleerd dat hij alleen Bubbel en de eenzaamheid kan vertrouwen.

Opeens krijgt Roan het benauwd, hij verlaat zijn vriend en zijn taalles en gaat op zoek naar frisse lucht. Even later zweeft hij hoog boven velden met lang roodbruin gras. Er waait stof op van een verharde zandweg. In het midden van de weg ziet hij tientallen verwilderde mannen op galopperende paarden. Fandors.

En helemaal vooraan, met een wapperende verenmantel, rijdt Raaf.

Maar Raaf is een Broeder. Waarom is hij bij een van hun meest gehate vijanden? Er is veel veranderd, zei Mabatan al, en Raaf is altijd een verrader geweest. Zelfs Sancto vertrouwde hem niet. Maar om zich tegen de Broeders te keren? Of misschien hebben zij hem verbannen? Zou het kunnen dat De Broederschap na de dood van Sancto uit elkaar is gevallen?

Daar wil Roan het fijne van weten. Hij zweeft naast hen op, in de hoop flarden van hun gesprekken op te vangen. Maar de onzichtbare draden die zijn geest met zijn lichaam verbinden, houden hem tegen. Ze knappen bijna. Hij vecht tegen de roep van zijn lichaam, wil in de buurt van Raaf blijven, maar het heeft geen zin. Hij heeft zijn grens bereikt.

Gefrustreerd keert Roan terug naar zijn lichaam en als hij zich er weer in laat zakken, is hij zoals altijd verbaasd hoe zwaar het voelt. Hij opent zijn ogen en wordt opgewacht door een boze Bubbel.

'Wat was je aan het doen?' vraagt hij nors. 'Je zag er niet uit of je lag te slapen.'

'Ik was aan het reizen.'

'Je had beloofd dat je dat niet zou doen.'

'Niet in het Dromenveld. Ik kan uit mijn lichaam treden, dingen zien. Maar ik kan niet ver reizen. Voorlopig toch nog niet.'

'Nee, hè, niet nog meer hocus-pocus,' kreunt Bubbel.

'Dit was niet de eerste keer, maar het was een tijdje geleden.' Roan gaat moeizaam overeind zitten. Zijn ledematen voelen verdoofd aan.

'Lig je hier zo al sinds ik ben weggegaan?'

Roan stampt met zijn voeten en wappert met zijn armen om zijn bloedcirculatie weer op gang te brengen. 'Ik weet niet hoe de tijd werkt als ik bezig ben. Het leek maar een paar minuten.'

Bubbel lacht. 'Geen wonder dat je zo stram bent, ik ben de hele dag weggeweest. Heb je iets interessants gezien op je reis?'

'Raaf. Bij de Fandors. Ik begrijp niet wat hij daar te zoeken heeft. Ze maakten zich klaar om aan te vallen.'

'Hoe ver hiervandaan?'

Roan schudt het hoofd. 'Geen idee.' Dan glimlacht hij samenzweer-derig. 'En ik heb jou met Mhyzah gezien.'

Maar in plaats van verrast of betrapt te kijken, zoals Roan had verwacht, kijkt Bubbel hem somber aan.

'O, sorry. Is er iets misgelopen?'

'Nee, we kunnen heel goed met elkaar opschieten. Ze heeft me haar taal geleerd. Heel boeiend. Op het einde van de dag konden we al een beetje communiceren.'

'Waarom trek je dan zo'n lang gezicht?'

'O, nergens om.'

Roan dacht dat de ontmoeting met Mhyzah Bubbel weer aan Lelbit deed denken, maar er klinkt geen verdriet in zijn stem.

'Wat is er? Ik wil het weten.'

Bubbel kijkt op en staart Roan recht in de ogen. Hij haalt diep adem en zegt dan: 'Het gaat over die aanval van de Bloeddrinkers op Helder-zicht.'

'Ik heb er die dag een heleboel van de wallen gegooid. We vochten voor ons leven.'

'Zij ook,' zegt Bubbel. 'Gouverneur Brak had het water van het meer van Helderzicht gebruikt om hen te verdrinken. De mannen waren boven de grond toen het gebeurde. Op de een of andere manier had Brak de ingang van een van hun tunnels ontdekt, en had hij duizenden liters meerwater in het hol laten pompen. Honderden Hhroxhi overleefden het niet, vooral vrouwen en kinderen. Toen de mannen terug thuiskwamen en ontdekten wat er was gebeurd, gingen ze door het lint. En ze deden iets wat ze anders nooit zouden doen.'

Roan is verbijsterd. Hij heeft de wreedheid van Brak aan den lijve ondervonden en weet dus dat de Gouverneur perfect in staat is tot massamoord. Alles wat Roan dacht te weten over dat gevecht, is blijkbaar niet waar. Hij twijfelt er niet aan dat Bubbel de waarheid vertelt, maar toch probeert hij zich die dag weer voor de geest te halen, om zijn ervaringen te toetsen aan deze nieuwe informatie. 'Dus daarom waren de Bloeddrinkers zo onvoorbereid. Ze hadden alleen maar ladders bij zich. En daarom leken ze immuun voor pijn.'

'Mhyzah's moeder is ook verdronken. Ze kon haar vader niet tegenhouden toen hij ten strijde trok. Hij was één van de eersten die op de ladder klommen.'

'Dat weet ik nog,' zegt Roan zacht.

'Er zijn maar een paar Bloeddrinkers aan de Rovers ontsnapt. Degenen die ze na het gevecht nog hebben gevangen, zijn dood of levend in het meer gegooid. Maar een van de jonge krijgers die behouden terug naar huis keerden, vertelde Mhyzah dat de eerste ladder omver was geduwd door een mens die anders gekleed was dan de anderen. Mhyzah's vader brak zijn nek in de val.'

Er valt een loodzware stilte in Roans hoofd. 'Dat was ik. Ik heb Mhyzah's vader vermoord.'

Het verlangen

Er zitten klauwen aan Darius' deurknop. Niemand heeft de Meester ooit durven te vragen waar ze voor dienen, maar dit fluisterde een wijs man me ooit in: 'Verspil je angsten niet aan die klauwen. Ze zijn niet wat ze lijken.'

- Leer van de Vertellers

Ode ontwaakt uit een dikke mist van slaap, nog half verstrikt in haar dromen. De hele nacht lang is ze bestookt door alles wat haar is overkomen vanaf het moment dat ze oud genoeg was om het zich te herinneren. En al die gebeurtenissen gingen gepaard met gekrijs, brand en doodsangst. Waarom krijgt ze die nachtmerries nu? Het lijkt alsof er een luik in haar geest is geopend, dat ze niet meer dicht krijgt.

Ze blijft roerloos liggen, trekt haar zware oogleden nog niet open. Wat als iemand erachter komt wat ze heeft gedroomd? Wat als ze heeft geschreeuwd in haar slaap? Ze luistert. Er zit iemand naast haar bed. Gwyneth? Nee, het is niet de oppervlakkige ademhaling van de frêle Gwyneth – deze ademhaling is regelmatig en afgemeten. Gwyneth heeft iemand over haar nachtelijke onrust verteld. Waarom? Normaal gezien zou ze dat nooit doen, omdat ze dan zou moeten toegeven dat ze Ode wijn had gegeven, en dan werd ze zeker gestraft. Wat Ode ook heeft gedaan in haar slaap, het was in elk geval ernstig genoeg om Gwyneth de stuipen op het lijf te jagen. Maar aan wie ze het heeft verteld, dat is de vraag.

Ode opent haar ogen een heel klein beetje, net genoeg om het silhouet van Willum te herkennen. Goed. Gwyneth heeft dan toch nog een

159

beetje verstand in haar aangepaste brein. Met een beetje geluk zal Willum het begrijpen. Ze blijft roerloos liggen en bestudeert het gele baldakijn boven haar bed. Het straaltje licht dat door het zware gordijn piept, geeft aan dat het middag is.

'Zit je daar al lang?' vraagt Ode.

'Tijd is relatief, zoals je weet. Maar nee, naar mijn gevoel zit ik hier nog helemaal niet lang.'

Ode kan uit zijn zwartomrande, gezwollen ogen afleiden dat hij daar bijna de hele nacht heeft gezeten. 'Ik denk dat er iets mis was met die wijn.'

'Ode,' fluistert Willum terwijl hij dichter bij het bed komt, 'je was aan het dromen over het moment dat je hier aankwam, hoe dat was, is het niet?'

Willums glimlach is vermoeid, maar warm en misschien helpt het haar om het hem te kunnen vertellen. Ze knikt. 'Ik herinner me dat de man met de rode doodskop me aan de klerken gaf. En de vrachtwagen die me naar hier heeft gebracht. Ik had nog nooit roomijs geproefd. Ik mocht er zoveel van eten als ik wilde.'

'Niet alle kinderen worden zo in de watten gelegd.' Willum fronst de wenkbrauwen, alsof hij de oplossing voor een ingewikkeld vraagstuk zoekt. Hij kijkt haar bezorgd aan en mompelt: 'Maar ze waren bang dat je het niet zou halen. Je was heel mager, heel bleek. Er kwam geen woord uit je. Ze vertelden Darius dat ik goed met kinderen overweg kan en hij liet me ontbieden om jou te ontmoeten.'

'Jij leerde me al die hinkelspelletjes om me weer aan het praten te krijgen.'

'Dat was de bedoeling, ja, maar je bleef zwijgen. Ze hadden je gebroken, je weggerukt uit je vertrouwde omgeving, maar je woede hadden ze niet klein gekregen. Die woede hielp je om de Meesters weerstand te bieden en hun te ontzeggen waar ze zo naar verlangden: je aanwezigheid. Je sloot je helemaal op in jezelf, weigerde om ergens op te reageren. Kordan beweerde dat je met Zand wel uit je schulp zou komen en ik had geen ander alternatief dan je tijd te geven. Ik wist dat als ik maar lang genoeg wachtte, je geleidelijk aan zou herstellen. Maar,' glimlacht Willum zacht, 'tijd is relatief. En volgens de Meesters was mijn voorstel te riskant. Wat als je steeds verder zou aftakelen, vroegen ze. Wat als je zou sterven? Darius gaf toe dat het Zand een gevaarlijk alternatief was, maar hij achtte het noodzakelijk.'

'Niet noodzakelijk,' zegt ze, 'gewoon doeltreffend.'

'Ja, ze hadden onmiddellijk resultaat. Maar op langere termijn heeft zo'n paardenmiddel ook z'n nadelen. Je was opeens geen kind meer en werd op een ongezonde manier afhankelijk van het Zand. Ode, je bent twee dagen bewusteloos geweest. Een tijdlang had je zelfs geen hartslag.'

Ode staart hem aan.

'Dat kan niet waar zijn.'

Het voelde alsof ze gewoon even haar ogen had gesloten.

'Ode, heb ik ooit tegen je gelogen?'

Dan weten ze het, ze weten het allemaal. Ze zullen vragen stellen. Een onderzoek starten. Ze zal de kracht die ze uit de Muur heeft geput, niet meer kunnen verbergen, de kracht die ze zo broodnodig heeft om haar tegenstanders het hoofd te kunnen bieden.

'Ik zal je helpen, Ode.'

'Goede Willum, lieve Willum, waarom wil je mijn vriend zijn?'

'Ik zal je helpen om van je Zandverslaving af te komen.'

Ode krijgt het ijskoud. 'Gaat Darius daarmee akkoord?' vraagt ze ongelovig.

'Het is Darius ter ore gekomen dat Kordans vraag naar Zand de laatste vier maanden verdriedubbeld is. En dat het grootste deel daarvan naar

161

jou is gegaan. Kordan is een slechte leraar gebleken. Alles is nu stilgelegd tot jij weer hersteld bent.'

Wat een dilemma.

Geen Zand betekent niet meer in het Dromenveld reizen. Geen nieuwe gelegenheid om energie uit de Muur te gaan putten.

Maar Willum geeft haar de kans om aan vervelende vragen te ontsnappen, want de schuld wordt integraal bij Kordan en het Zand gelegd.

Als ze dit spel meespeelt, kan ze het winnen, kan ze het overleven.

Ze zou het willen uitschreeuwen van frustratie, maar in plaats daarvan zucht ze gelaten.

'Je hebt altijd goed voor me gezorgd, Willum. Jij weet wat het beste voor me is. Hoe lang denk je dat het zal duren?'

'Een paar weken, niet langer.'

Weken!

'Goed dan,' stemt Ode in.

Hoe sneller ze denken dat ze genezen is, hoe sneller ze terug naar de Muur kan.

Ze glimlacht flauwtjes en knijpt met haar kleine vingers in Willums hand.

Ze trekt haar eerlijkste gezicht en zegt onderdanig: 'Dank je, Willum, dat je aan mijn zijde wilt blijven en dat je me hoop geeft.'

Maar Willum vertrouwt het niet helemaal, dat ziet ze in zijn ogen. Hij kijkt haar onderzoekend aan, zoals ze hem al zo vaak naar anderen heeft zien kijken. Wat denkt hij in haar ogen te kunnen lezen? Wat wil hij van haar?

De dagen gaan tergend traag voorbij, maar de nachten duren eindeloos. Elke nacht weer, vanaf het moment dat ze indommelt, slaat haar brein op hol.

Ben jij Onze Ode? Het meisje dat met haar gezicht op elke muur staat, de zus van iedereen, de lijm die het breekbare verbond van de Stad samenhoudt? En dan behandelen ze je zo? Niet beter dan een gevangene? Waar halen ze het recht vandaan? Voor één kleine misstap, eentje waar je zelf niks aan kunt doen, bovendien. Hoe durven ze! Je moet daar weg! Weg!

Hou je mond! Hou je mond. Maar het helpt niet. Wat ze ook doet, ze krijgt haar gedachten niet onder controle. Hoe kan ze hier wegkomen als ze in een hoekje weggekropen zit te janken, zich probeert te verstoppen voor het rode masker, het vuur, de stank van brandende ... brandende ... Ze telt voorwaarts, achterwaarts, haalt diep adem, spant en ontspant elke spier, maar het stopt niet. Twijfels, angsten, ambities, alles herhaalt zich eindeloos in een slopende lus. Ode is moe, ze voelt de vermoeidheid tot diep in haar botten. Ze weet dat deze beproeving nog lang zal duren. Misschien als ze uit haar lichaam treedt ...? Maar nee. Haar instinct zegt dat dat niet verstandig zou zijn; ze is bang dat als ze eruit zou treden, ze niet meer terug zou kunnen. Ze heeft er trouwens de kracht niet voor ... of de concentratie? Wat het ook is, het verlamt haar.

Als ze nu hard genoeg schreeuwde, zouden die gedachten misschien verdwijnen. Maar dat kan niet; iedereen zou wakker worden, en zien hoe erg ze eraan toe was. En waar zou ze dan staan? Ze moet bewijzen dat ze aan de beterhand is, dat ze snel weer de oude zal zijn. Ze bijt in haar hand en laat de pijn haar gedachten verdringen. Ze ijsbeert eindeloos door haar gevangenis terwijl ze haar tanden in haar hand boort. Ze concentreert zich op de pijn, zwemt erin tot ze uiteindelijk wordt beloond met een zalige stilte. Nu pas voelt ze het gebons in haar hand en als ze haar ogen opent, ziet ze dat de vloer en haar kleren onder de bloedvlekken zitten. Maar haar hoofd is leeg. Leeg en zalig stil.

Twee uur later zijn alle sporen van haar wanhoop uitgeveegd. Ze heeft de vloer schoongemaakt, de sporen van haar beproeving van haar lichaam en kleren verwijderd en dat heeft haar deugd gedaan. Ze is blij dat ze zich met zulke simpele dingen kan bezighouden, want zolang ze zich daarop concentreert, is er even geen nachtmerrie, geen doodsangst ...

De rode doodskop haalt uit naar Roans hoofd. Bloed in de sneeuw. Zijn hand, zijn hand die wegglijdt.

Ode gooit zich op haar bed, begraaft haar gezicht in haar kussen en gilt en gilt en gilt.

Als de tanende maan in de hemel klimt, trekt Ode haar deur op een kier open en gluurt ze links en rechts in de donkere gang. Het enige geluid komt van de ventilator die gezuiverde lucht door het gebouw blaast. Dicht tegen de muur schuifelt ze bijna onzichtbaar door de gang. Ze controleert haar ademhaling, het gewicht van haar voetstappen en de manier waarop haar schaduw op de muur flikkert. Ze stopt bij de deur naar het kantoor van Darius. Luistert. Niets. Ze staart naar de klauwen op de glimmende deurknop. De deur is waarschijnlijk niet gesloten. Dit kwartier is streng beveiligd en iedereen die dit complex zonder toestemming betreedt, riskeert de doodstraf. Ode laat haar vinger over een van de klauwen glijden. Waren het zulke klauwen die haar diamanten gedaante openreten? Nee, dit zijn geen reptielenklauwen. Ze legt haar hand erop en duwt de deur een kiertje open. Alles is muisstil. Niemand in de gang. Niemand in deze kamer. Ze glipt naar binnen. Daar staat ze, de gouden kom. Ze glinstert in het maanlicht. Ode's opluchting groeit met elke stap. Een paar lepeltjes maar heeft ze nodig om haar geest tot rust te brengen. Hij zal zelfs niet merken dat ze ontbreken. Ze buigt zich over de kostbare, prachtige kom. Ze staart er verbijsterd in. Ze is leeg. Geen gram Zand. Geen korreltje.

Het moet hier ergens zijn.

Nijdig trekt Ode de bovenste la van de werktafel open. NEE. Waarom zou ze hier kijken? Darius verstopt het Zand niet. Waarom zou hij?

Ssst.

Ze versteent, beseft opeens hoeveel lawaai ze heeft gemaakt.

Voorzichtig, voorzichtig, als je wordt betrapt, is je komedie voor niets geweest.

Langzaam, geruisloos trekt ze lade na lade open en glijden haar vingers over hun inhoud. Haar ogen doen pijn van het gevoel dat ze wordt gedwongen, dat ze beweegt zonder dat ze dat wil. Waarom voelt ze zich zo? Super gespannen en nat van het zweet voelt ze onder de laden, op zoek naar een geheime bergplaats. Ze kijkt achter de portretten, zelfs achter de foto van zichzelf, maar er zijn hier geen geheimen, geen verborgen plekjes met een schat. Ze duwt op de mahoniehouten muurpanelen, zodat elk glazen schap met Darius' belachelijke verzameling antieke flessen, tikkende uurwerken, oude munten eruit komt rollen. Maar wat dacht ze dan? Hier is geen Zand. Als de kom leeg is, is er geen Zand in deze kamer. Geen gram! Hou toch op. Ze moet ophouden …

Kalmeer. Doe het nu. Wat ben je waard als ze je hier zo vinden?

Ze staat onbedaarlijk te beven. De pijn in haar zij is zo intens dat ze bijna het bewustzijn verliest. *Ga naar de pijn toe, Ode.* Lieve Willum, zachte Willum. Zijn woorden helpen haar altijd. *Omarm de pijn, wieg ze als een huilend kind. Hou van de pijn en ze zal afnemen. Ga naar waar …* Misschien houdt hij tóch een beetje van haar.

Ga naar de bron. De bron. Er is daar zoveel te ontdekken.

Hou je mond! Ga weg! Duik in de pijn. Hou ervan. Hou ervan. Goed zo. Dat is beter.

Ga naar de bron. De bron!

Ze beeft al niet meer zo hevig. Haar huid koelt af. Het zweet verdampt in de droge lucht van deze steriele kamer.

De bron. Ja. Nu weet ze waar dat is.

Mhyzah's gerechtigheid

ALLEEN DEGENEN DIE RONDZWERVEN ZULLEN

DE VEERTIEN ZIEN VOOR WAT ZE ECHT ZIJN.

- Het Boek van Langlicht

Roan zit bij het flikkerende gaslicht. Hij zit daar als versteend, overmand door schuld en verdriet. Hij geloofde dat de Bloeddrinkers monsters waren, hij had ze bevochten en gedood en dat vanzelfsprekend gevonden. Maar nu kent hij hun naam, hun geschiedenis, hun levenswijze. Hhroxhi. Mensen die de wallen van Helderzicht wanhopig bestormden omdat hun gezinnen even gruwelijk werden vermoord als het volk van Langlicht.

Opeens schiet Roan overeind. 'Waar is ze?'

'In een kamer, ongeveer vier doorstekers van hier.'

'Doorstekers?'

'Zo noemen ze een tunnel tussen twee kamers.'

'Breng me naar haar.'

Bubbel staart hem verbijsterd aan. 'Mhyzah weet van niks, Roan, ik heb niets gezegd.'

'Ik moet haar spreken.'

'Ik weet dat vechten en moorden doodzonden waren in Langlicht. Maar je was niet in Langlicht. Je verdedigde de kinderen. Je kon het niet weten.'

Roan wijst naar de tunnel waar Bubbel en Mhyzah eerder die dag in zijn verdwenen. 'Is het hierlangs?'

'Ik hoop alleen maar ... dat je het niet doet omdat je je schuldig voelt.'

'Dat is niet de reden,' zegt Roan. Hij probeert zijn geduld niet te verliezen.

166

'Ze zal zich moeten wreken. Wil je haar dat echt aandoen?'

Maar Roan is niet te vermurwen, dus wijst Bubbel hem met een bezorgde frons op het voorhoofd de weg.

Mhyzah zit in een klein kamertje haar scheermes langzaam over een slijpsteen te wrijven. Als ze Bubbel en Roan ziet, draait ze zich om en glimlacht.

'Vertel het haar.'

'Weet je het zeker?'

'Nu.'

'Ik weet niet of ik het goed kan uitleggen. Ik ken hun taal nauwelijks.'

'Nu, Bubbel.'

Bubbel zucht, gaat bij Mhyzah zitten en begint te sissen en te klakken. Ze kijkt steeds verdrietiger. Uiteindelijk staat ze op, kijkt Roan heel lang aan en verdwijnt dan door een van de gaten.

'Ik hoop voor jou dat het het allemaal waard is,' mompelt Bubbel. Hij is zo in de war en bezorgd dat Roan zich verplicht voelt om tenminste te proberen om het uit te leggen.

'Ik weet dat het een risico is, maar sinds ik Sancto heb gezien, voel ik het steeds sterker – de kinderen, de kloof, wat we in dat dorp hebben gezien – ik denk dat er van mij wordt verwacht dat ik help te veranderen wat er is gebeurd, en ik weet dat als ik hier wegga zonder dit te hebben gedaan, ik de verkeerde weg op zal gaan, dat ik dan zal falen.'

Ze zitten zwijgend bij elkaar en wachten. Bubbel blijft gebiologeerd naar het gasvlammetje staren, tot hij verward het hoofd schudt. 'Weet je wat mij nog het meest beangstigt?'

'Nee.'

'Dat ik het begrijp.'

Een suizend geluid kondigt de komst van de eerste bezoeker aan. Het is de oude Hhroxhi die het verminkingsritueel van gisteren heeft geleid. Er komen er nog vijf bij, gevolgd door Mhyzah en Xxisos. Ze kijken allemaal even nors. Mabatan is de laatste die binnenkomt. Van haar gezicht is helemaal niets af te lezen. Plechtig richt ze het woord tot Roan.

'Deze Hhroxhi zijn de familieleden van de vier die jij hebt gedood. Je hebt er nog veel meer verwond, maar volgens Xxisos hebben de Rovers de meeste moorden gepleegd.'

Roan staat tegenover de families die rouwen om vier individuen die hij eigenhandig heeft gedood.

Xxisos kijkt Roan recht in de ogen en stoot een rommelende grauw uit, gevolgd door een doordringend spervuur van gesis en geklak.

'Jij hebt mijn volk vermoord,' vertaalt Mabatan. 'Maar men heeft me verteld dat jij niet tot het volk van Helderzicht behoort en dat je vocht om de Novakins te beschermen.'

'De Novakins?' vraagt Bubbel.

'De Hhroxhi-legendes spreken over de Veertien die de wereld zullen redden. Ik heb hen verteld dat Roan de Novakin-bewaker is.'

Roan voelt dat Bubbel een heel klein beetje ontspant, maar het sombere gezicht van Mabatan drukt elke sprankeltje hoop op vergeving meteen de kop in. 'Bloed vraagt om bloed. Dat is de wet van de Hhroxhi.'

De Bloeddrinkers trekken allemaal hun vlijmscherpe mes.

'Dit is waanzin,' fluistert Bubbel.

Roan verroert zich niet en gaat voor de Hhroxi staan. 'Ik kom het goedmaken.'

Bubbel zucht. De oude man blaft een bevel.

'Trek je hemd uit,' zegt Mabatan.

Roan gehoorzaamt onmiddellijk. Als Mhyzah met getrokken mes een stap vooruit zet, houdt Bubbel de adem in. Ze negeert hem, haar ogen boren zich in die van Roan en met een brede zwaai kerft ze met haar mes in Roans borstkas.

Er verschijnt een dun lijntje bloed van zijn heup tot zijn schouder, maar Roan wijkt niet. De andere zeven Hhroxhi kruisen met hun mes een punt op Roans lichaam aan. Als de laatste klaar is, staat er op de voorkant van Roans lichaam een bloederige ster. De Hhroxhi nemen allemaal een beetje bloed op hun vinger en proeven ervan.

Dan wrijft de oudste een sepiakleurig poeder op Roans huid.

'Waar dient dat voor?' vraagt Bubbel.

'Het helpt de wonde genezen, maar het zorgt er ook voor dat de littekens blijvend zijn,' legt Mabatan uit. 'Als hij het overleeft.'

Voor Bubbel kan reageren, vult een vreemd gegorgel de kamer. Onder leiding van de oude Hhroxhi gilt de groep in steeds hogere toonaarden tot er een oorverdovend gejammer weerklinkt.

Als Roans witte krekel op zijn borst springt, versnellen de Hhroxhi het tempo. De krekel trilt mee met het ritme en zonder er zich van bewust te zijn, valt ook Roan in. De ster op zijn borst barst in vlammen uit, die sneller en sneller draaien tot de kamer in een waas verdwijnt. Waar Roans borst zat, is nu een groot gat en als hij zijn nek uitsteekt om erin te kijken, wordt hij erin gesleurd.

DE VERZENGENDE ZON DOET HET FELLE GROEN VAN HET TAPIJT WAAR ROAN OP ZIT, NOG BETER UITKOMEN. DOOR HET INGEWIKKELDE PATROON VAN ADEREN LOOPT EEN VLOEISTOF. GESCHROKKEN SPRINGT HIJ OP EN DEINST ACHTERUIT, ZODAT HIJ BIJNA VAN DE RAND VALT. HET TAPIJT HANGT IN DE LUCHT. OVERAL OM HEM HEEN HANGEN ER TROUWENS NOG DUIZENDEN. GEBLADERTE. HIJ ZIT OP EEN BLAD. OPEENS DRINGT HET TOT HEM DOOR: HIJ IS ZO KLEIN ALS EEN LUIS GEWORDEN.

OPEENS SCHUDT HET BLAD HEFTIG HEEN EN WEER, ZODAT ROAN NAAR DE KANT ROLT. HIJ DUIKT INEEN EN HOUDT ZICH STEVIG VAST AAN EEN ADER. HET GEWIEBEL STOPT EN DAN ZIET ROAN DAT HIJ NIET MEER ALLEEN IS. VOOR HEM TORENT ZIJN WITTE KREKEL BOVEN HEM UIT. HIJ HOUDT ZIJN GIGANTISCHE KOP EEN BEETJE SCHEEF EN BRENGT ZIJN BEK TOT VLAK BIJ HEM. DE KREKEL ZOU HEM MAKKELIJK IN

169

TWEEËN KUNNEN BIJTEN, HEM IN EEN KEER DOORSLIKKEN. BEHOEDZAAM ZET ROAN EEN STAP ACHTERUIT, MAAR DE KREKEL KOMT WEER DICHTERBIJ EN ZIJN ENORME OOG KOMT PAL IN ROANS GEZICHTSVELD.

HIJ STAART IN DE MOZAÏEK VAN ZESHOEKIGE LENZEN EN ZIET ZIJN GEZICHT ER WEL DUIZEND KEER IN WEERSPIEGELD. DE LENZEN DRAAIEN ROND EN VERANDEREN VAN BEELD. NU VERSCHIJNT HET GEZICHT VAN KIRA EN ALS DE KREKEL MET ZIJN OGEN KNIPPERT, ZIET ROAN BUB, LONA, GIP, RUNK, ALLE VEERTIEN NOVAKINS EN NOG HONDERDEN ANDERE KINDEREN DIE ROAN NIET HERKENT. ER ZIJN ER NOG MEER, NOG VEEL MEER EN ZE ZIJN ALLEMAAL IN GEVAAR. ALLEMAAL OP EEN ANDERE MANIER. EN KIRA? IS ZIJ EEN BEDREIGING? DAT LEEK NIET ZO. PROBEERDE ZIJ KINDEREN TE REDDEN? DEZE KINDEREN TE REDDEN?

'HOE KAN IK HELPEN? WAT MOET IK DOEN?' VRAAGT ROAN IN DE HOOP DAT DE KREKEL ZAL ANTWOORDEN.

MAAR HET DIER WRIJFT ALLEEN ZIJN INDRUKWEKKENDE VLEUGELS TEGEN ELKAAR EN PRODUCEERT EEN OORVERDOVEND GEZOEM. HET GELUID BLAAST ROAN VAN DE SOKKEN EN OPGELADEN DOOR DE TRILLINGEN WORDT HIJ WEER NAAR HET BEWUST-ZIJN GEVOERD.

Roan opent zijn ogen en kijkt de oude Hhroxhi aan, die tevreden knikt en sis-klakt naar Mabatan.

'Hij zegt dat het waar is. Dat je echt de beschermer van de Novakins bent.'

'Hoe kan hij dat zo zeker weten?' vraagt Roan.

'Omdat je nog leeft.'

Als hij uit een lange slaap ontwaakt, zitten er al korsten op Roans snij-wonden. De littekens zal hij altijd met zich meedragen, maar dat is de milde prijs die hij moet betalen.

'Dat was een uit de kluiten gewassen schoonheidsslaapje,' zegt Bub-bel. 'Maar het heeft blijkbaar niet veel geholpen.' Hij probeert luchtig te klinken, maar de bezorgdheid die door zijn joviale toon heen klinkt, verraadt dat hij zich heel anders voelt. Een snelle, opgeluchte blik tussen Bubbel en Mabatan bevestigt zijn vermoeden – ze hebben de hele nacht bij hem gewaakt.

'Was je bang dat ik niet meer wakker zou worden?'

'Dat gebeurt soms, ja,' zegt Mabatan.

'Maar nu je weer boven water bent, kunnen we hier weg.'

'Xxisos is degenen die ik zocht, op het spoor gekomen,' zegt Mabatan. 'Hij zal ons naar hen toebrengen.'

Na een vluchtig ontbijt van verschroeide eieren en gedroogd vlees volgen de drie Xxisos en Mhyzah door tientallen doorstekers en kamers. Terwijl ze over de geschuurde vloeren zoeven, komen ze door steeds minder kamers en als ze eindelijk op hun bestemming aankomen, gloeien Roans armen van vermoeidheid. Ze staan in een kamer met een heleboel ingangen, waarvan er één is dichtgemaakt met een stenen luik en een metalen stang ervoor. Ze delen wat water met de Hhroxhi, die blijkbaar nog andere dranken dan bloed lusten.

'Ik heb er geen idee van hoe ver of waar we zijn,' zucht Bubbel.

Roan wil net iets zeggen, als Xxisos hem sissend het zwijgen oplegt. Hij legt zijn oorkanaal tegen een gladde muur en luistert.

Nieuwsgierig volgt Roan zijn voorbeeld en hij wordt beloond met gebons en getril. 'Mensen. Een heleboel mensen,' zegt hij net hoorbaar.

Na een paar klakken van Xxisos zegt Mabatan: 'Hier is het.'

Mhyzah draait zich naar Roan en sist iets. Het klinkt niet vijandig, misschien zelfs een beetje vriendelijk.

'Ze bedankt je,' zegt Bubbel, die dit maar al te graag vertaalt. 'Omdat je haar hebt geholpen om afscheid te nemen van haar vader.'

'Zeg haar dat ik haar en haar volk bedank voor de eer die ze me hebben betoond.'

171

Bubbel vertaalt en Mhyzah, die Roan recht in de ogen blijft kijken, antwoordt iets.

'Ze zegt dat je nu gebrandmerkt bent,' interpreteert Bubbel haar woorden. 'Net zoals de Hhroxhi sta je buiten de mensheid. Maar dat wist je al.'

'Zeg haar dat ik trots ben dat ik het brandmerk van de Hhroxhi mag dragen.'

Mhyzah gaat tegenover Bubbel staan, legt haar handen op zijn borst en ze wisselen een waterval van gesis en geklak uit. Roan kan één woord onderscheiden dat Mhyzah wel tien keer herhaalt. Gyoxip. Bubbel lijkt er verlegen van te worden. Mhyzah haalt een leren bandje van haar hals. Er hangt een lang en rond stuk zilver aan. Ze hangt het om Bubbels nek.

'Wat is Gyoxip?' vraagt Roan aan Mabatan.

'Iemand die tussen de Hhroxhi en de mensen staat. Een bemiddelaar. Ze hebben Bubbel gevraagd om hun bemiddelaar te zijn.'

'En dat zilveren ding?'

'Dat is een fluit. Als iemand erop fluit, komen ze te hulp,' zegt Mabatan. 'Kom, we gaan. Xxisos is klaar.'

Xxisos haalt de metalen stang weg en trekt het luik open. Met een afscheids-sis en –klak, verlaten de drie mensen het Hhroxhi-territorium.

172

DE MIJN

DAAR HET HEILIGE ZAND ENKEL EN ALLEEN
MAG WORDEN GEBRUIKT DOOR DE MEESTERS IN
HUN STRIJD MET DE DEMONEN, IS HET ONRECHT-
MATIGE BEZIT ERVAN TEN STRENGSTE VERBODEN.
DE KLERKGEMEENSCHAP IS HIERBIJ GEMACHTIGD
OM HET ILLEGALE GEBRUIK OF BEZIT VAN DIT PRO-
DUCT MET ALLE MOGELIJKE MIDDELEN TE BE-
STRIJDEN.
- VERKONDIGING VAN MEESTER QUERIN

Odes donkere ogen gloeien in haar bleke gezicht als ze langs een groot raam komt, dat uitkijkt op het nieuwste deel van de Stad, een medisch complex om tegemoet te komen aan de groeiende vraag van de bejaarde Meesters en hun gunstelingen.

Vijf kubusvormige gebouwen die met elkaar in verbinding staan door doorzichtige tunnels waar het gonst van bedrijvigheid. De beate slaven die er werken, hebben allemaal een dwingende bult achter hun oren zitten.

Ze verfoeit deze plek en de geur die hier hangt: een doordringende zoete bloemetjesgeur die de bittere stank van rottend vlees moet verdoezelen. Darius had ervoor gezorgd dat ze hier deel van wilde uitmaken.

Maar nu wil ze ... Nu wil ze ...

De bron.

Ja. En daar kan ze alleen via Darius komen.

'Het spijt me, Onze Ode, ik heb het bevel gekregen om geen be... bezoekers ...' stamelt de klerk die de deur bewaakt.

'Sinds wanneer ben ik een bezoeker?' blaft Ode hooghartig.

173

Voor de klerk een antwoord kan piepen, galmt Darius' stem vanuit de kamer. 'Laat haar binnenkomen!'

Ode zet haar meest engelachtige gezichtje op en loopt rakelings langs de klerk door, de witte kamer in. De Oudste zit in zijn bed en nipt van een kopje thee. Ze weet zeker dat het ijzerkruid is, zijn lievelingsthee. Maar wat ziet hij er belachelijk uit: aan zijn twee polsen en elke haperende zenuw van zijn lichaam hangen er kabels, boven zijn hoofd hangen er zakken waaruit bloed en andere walgelijke vloeistoffen druppelen naar wie weet welke lichaamsdelen die hij nu weer heeft laten vervangen. Maar zijn blik is even doordringend als anders.

'Ode! Hoe voel je je?'

'Veel beter, dank u.'

Darius wenkt haar met een klopje op het bed om naast hem te komen zitten. Alle medische apparatuur die aan hem hangt, rammelt mee.

'Maar ik moet vragen hoe ú zich voelt, lieve Ziener. Zo'n zware operatie. U voelt zich vast niet goed.'

'Me goed voelen? Dat is al zo lang geleden dat ik niet meer weet wat dat is. Maar over een paar dagen ben ik weer op de been en dat is het belangrijkste. De transplantaties hebben heel goed aangeslagen. De medische wetenschap blijft vorderingen maken en beantwoordt dus ook steeds beter aan onze behoeften.'

Behoeften, ja, daar draait het allemaal om. Ode vraagt zich af wat hij deze keer heeft laten vervangen. Hart, lever, longen? Hij ziet er bleek en afgeleefd uit. Heeft Darius eigenlijk nog wel een onderdeel van zichzelf? Zou het kunnen dat hij stukje bij beetje een andere persoon is geworden? Eén of ander … samenraapsel?

Hij streelt haar haren.

De botten. Sommige botten zijn zeker nog van hemzelf.

'Ik heb me vreselijke zorgen over je gemaakt.'

Hij is zo zwak, het zou een peulschil zijn om hem van kant te maken.

Nee, nee, hoe haalt ze het in haar hoofd? Ze is nog niet klaar. Wat zou er van haar worden als ze het nu deed? Geen Zand. Geen kracht. Geen vrijheid.

'U bent zo goed voor mij, Vader. Iedereen is trouwens heel lief geweest, ik ben zo goed verzorgd. En daar ben ik dankbaar voor. Heel erg dankbaar. Al moet ik toegeven dat ik wat ongedurig word van al dat rusten en uitzieken.'

De oude man lacht zijn geïmplanteerde tanden bloot, maar dan stopt hij abrupt met lachen. Te abrupt.

'Ik sta versteld van je energie, meisje. Geen enkele van onze Meesters zou die reis hebben overleefd. Zeker niet als hij verzwakt was van een kom Zand per week.'

Hij zit te broeden op het lot van Kordan. Wat zal hij die arme gier aandoen? Maar wat kan het haar eigenlijk ook schelen? Ze zal nooit nog iets met die gemene, slijmerige sukkel te maken hebben. Het ziet ernaar uit dat Willum toch niet zo'n softie is. Hij heeft Kordans ondergang met genadeloze efficiëntie georchestreerd.

De stem van de Meester klinkt nu vleierig en neerbuigend.

'En na een weekje rusten ben je weer klaar om er opnieuw tegenaan te gaan.'

Ze zal het maar niet persoonlijk opvatten. Als je zo machtig bent als Darius, is het moeilijk om niet arrogant te zijn – zij is nog maar tien, en hij honderdtwintig. Laat hem maar denken dat haar brein in vergelijking met dat van hem nog zwak is.

'Ode, er hangt veel af van jouw kracht en capaciteiten. We mogen geen onnodige risico's nemen. Ik mag je niet te snel de toestemming geven om terug naar het Veld te keren.'

175

'O, Meester, nee, natuurlijk niet. Ik wil helemaal niet naar het Dromenveld, ik wil gewoon even een luchtje scheppen.'

Darius lacht opnieuw. 'Is dat alles?' Hij streelt met de rug van zijn hand over haar wang. Slangetjes en buisjes schuren over haar hals en schouder. Voorzichtig. Voorzichtig.

'Ik mis de frisse buitenlucht. Ze hebben me al zo vaak uitgenodigd naar de Mijn, vindt u niet dat het tijd wordt voor een bezoekje van Onze Ode?'

'Maar je hebt hun verzoeken altijd afgewezen. Waarom denk je er nu opeens anders over?'

'Zand is een wondermiddel voor mij, het raakt mijn geest, net zoals u dat doet, Vader. De gedachte om het uit de grond te zien halen door doodgewone arbeiders stuitte me altijd tegen de borst. Maar nu ik zonder kan, heb ik de keerzijde van zijn kracht ondervonden en heb ik zin gekregen om er meer over te weten.'

'Je wilt weten of je de confrontatie al aankunt. Ik begrijp het,' knikt Darius. 'In de mijn werken is een eenzame en gevaarlijke taak. Een bezoek van jou zou de arbeiders een hart onder de riem steken. En wie weet, misschien doet de plattelandslucht je wel goed. Wanneer zou je willen gaan?'

Ode glimlacht. Ze tovert haar kinderlijkste glimlach te voorschijn. Dat wil zeggen, ze probeert te lachen zoals ze denkt dat een kind dat doet: onschuldig, enthousiast, totaal argeloos, goed bedoelend en zonder angst.

De rit naar de Mijn is prachtig, maar gezapig. Ode, die in een stralend humeur is, vindt het heerlijk om naar de lage grijze wolken boven de eindeloze vlakten te kijken. Vandaag voelt haar logge, zware jurk comfortabel en warm aan en de lucht in de auto is goed geventileerd en fris. Het is een prachtige dag. Dit is echt een perfect plan, want het heeft haar tot rust gebracht. Ze heeft geen reden om met zichzelf in conflict te treden, want haar beide kanten zijn het roerend eens. Ze is klaar en Zand is het antwoord.

Willum kijkt somber uit zijn raam. Hij heeft nog geen woord tegen haar gezegd sinds hij op de hoogte is van dit uitje.

'Zit niet zo te mokken, Willum.'

'Vergeef me, Onze Ode, dat ik zo in gedachten verzonken zit. Ik ben hier enkel om te delen in de warmte van uw aanwezigheid.'

Ode lacht om zijn sarcasme. 'Willum, je hoeft toch helemaal niet zo formeel te doen.'

'Nee?'

'Ik moet mezelf af en toe verleiden, zodat ik eraan kan weerstaan. Anders is er toch geen kunst aan.'

'Uw wijsheid inzake het onderwerp is niet te evenaren, Juffrouw.'

Ode heeft er genoeg van. Als hij zich zo nodig als een slaaf wil gedragen, doet hij maar op. Maar waarom ergert het haar zo? Hij is waarschijnlijk gewoon boos, bezorgd om haar, maar dan nog. Ze heeft wel andere dingen aan haar hoofd. Ze zal later nog wel eens nadenken over hoe ze hem het beste aanpakt, maar nu meesmuilt ze even overtuigend terug.

'Je vertrouwen vereert me, mijn beste Leraar.'

Het voertuig stopt bij een bewakingspost waar zwaargewapende klerken ieders identiteitsbewijs aandachtig bestuderen. Nog een teken dat de Meesters steeds banger worden voor de Eters. Jarenlang zijn de Eters erin geslaagd om hier, op de enige plek ter wereld waar het wordt ontgonnen en opgeslagen, Zand weg te smokkelen. Maar Darius gunt hen geen korreltje, hij wil hen op droog zaad zetten, zoals Ode nu, zodat ze niet meer in het Dromenveld kunnen komen.

Ze wou dat haar ogen niet meer zo'n pijn deden. Dokter Arcanthas heeft druppeltjes voorgeschreven, maar ze helpen niets. Niets!

De wachters gebaren dat ze verder mogen rijden tot aan de tweede van de vijf poorten. Elke inspectie belooft even traag en saai te zullen worden, maar Ode voelt zich steeds beter. Elke veiligheidscontrole brengt haar dichter bij de bron. Dat voelt ze. Er hangt Zand in de lucht.

Uiteindelijk komen de voertuigen bij een kleine betonnen bunker aan. De gepantserde stalen deuren zwaaien open en Meester Felith, de nieuwe Opzichter van de Mijn, komt op hen toegelopen.

'Onze Ode,' zegt hij met een eerbiedige buiging, 'we zijn zeer vereerd met dit bezoek. Heel blij ook, om te zien dat u goed hersteld bent van uw ziekte. We hebben aan u gedacht.'

Darius verwacht heel veel van Meester Felith, de laatste in een lange rij Opzichters van de Mijn. Zijn voorgangers zijn er allemaal niet in geslaagd om de Zandsmokkel te verhinderen, maar Felith heeft al uitzonderlijke veiligheidsmaatregelen getroffen en dat heeft hoop gewekt bij de Oudste. Het zal een ramp voor Felith zijn als hij ook blijkt te falen. Maar aan zijn houding en gedrag te zien, is Felith vast van plan om een succes van zijn aanstelling te maken. Hij komt ongelooflijk zelfverzekerd over, en is een kleine, elegante man die al zijn eigen uitwendige onderdelen nog lijkt te hebben. Ode vraagt zich af of martelingen pijnlijker zijn als je lichaam nog helemaal van jezelf is.

'Dank u, Meester Felith. Ik heb veel te lang gewacht om de mijn en zijn arbeiders te bezoeken.'

'U bent het licht in ons leven.'

Je moet elke vierkante centimeter van het complex zien.

'Ik wil elke vierkante centimeter van het complex zien.'

'Zoals u wilt.'

Het gezelschap loopt achter het gebouw, en door een hoog hek waar elektriciteit op zit. Twee Gunthers staan het te repareren. Darius zegt dat er maar een paar dozijn van deze gebrilde stumperds bestaan en dat ze waardevol werk verrichten en moeten worden getolereerd. Maar in Odes ogen zijn ze overal en even walgelijk als insecten die ze het liefste gewoon dood zou willen meppen.

Aan de volgende poort ziet Ode dat er arbeiders langs de veiligheid komen om het complex te verlaten. Alles wat ze in hun handen hebben, wordt gecontroleerd en een voor een worden ze naar een hut geleid. Om grondig te worden gefouilleerd, waarschijnlijk. Zullen de wachters Onze Ode ook zo onbeschaamd durven te behandelen?

Met elke stap die ze zet, voelt Ode dat ze dichter bij het Zand komt. Haar lichaam beeft van verwachting. Ze voelt dat Willum haar in de gaten houdt, maar dat kan haar niets schelen. Hij ziet heus niets dat hij niet allang weet.

Maar als ze eindelijk voor de Mijn staat, is ze totaal overdonderd. Het is een onvoorstelbaar groot en diep gat, zo groot als heel Langlicht. Aan de rand van het gat zijn er grotten uitgegraven, grote stenen bogen die de grond erboven torsen. De mijnwerkers dragen allemaal een stofbril en een masker, en Felith geeft er de bezoekers ook een.

'Deze zul je nodig hebben. Als je Zand inademt, kom je meteen op de lijst voor een vervroegde longtransplantatie.'

Ode bekijkt de bril en het masker en kijkt dan recht in Willums strenge ogen.

'Eten is beter dan inademen,' zegt ze tegen haar voogd. En met een ondeugende grijns zet ze de bril en het masker op en huppelt ze vrolijk achter Felith aan, de trappen af en de mijn in.

'Voor zover we weten is de meteoor ergens in het midden van dit gebied ingeslagen. Toen hij uit elkaar spatte, bestraalde hij de aardkorst tot op een diepte van ongeveer drie verdiepingen, over de gehele oppervlakte van de inslag. Het Zand uit de grond halen was niet moeilijk, maar het filteren was een hele uitdaging. En drie jaar geleden was die voorraad uitge-

179

put en waren we verplicht om het uit de rotsen te beginnen winnen.'

Drie jaar geleden was de voorraad uitgeput. Niet lang daarna waren ze Langlicht binnengevallen en hadden ze haar en Roan ontvoerd. Zou er een verband zijn? Zouden ze ...

Hou je omgeving scherp in het oog. Observeer alles. Elke hoek. Elke spleet.

Waar zat ze nu over te denken? Iets met haar broer. Geen probleem, het zou haar wel weer te binnen schieten.

Felith gidst hen onder de eerste zandstenen boog door, naar een ondiepe grot waar arbeiders met platte stalen staven op de paarse aders in de rots staan te schrapen.

Af en toe belandt er een stukje steen tussen het kristallen poeder dat op het zeil onder hun voeten valt.

Om de paar minuten wordt het voorzichtig bij elkaar geveegd en in een grote ijzeren bokaal gegoten.

'Deze bokalen worden om het uur naar Verwerking getransporteerd. Zullen we verdergaan?'

Ode antwoordt niet, maar gaat dichter bij de arbeiders staan.

'Hoe is het Zand in de rotsen terechtgekomen?' vraagt ze.

Ze kan bijna niet meer weerstaan aan de drang om haar hand in een van de bokalen te stoppen en alles op te schrokken.

'Eerlijk gezegd weten we dat niet. Er zijn een heleboel theorieën over. Sommigen denken dat er door de hitte van de inslag delen van de rotsen zijn gesmolten, waardoor het Zand erin kon dringen. Anderen denken dat er tijdens de explosie minuscule deeltjes van de meteoor zijn samengesmolten met het zachtere gesteente in de grond. Er is heel veel onderzoek gedaan naar het potentieel van het Zand. Maar omdat onze voorraad eindig is, moeten we er zuinig mee omspringen, en dat heeft het proces een beetje vertraagd.'

180

**Onderzoek alles grondig. Er moet ergens een voorraad zijn.
Open elke deur.**

Om aan te geven dat ze verder wil gaan, biedt Ode haar arm aan
Felith aan.

'Ik ben vereerd, Onze Ode,' zegt hij met ontzag in zijn stem en hij
neemt haar hand.

Hij zou niet zo vereerd zijn als hij wist dat ze hem alleen maar gebruikt om op te leunen, omdat ze nauwelijks nog op haar benen kan
staan. Haar hoofd tolt, zo dichtbij is het Zand nu. Het dringt blijkbaar in
al haar poriën, want elke cel van haar lichaam schreeuwt erom, eist dat
ze een wordt met het Zand in de rotsen. Dat ze eraan likt, het op haar
gezicht smeert, dat ze het in haar vuisten knijpt, zich erin rolt.

Adem diep in. Beheers je.

Ze laat zich door Felith terug naar het betonnen gebouwtje brengen.
Nog meer wachters. Stalen deuren. Binnen extra veiligheidsmensen en
nog een reeks metalen deuren. Felith en een van de wachters steken elk
een sleutel in verschillende sloten, draaien er samen aan en de deuren glijden open. Een lift. Terwijl ze verschillende niveaus dalen, drukken de leden van haar entourage zich tegen de wanden om plaats te maken voor
haar brede rokken. Als ze uit de lift stappen en in een grote, helderver-
lichte kamer komen, zijn ze zichtbaar opgelucht.

De vloer, de muren en de zoldering van deze ruimte zijn sneeuwwit,
net zoals de uniformen van de tientallen arbeiders die over een transport-
band gebogen staan en het paarse goedje zeven.

'Dit is het epicentrum,' zegt Felith. 'Al het Zand dat er op de wereld
bestaat, wordt in deze kamer geraffineerd.'

'Hoeveel wordt er dagelijks verwerkt?' vraagt Ode, die nu dankbaar
is dat ze een masker draagt, omdat ze de zenuwtrek in haar wang nauwelijks kan onderdrukken.

'Er is een tijd geweest dat deze afdeling een pond per dag maakte. Maar sinds we in de stenen moeten boren, zijn we al blij met een pond per week.'

Ode staart hem ontzet aan. 'Zo weinig!' fluistert ze. Zo veel heeft ze het laatste halfjaar in haar eentje opgegeten.

Geen wonder dat Willum Kordan zo makkelijk kon ontmaskeren. En het is een mirakel dat Kordan zulke risico's heeft durven te nemen.

'Toen de productie groter was, zijn er een aantal vroegere Meesters zo verstandig geweest om het Zand te laten opslaan. Er zit meer dan vijf-honderd kilo veilig achter slot en grendel.'

Vijfhonderd kilo!

'Dat lijkt een heleboel, maar als we het zo snel blijven consumeren als nu, zal die hele voorraad over vijf jaar uitgeput zijn.'

'Maar de hoeveelheid die de arbeiders uit de rotsen halen, zal toch wel blijven volstaan als we er zuinig mee omspringen?'

'Het spijt me, Onze Ode, maar het beetje dat we nu ontginnen, zal over tien jaar zijn uitgeput. Dat zijn de harde feiten.'

Zorg ervoor dat je die voorraad te zien krijgt!

Ze gunt zichzelf een vragende blik in Willums richting. Maar hij is haar vergeten. Net zoals altijd speuren zijn ogen de kamer af, neemt hij alles zorgvuldig in zich op. Later zal hij zich al die informatie weer tot in de kleinste details voor de geest kunnen halen en er eventueel een rap-port over schrijven. Zijn dat misschien die bevelen die ze in haar hoofd hoort? Zijn zijn lessen zozeer een deel van haar geworden, dat ze haar van binnenuit bestoken?

Ze komen langs een hele rij deuren en Ode voelt de drang om ze allemaal te laten openmaken, elke kamer te laten doorzoeken. Nee, hier heeft Willum niets mee te maken. Ze is zelf op zoek, maar naar wat? Er zit geen Zand in deze kamers. Waarom zou ze haar tijd daar verspillen?

De voorraad. Vind hem.

'Ik heb toch nog niet alles gezien, of wel?'

Felith glimlacht. 'Alleen de voorraadkamer nog niet. Maar daar komen we straks pas.'

Ode moet alle moeite van de wereld doen om normaal te klinken. 'Ik zou ze toch graag even zien.'

Een nog krappere lift, ook weer vergeven van de veiligheidsapparatuur, brengt hen nog dieper in de aarde. Als ze uitstappen, worden ze opgewacht door twee wachters die een identiteitscontrole doen en de bezoekers naar een kleine hal met dikke stalen muren begeleiden.

'Ogenblikje,' zegt Felith, die op een zwart vierkant op een van de muren drukt. Een plaatje, zo groot als een duimnagel glijdt uit de muur. Uit een tweede bakje neemt Felith een naald, waarmee hij in zijn vinger prikt. Hij duwt op zijn vinger en veegt een druppel bloed op het plaatje. Een ogenblik later glijdt de muur met een klik open. Ze lopen door een lange gang en komen in een open ruimte, omringd door een doorzichtige wand, een soort van glas, maar dan minder breekbaar. Ode weet het zeker. Achter die wand ziet ze de paarse gloed van het Zand. Meer Zand dan ze zich ooit zou kunnen voorstellen. Genoeg om er zich rechtop in te begraven, honderd keer meer dan dat. Ze raakt de wand aan en probeert de weerkaatsing van het Zand te voelen. Misschien werkt zijn magie zelfs door dit obstakel heen. Maar de wand is zo dik dat het Zand net zo goed miljoenen kilometers van haar verwijderd had kunnen zijn. Odes hart begint als een razende te bonzen; ze staat te trillen en te wankelen op haar benen.

Wie lacht daar? Ze kijkt naar de mensen rond zich. Allemaal maskers. Ze kan hun adem horen, hun zweet horen druppelen, hun harten horen kloppen. Maar ze weet niet wie daar staat te lachen. Het gelach klinkt zo oorverdovend dat ze zich niet kan concentreren, niet kan vliegen.

Ode wankelt, maar voor ze valt, grijpt een stevige hand haar arm en wordt ze weer overeind getrokken.

'Heel indrukwekkend, Opzichter Felith,' zegt Willum. 'Maar ik denk dat we nu wel wat frisse lucht kunnen gebruiken.'

De rit naar boven met de lift geeft Ode de tijd om haar gedachten te ordenen, maar de moed zinkt haar in de schoenen. Ze was er zo dichtbij, zo dichtbij.

Je moet nog op andere plaatsen zoeken. We kammen ze allemaal uit.

Zoeken. Maar naar wat dan?

Naar Zand natuurlijk. Je moet Zand hebben.

Ja, Zand.

Om terug naar de Muur te kunnen.

Ja.

Drie reeksen stalen deuren gaan open en dicht en dan staat Ode weer buiten. Ze knippert tegen het zonlicht en duizelt van het stormachtige applaus. Alle arbeiders zijn samengetroept om haar te zien. Ze juichen en roepen 'Onze Ode!' Allemaal stralen ze van geluk.

Willum, die haar arm nog steeds in een houdgreep heeft, sist haar toe: 'Lachen en zwaaien!'

Meester Felith geeft haar de amplifoon.

'Concentreer je,' fluistert Willum. 'Doe het. Nu.'

Bevend dwingt Ode zich om haar lippen te krullen tot iets wat lijkt op een glimlach en steekt haar hand op. Het publiek verstomt.

'Jullie graven en schrapen en zeven. Werken onafgebroken. Wat jullie aan de rotsen onttrekken, is schoonheid. Het is het levensvocht van de Stad. Zonder Zand zijn onze Meesters niets. Zonder jullie zouden we niets zijn.'

Odes stem trilt.

'We danken elk van jullie met heel ons hart. We zijn jullie eeuwig dankbaar.'

'Onze Ode! Onze Ode!' scanderen de arbeiders.

Willum ondersteunt haar als ze als een trofee door de massa wordt geleid. Ze schudden haar de hand, raken haar aan, prijzen haar. Zien ze de wanhoop in haar ogen? Haar onnoemelijk verlangen naar Zand? Om het even welk Zand. Een heel klein beetje maar.

Maar ze zijn allemaal geactiveerd, en de blikken die haar blik kruisen, zijn leeg, de gezichten die ze ziet uitdrukkingloos. Ze verdringen zich rond haar, snuiven haar geur op. Maar ze zijn doof en blind voor haar lijden.

De rit terug naar de Stad is een kwelling. Het is vreselijk benauwd in de auto, de stof van haar jurk jeukt verschrikkelijk en het landschap is één dorre woestenij. Willum zegt geen woord, zit ver weg met zijn gedachten. Maar goed ook, want ze durft hem niet in de ogen te kijken.

Hij gebruikt je. Hij misbruikt je. Steekt je hoofd vol leugens. Het is niet het Zand dat schadelijk voor je is.

Ze moet nu echt wat Zand hebben, een klein beetje maar. Geen hele kom, gewoon een lepeltje. Willum wil haar geen kwaad doen. Natuurlijk niet. Wat een idee. Willum is haar leraar. Zelfs door nu zo tegen haar te zwijgen, leert hij haar nog iets, door haar te laten sudderen in haar grenzeloze onvermogen. *De beste lessen zijn de lessen die je zelf ontdekt.* Hoe vaak heeft ze hem dat al horen zeggen? En hij heeft gelijk. Ze moet zich leren te beheersen. Haar gebrek aan waardigheid in de mijn was stuitend.

De macht van de Muur kan je de kracht geven die je nodig hebt.

Ik heb de macht van de Muur aan den lijve ondervonden, maar ik heb Zand nodig om er opnieuw heen te kunnen gaan.

185

Waar Zand is, zijn de Lopers.

Ja ... Ja.

'Willum.'

'Juffrouw?'

'Regel je voor mij een bezoek aan het Departement van Import?'

'Het is een grote eer, Onze Ode, om u hier bij ons te mogen begroeten,' zegt Meester Watuba. Haar hoofd is veel te groot voor de rest van haar lichaam en rust potsierlijk op haar tengere schouders, waardoor ze akelig veel weg heeft van een kikker. Watuba coördineert de import van het meest gegeerde product van de Meesters: kinderen. Kinderen uit de Uitlanden wiens jonge lichaampjes worden geoogst om het leven van de Meesters te verlengen.

Open elke deur. Kijk in elke kamer.

'Ik ben maar een nederige dienaar van de Stad,' zegt Ode. 'Klaar om de nieuwe rekruten te ontmoeten en hun mijn zegen te geven.'

'Ze zijn echt bevoorrecht, dat hun zo een eer te beurt valt.'

Watuba is de welgemanierdheid zelf en maakt een diepe buiging. 'Deze kant op.'

Zoals alle medische gebouwen is ook dit complex brandschoon en ruikt het er naar ontsmettingsmiddel. Ode voelt dat ze in de gaten wordt gehouden door ogen die door spionnetjes en spiegelglas gluren als ze langs een eindeloze rij deuren loopt. Deuren, deuren en nog eens deuren. Ze weet dat ze Meester Watuba's geduld op de proef stelt als ze bij elke deur opnieuw vraagt of ze er eens achter mag kijken. Maar dan ziet ze de deur die ze zich herinnert. Toen ze in de Stad aankwam, bracht Kordan haar naar hier om een van de Negen te ontmoeten. Deze deur is zwart en versierd met het Egyptische hiëroglief voor lucht. Wat zou ze haar vingers graag over de scherpe groeven willen laten glijden. Binnen zit er vast een van de ouderen in het Dromenveld te zweven, en te wachten op een kandidaat om hem van een nieuwe lever of nieren of ogen te voorzien. Zijn rottende lijkenhand graait in de waardevolle schat waar zij naar op zoek is.

'O!' roept ze en ze blijft plotseling staan. Willum en Watuba draaien zich om. 'Excuseer, ik denk dat er een knoop van mijn jurk is gesprongen.' Ze bloost. 'Wilt u me even excuseren?'

Voor Watuba haar kan tegenhouden, is Ode naar de zwarte deur gelopen, heeft ze ze opengetrokken, is ze binnengeglipt en heeft ze de deur weer achter zich toe geslagen. Maar binnen zitten er niet één persoon, maar acht. Op de zachte leren stoelen zitten kinderen die een heel pak jonger zijn dan Ode, zelfs nog jonger dan toen ze voor het eerst Zand at. Ze kijken allemaal op en glimlachen naar haar. Maar Ode lacht niet terug, ze heeft al haar energie nodig om een gil te onderdrukken.

'Wat een verrassing,' teemt Kordan die uit de schaduw stapt. 'Kijk, kinderen, het is Onze Ode. Wat lief van u dat u ons een bezoekje brengt, Juffrouw. De kinderen staan op het punt om voor de eerste keer deel te nemen en een paar woordjes van u zouden een hele steun zijn.'

Ode blijft als versteend staan. Ze verroert geen vin. Lijkbleek staart ze de kinderen aan.

Ze kweken vervangers van jou!

'Ode?' vraagt Kordan. Achter die gemene grijns schieten zijn ogen vuur.

Vermoord ze. Vermoord ze allemaal.

Er komt een iel, hoog geluid uit haar mond, een geluid dat de kinderen in elkaar doet krimpen en als een vlijmscherp mes op Kordan inhakt. De kinderen gillen tot ze erbij neervallen. Kordan zijgt neer op de grond.

Ze hoort de deur opengaan. En dichtslaan.

Willum tilt haar op en duwt haar hardhandig tegen de muur.

'Ode, beheers je!'

Ze kijkt hem doordringend aan en ziet haar spiegelbeeld in zijn ogen. Ziet haar kalmte. Haar kracht. Haar stilte. Haar gaven.

'Zet me maar weer neer.'

Willum laat haar voorzichtig zakken en snelt dan naar de kinderen. Ze knipperen lichtjes met de ogen.

'Die kinderen hadden wel dood kunnen zijn. En je hebt Kordan bijna vermoord. Maak dat je wegkomt, vlug! Zeg tegen Watuba dat ik nog iets moet regelen met Kordan en jullie wel zal inhalen.'

Vermoord ze. Nu. Je moet ze ...

Ode voelt dat haar mond opengaat, dat er nog een gil in haar opwelt. Willum kijkt verschrikt op. 'NEE!' schreeuwt hij, maar het is niet zozeer zijn stem die haar raakt, maar zijn geest. Hij duwt haar weg met zijn geest. Hoe kan hij haar dit aandoen? Willum toch niet? Hij komt vlak voor haar staan en kijkt haar diep in de ogen. Een golf van rust spoelt over haar heen. Op de een of andere manier voelt ze zich lichter.

'Ik probeer je te helpen, Ode. Je moet hier onmiddellijk weg! Ze mogen zich niet herinneren wat er is gebeurd. Daar zorg ik wel voor.'

Ze snelt naar de deur en kijkt nog één keer achterom met een ijskoude grijns op haar gezicht. Willum drukt met zijn vingers op Kordans slapen en wist zijn geheugen. Ode wist helemaal niet dat Willum tot zoiets in staat was.

Ze glipt de deur uit. De kikkervrouw staat voor haar. 'Ah, Meester Watuba, daar bent u. Excuseer voor het oponthoud. Zullen we verdergaan?'

De klerken speuren de straat zorgvuldig af terwijl Ode en Willum op een viaduct naar de zee van gebarsten beton onder zich staan te kijken. Het zijn de laatste sporen van de Stad voor de Oorlogen. De rest van de rondleiding was Odes gedrag onberispelijk, maar daarmee heeft ze wat Willum betreft haar gebrek aan zelfbeheersing zeker niet goedgemaakt. Ze weet zeker dat ze zijn uitgestapt omdat hij haar eens flink de les wil lezen, maar nu ze hier staan, zegt hij geen woord. De regen roffelt op de paraplu en Willum is oorverdovend stil. Ode denkt dat ze gek wordt.

'Hoe oud waren die kinderen?' probeert ze.

'Vijf, misschien zes.'

'Ik dacht dat Kordan in ongenade was gevallen. Maar ik had het duidelijk mis.'

'Hij werd ontheven van de verantwoordelijkheid over jouw opleiding, maar kreeg andere taken. Het lijkt wel of ze nog steeds op zoek zijn naar ...' Zijn stem sterft weg en hij is weer in gedachten verzonken.

'Kinderen met dezelfde krachten als ik? Wist je dat dan niet?'

Hij schudt somber het hoofd. Het moet heel wat moeite hebben gekost om dat plan voor Willums scherpe geest verborgen te houden.

'Denk je dat ze net zoals mij zijn?'

'Nee, niemand is als jij, Ode, behalve je broer.'

'Maar ze moeten toch bijzondere gaven hebben. Waarom zouden de Meesters anders zo geïnteresseerd in ze zijn?'

Maar Willum is niet in de stemming om nog op haar vragen in te gaan. 'Je moet in alle talen zwijgen over wat je vandaag hebt gezien. En zo ver mogelijk uit de buurt van die kinderen blijven.'

'Ik werd zo woest van ze, Willum. Ik ...' Ze wil hem vertellen dat het niet hetzelfde was als toen ze de klerken aanviel. Dat was met opzet, toen had ze zichzelf in de hand, probeerde ze gewoon haar krachten te testen. Maar met deze kinderen was het anders. Deze keer had ze zichzelf helemaal niet in de hand, was het alsof ... iets binnen in haar ontplofte, haar aanspoorde, haar dwong om aan te vallen. Maar ... door haar in de ogen te kijken, had Willum dat 'iets' het zwijgen opgelegd.

Willum had die stem in haar het zwijgen opgelegd.

'Beloof het me.'

'Ik beloof het.'

Niet dat haar beloften meer betekenen dan de duizenden beloften die ze haar al hebben gedaan. Die zijn ook allemaal gebroken, als glasscherven aan haar voeten.

'Blijf je bewust van je kracht, Ode. Die zal je hier doorheen helpen.'

Als ze terug naar de auto slenteren, neemt Ode zijn hand. Ze houdt gelijke tred met hem en beeft niet meer. Als hij haar helpt instappen, kijkt ze hem zo doordringend aan als ze durft. Wie is deze man? Ze beseft dat ze dat niet weet. Maar ze weet zeker dat er een grote kracht in hem schuilt, dat hij veel machtiger is dan hij lijkt.

DE VERTELLERS

MOET ER EEN BRIEF WORDEN GESCHREVEN?
OF EEN PAKJE BEZORGD?
VOOR EEN KROES BIER OF EEN GLAS WIJN,
DOEN WE AL ONS BEST.
EN VOOR EEN SNEDE BROOD MET KAAS
VERTELLEN WE EEN WONDERLIJK VERHAAL.
- LEER VAN DE VERTELLERS

Roan loopt in de richting vanwaar een stroom frisse lucht en een straal zonlicht komen, trekt zich op uit de grond en belandt in een dikke laag kreupelhout.

Mabatan wuift hem opzij en schuift het met varens begroeide deksel terug over het gat. Daverend valt het op zijn plaats en is de ingang verdwenen, helemaal opgegaan in de onherbergzame omgeving.

Roan kan door het kluwen van kronkelige takken nauwelijks een hand voor ogen zien, maar net als hij zich er genoeg doorheen heeft geploegd om een beter uitzicht te krijgen, wordt hij opgeschrikt door het geschal van jachthoorns en roffelende trommels. Hij laat zich plat op zijn buik vallen. Bubbel ploft naast hem neer. Maar ze hebben al snel in de gaten dat er geen gevaar dreigt, want Mabatan is gewoon blijven staan en kijkt zo verrukt, dat haar elfengezichtje nog mooier wordt.

'Daar zijn ze,' mompelt ze eerbiedig.

Ze gebaart dat Roan en Bubbel zich klein moeten houden en kruipt voor hen uit. Ze zigzaggen onder doornstruiken door, naar een open plek met dennen. Van hieruit kan Roan de wallen van een groot dorp zien. Alle huizen zijn versierd met kleurige vaandels. Een hele troep vrolijk geklede mensen lopen lachend en klappend door de majestueuze poort.

'Kom,' zegt Mabatan en ze springt overeind.

Maar Bubbel schudt het hoofd. 'Ik blijf hier.'

Roan weet dat zijn vriend een goede reden heeft om dit soort plaatsen te mijden. Eén blik op zijn gezicht en de feestende dorpelingen zouden in een moordlustige bende veranderen. Dat soort reacties heeft Bubbel aan den lijve moeten ondervinden toen hij hulp probeerde te zoeken nadat hij de Mor-Teken had overleefd. Overal waar hij had aangeklopt was hij geslagen en gestenigd en dat wil hij liever niet meer meemaken.

Maar Mabatan trekt zich daar niks van aan en voelt in haar zak. Ze plooit een linnen doek open en haalt er voorzichtig een vreemd groen en rood geschilderd rieten masker uit. 'Dit heb ik gisteren voor jou gemaakt,' zegt ze en ze geeft het aan Bubbel.

'Bedankt. Nu val ik zeker niet meer op.'

'Het is feest daar. Iedereen draagt een masker. Hier, dit is het jouwe.' Mabatan geeft Roan een masker van bruin gras en zet zelf een gelijkaardig masker op.

Goed en wel vermomd sluipen ze het bos uit en mengen ze zich op de weg onder een nieuwe stroom feestgangers. Als de drie vrienden met de stroom kleurrijk verklede feestvierders mee door de poort zijn gelopen, nemen ze de straat waar het minste volk loopt.

Het is een uitgestrekt stadje met een heleboel stenen en bakstenen gebouwen. Maar overal zie je sporen van verval: ramen die zijn opgelapt in plaats van hersteld, afbladderende verf op luiken en deuren, en wat eens geplaveide wegen moeten zijn geweest, zijn nu hobbelige stenen paden. Ooit was dit stadje welvarend, maar die tijd is allang voorbij. In tegenstelling tot de burgers van Helderzicht zijn deze mensen duidelijk uit de gratie van de Stad.

De drie vrienden laten zich meedrijven tussen de kraampjes op het open marktplein in het centrum van de stad. Zoals Mabatan al zei, dragen de meeste stedelingen en bezoekers maskers met vrolijke kleuren. Een lachsalvo vestigt hun aandacht op een verhoogje op het midden van een geïmproviseerd podium, waar een rimpelige oude man met lange witte haren kreunend met zijn been trekt.

'Oooo ... o ...' steunt de oude man terwijl hij gevaarlijk overhelt. Een klerk met een verscheurde blauwe toga, een gigantische rode pruik en grote schele ogen komt binnengestormd en werpt zich aan de voeten van de oude man. Hij lijkt zo overdreven wanhopig en bang om een schop onder zijn kont te krijgen, dat het publiek het uitproest. Hij piept onderdanig: 'Meester, Meester, wat scheelt er toch, Sire?'

'Mijn hart is stervende,' antwoordt de oude man terwijl hij over zijn borst wrijft. 'O! En mijn arme blaas. Ik heb al maanden niet meer lekker gepist! Maar mijn darmen, mijn darmen zijn nog het ergste!' Hij buigt voorover en laat een oorverdovende wind, waardoor de klerk pardoes van het podium en in het publiek rolt. De toeschouwers liggen in een deuk van het lachen.

Roan kan zijn ogen niet van de oude toneelspeler afhouden. Die man heeft iets vertrouwds. Roan kent hem, maar van waar?

Als de nepklerk weer op het podium klautert en met grote gebaren probeert te verdoezelen dat hij zijn neus dichtknijpt, zegt hij: 'En wat wilt u dat ik daaraan doe, O Anus van de Stad, Aartsengel van de Winderigheid, Onze Grote Stinkzwam?'

'Ga nieuwe onderdelen voor me halen!'

'Maar, Stankorgel, Commandant van de Kaas, de mensen uit de Verlanden hebben geen onderdelen meer in voorraad.'

'Geen onderdelen meer, zeg je?' buldert hij.

'Dat zeg ik niet, O Onwelriekende, dat zeggen zij! Zíj zeggen dat!' gilt de klerk en hij wijst naar het publiek.

'Dan krijg jij, mijn dienaar de eer om donor te worden!'

'Maar, Meester van de Moerasgassen, mijn onderdelen zijn bijlange niet goed genoeg voor ú!' jammert de klerk terwijl hij achteruitdeinst.

Opeens schiet de oude man naar voren en grijpt de appelvormige bult op de rug van de klerk beet. De klerk ontspant meteen en glimlacht.

'Ik ben geheel de uwe, O Grote Spetterende Sluitspier.'

Twee plechtige clowns rollen een tafel met een doek erover op het podium, waar de donor-klerk op gaat liggen. De oude man haalt er een gigantische zaag onder vandaan. Hij doet alsof hij bijna bezwijkt onder het gewicht van de zaag en helt vervaarlijk over van de ene kant van het podium naar de andere, tot de clowns hem weer stevig met zijn voeten op de grond planten. Met hun hulp trekt hij de zaag heen en weer over de borstkas van de klerk. Hij loert naar het publiek en kakelt.

'Nu zal ik eeuwig leven! Niets houdt me nog tegen!'

'Vlieg toch op, Darius,' roept iemand vanuit het publiek.

De oude man wijst naar hem. 'Jij bent de volgende! Als ik een nieuwe anus nodig heb, zal ik je weten te vinden!' Iedereen schatert het uit, maar het publiek verstomt al snel als de oude man zijn arm diep in het lichaam van de klerk steekt. Hij zit tot aan zijn elleboog in zijn borstkas en voelt rond. Dan glimlacht hij: 'Mijn nieuwe hart!' En hij trekt een oude band te voorschijn. Hij gooit hem in het publiek, steekt zijn hand telkens opnieuw in de borst en trekt er steeds wanhopiger een kool, een oude sok en een vuilniszak uit. 'Een hart, een hart, mijn Stad voor een hart!' jammert de oude man.

Iedereen juicht en roept en jouwt de waanzinnige slechterik uit. Maar opeens valt de oude man stil. Hij spitst de oren. In het publiek wordt het ook stil, iedereen denkt dat het weer een grap is. Maar dan horen ze het ook. Het onmiskenbare geroffel van paardenhoeven. Een hele horde paarden die steeds dichterbij komt.

'Ruiters!' schreeuwt iemand en meteen staat alles in rep en roer. Mannen duwen de poorten dicht, mensen rennen gillend weg of roepen naar hun kinderen. De kooplui sluiten hun kraampjes en de acteurs rapen hun kostuums en rekwisieten op en verdwijnen in de chaos. Bubbel draait zich naar Roan. Alleen zijn ogen zijn zichtbaar door het masker, maar Roan ziet zijn paniek. Waar moeten ze heen?

Die vraag wordt beantwoord door de oude acteur. Hij komt op hen afgestormd, roept: 'Volg mij!' en leidt hen door een kronkelige straat.

Voor hij de hoek omslaat, kijkt Roan om. De poorten barsten open en de ruiters galopperen de stad in. Iedereen die ze op hun weg tegenkomen, maaien ze om. Hij herkent ze meteen: Fandors. Dezelfde schurken die hij met zijn astrale lichaam heeft gezien. En veilig verschanst in de achterhoede rijdt de man van wie Roan had gehoopt dat hij hem nooit meer terug zou zien: de duivelse Raaf.

'Deze kant op,' zegt de oude acteur. Hij loodst hen door een laan, naar een verweerd huis. Een dorpeling trekt de deur open en ze stommelen naar binnen. Zodra ze binnen zijn en de deur is gebarricadeerd, snelt de dorpeling hen voor door de keuken, naar de voorraadkamer. Hij trekt de deur wijd open en duwt hen vliegensvlug naar binnen.

'Haast je. Snel! Snel!'

Bubbel en Mabatan zijn het eerst beneden, gevolgd door Roan. In een hoekje van de verborgen kelder zitten al een vrouw en drie kleine kinderen in elkaar gedoken in een hoekje. De vrouw kijkt Roan wantrouwig aan als hij op de harde vloer van klei stapt. De woede en angst die van haar gezicht en lichaam zijn af te lezen, doen hem beschaamd zijn gezicht afwenden. Hij zou die mensen buiten moeten gaan beschermen, zich hier niet verstoppen. Als de deur van de kelder dichtklapt, kijkt hij op en kan hij nog net een glimp opvangen van de oude acteur die de ladder afkomt. Hij is lenig, ziet Roan opeens, veel te lenig om zo oud te zijn als de man die hij speelde. En tegen het licht vormt het witte poeder in zijn haren een aura van stof rond zijn hoofd.

'Zo, Roan van Langlicht, blij je weer te zien,' grinnikt Kamyar, de Verteller, als het duister weer intreedt in de kelder.

Roan is nauwelijks van zijn verbazing bekomen als er op de deur wordt gebonsd. Ze blijven als versteend zitten en horen hoe de deur wordt opengebeukt.

'Waar zijn de kinderen?' snauwt een Fandorstem.

'Ik heb geen kinderen.'

'Vuile leugenaar.'

Er klinkt een slag, dan een bons, als de man die hen hier verborgen houdt, op de grond valt.

Voetstappen.

Gedreun.

Een slag en het gekreun van de dorpeling.

Roan reikt naar zijn haakzwaard en kruipt naar de ladder. Maar een hand houdt hem tegen.

'Wacht,' fluistert Kamyar. 'Hoor je dat?'

Er wordt gevochten. In de straten.

De stem van de Fandor boven hun hoofd klinkt gespannen. 'Naar buiten! Snel!'

Nadat de groep Fandors naar buiten is gestormd, vliegt de deur open en verschijnt het gekneusde gezicht van de dorpeling.

'De Broeders zijn aangekomen. Dit is misschien een goed moment om ervandoor te gaan!'

'Broeders?' vraagt Roan en hij draait zich naar Kamyar.

'Ze bieden bescherming aan iedereen die met de Stad breekt, en dat slaan we natuurlijk niet af.'

'Haast je!'

Roan, Bubbel en Mabatan volgen Kamyar haastig de ladder op en laten het gezin van de man veilig achter.

De man laat hen langs de achterdeur naar buiten en vraagt aan Kamyar of hij de weg nog weet.

'Hoe zou ik die kunnen vergeten?' glimlacht de Verteller. 'Nog eens bedankt, mijn beste, voor je moed en je gastvrijheid.'

Nadat hij de man dankbaar heeft omhelsd, gebaart Kamyar de anderen dat ze hem moeten volgen. Hij leidt hen over een kronkelend pad tussen de huizen, en ontwijkt de gevechten die overal rond hen woeden. Achter hekken en hoeken vandaan vangt Roan een glimp van de Broeders op en hij herkent ze stuk voor stuk. Zelfs zijn oude leraar, Broeder Wolf, is er. Zijn haakzwaard, hetzelfde als dat van hem, maait een Fandor doormidden. Roan denkt dat hem hetzelfde lot beschoren was als Wolf hem nu zag. Het valt hem zwaar om niet meteen de wapens tegen hem op te nemen, om niet de wapens op te nemen tegen al die Broeders die Langlicht vernietigden.

Hij aarzelt even, maar realiseert zich dan weer dat hij vergezeld wordt door Mabatan en Bubbel. Hij weet dat ze er niet alleen zijn om hem te beschermen, maar ook om ervoor te zorgen dat hij niet van zijn koers afwijkt. Hij mag geen omweg maken om zich te gaan wreken.

Als ze bij de rand van het dorp komen, laat Kamyar hen daar op hem wachten. Hij loopt naar de buitenmuur en trekt een gordijn van takken omhoog. Een voor een kruipen de vrienden door de smalle opening die hier verborgen zit. Kamyar wurmt er zich als laatste door en met een zucht van verlichting leidt hij hen weg van het dorp, weg van de gevechten.

Roan heeft Kamyar zoveel te vragen, maar hij zal moeten wachten, want de rest van de dag vluchten ze steeds verder door een spichtig bos. Ze blijven op een smal pad dat de nederzettingen langs de grote weg mijdt, maar de jonge boompjes bieden weinig beschutting, zodat ze zich stil moeten houden en zich zo klein mogelijk maken om niet opgemerkt te worden.

Als de nacht valt, komen ze aan op een open plek waar de andere drie leden van de toneelgroep zitten te wachten. De pony die hun kleine huifkar trekt, staat tevreden te grazen en boven het vuur hangen er verschillende konijnen te roosteren.

Een kleine vrouw met een massa zwarte krullen grijnst breed naar Kamyar. 'Blij dat je ongedeerd bent. Mejan heeft vijf tegen een gewed dat je toch nog een pijl in je achterste had gekregen.'

'Mejan!' zegt Kamyar berispend en hij zwaait met zijn lange vinger.

'Het komt er heus nog wel eens van, je vraagt erom,' bromt Mejan, een grote vrouw met brede schouders en zandkleurig piekjeshaar.

'Ze houdt zo van me,' grapt Kamyar.

'Alleen als ze de weddenschap wint,' zegt de kleine vrouw met een stem die Roan meteen herkent als de stem van de nepklerk uit het toneelstuk.

'Dit is Talia,' zegt Kamyar.

Hij wacht terwijl ze plechtig een buiging maakt, en stelt dan Dobbs voor, een goeiige reus die overal even rond is. Roan en Bubbel kijken elkaar lachend aan als ze dit gezelschap in zich hebben opgenomen, want ze zitten allemaal te breien rond het vuur en het getik van hun lange glimmende naalden lijkt een grappig melodietje dat hun gekwetter begeleidt.

'Kom, kom snel zitten! Liggen er knollen in het vuur voor onze vegetarische vrienden?' vraagt Kamyar.

Mejan pookt met een stok in het vuur en spiest er een paar zoete aardappelen aan.

'Ik zou natuurlijk heel blij zijn met groenten,' zegt Bubbel, 'maar dat konijn ziet er ook wel smakelijk uit.'

'We hebben ons nog niet aan elkaar voorgesteld,' zegt Kamyar terwijl hij zijn hand uitsteekt.

'Bubbel.'

'Weet ik, ja.'

'En jij bent Kamyar. Maar ik dacht dat je een Verteller was, geen toneelspeler.'

'Er zijn verschillende manieren om een verhaal te vertellen, Bubbie Boy, met een lied, een legende, een gedicht of een toneelstuk. Altijd met hetzelfde doel: een zaadje van twijfel en gezonde verontwaardiging in het brein van de mensen planten.'

Bubbel glimlacht.

'In dat dorp hoefde je alvast niets meer te planten.'

'Klopt. We zijn daar goed ontvangen. De zware hand van de Stad weegt al veel te lang op ze. Maar het is niet altijd zo makkelijk.'

Als ze allemaal een plaatsje bij het vuur hebben gevonden, vraagt Roan: 'Wanneer zijn de Broeders tegen de Stad beginnen te vechten?'

'Ze beweren dat het de wens van hun leider was. Voor hij werd gedood, had hij een nieuwe richtlijn van de Vriend gekregen, heb ik horen vertellen.'

'Zomaar ineens?' vraagt Roan zich af.

'Blijkbaar. Wat telt, is dat de Broeders gestopt zijn met dorpen binnen te vallen en kinderen voor de Meesters te ontvoeren. Maar onlangs heeft Darius Raaf vrijgelaten om de Fandors aan te voeren in een poging om de wetten van de Stad overal op te leggen en op die manier alsnog aan het voedsel en de kinderen te komen die de Broeders hen nu ontzeggen.'

'De Broeders verdedigen de dorpen wel, maar dat doen ze alleen omdat ze daar zelf ook beter van worden,' zegt Roan. 'Door de Fandors te bestrijden helpen ze de Stad uit te hongeren. Als de Broeders de Stad ooit in handen krijgen, zullen ze de dorpen opnieuw beginnen uit te zuigen. Het zijn geen helden, het zijn moordenaars.'

Mabatan haalt haar schouders op.

'Dat dacht je ook van de Hhroxhi.'

'Ik kende de Hhroxhi niet en interpreteerde hun handelingen verkeerd. Maar ik heb dichter bij de Broeders gestaan dan ik wilde. Het zijn plunderaars en massamoordenaars en ze verantwoorden hun daden met hun religie.'

'Ik denk niet dat we hier vanavond nog uit zullen komen,' onderbreekt Kamyar hem. 'Mabatan vertelt me net dat je hulp nodig hebt om in de Stad te komen, Roan.'

'Als dat zou kunnen.'

'Van toeval gesproken. Een vriend van me wilde me zo snel mogelijk spreken, dus zijn wij ook op weg naar de Stad. Je zult natuurlijk wel de kost moeten verdienen.'

'Wat had je zoal gedacht?'

'Ik zou wel een paar extra acteurs kunnen gebruiken voor mijn volgende meesterwerk, "Een klerkelijke dwaling". Het gaat over een klerk die door zijn stuntelige gedrag iedereen die hij ontmoet de dood in jaagt. Geïnteresseerd?'

Roan wordt lijkbleek. 'Ik heb nog nooit geacteerd.'

'Je moet gewoon achterover kunnen vallen en op een grappige manier dood kunnen spelen. Je hebt al hele roversbendes overleefd, een verblijf bij de snode Broeders, het Onderkruid en een tocht door de Woestenij. Dan moet het toch een makkie voor je zien om even scheel te kijken en je tong uit je mond te laten hangen.'

'Wat gaat Mabatan doen?'

'Ik kan drummen,' antwoordt ze.

'En ik fluit spelen,' zegt Roan enthousiast.

'Nou ja,' zegt de Verteller met een diepe zucht, 'misschien kan ik wel één acteur missen. Ben je goed?'

'Daar sta ik borg voor,' zegt Bubbel. 'Roan heeft onlangs nog een concert gegeven voor een bende mensetende planten. Ze waren helemaal in de ban van hem.'

Kamyar lacht. 'Een uitstekende voorbereiding op het publiek dat we hier en daar nog onder ogen zullen moeten komen.' Hij leunt naar Bubbel toe. 'Mijn vriend, je raadt nooit wat ik voor jou in petto heb.'

'Je gaat toch geen Mor-Tekenslachtoffer op een podium zetten,' lacht Bubbel groen.

De Verteller klopt hem met een brede grijns op de rug. 'Tuurlijk wel! Dat is een briljant idee! Want in het toneelstuk wordt die geschifte klerk eropuit gestuurd om voor de Stad een kind te ontvoeren. Maar in plaats daarvan brengt hij iemand mee die besmet is met Mor-Teken. Dat bespaart ons een fortuin aan schmink!'

'Niet grappig,' bromt Bubbel.

'O, maar ik ben bloedserieus, mijn beste Bubbie. Jij bent geknipt voor de hoofdrol.'

DE MEESTERS VECHTEN ELKE DAG MET DEMO-
NEN, LIJKT HET WEL. WAT?
DROOMDE IK TOEN IK DAT HOORDE?
NEE! NEE! BELACHELIJK! NATUURLIJK IS HET
WAAR! HEB IK EEN DEMON GEZIEN? NOU ...
MISSCHIEN ... JIJ?
                    - LEER VAN DE VERTELLERS

De visioenen volgen elkaar naadloos op. De steekvlam, haar moeders natte gezicht tegen dat van haar. Zelfs met wijd open ogen ziet ze ze nog.

Er is maar één manier om er een eind aan te maken.

Nee, ik heb het beloofd aan Willum.

Waarom denk je dat hij anders is dan al die anderen? Zie je dan niet dat hij je manipuleert? Hij gebruikt je alleen maar om aan de top te komen.

Nee, Willum is trouw. Hij is goed. Darius en de Meesters, die hebben me gebruikt.

Wat zou Willum anders willen dan een Meester zijn? Je hebt zelf gezegd dat je niet weet wie hij is.

Nee!

Haar gil slingert haar terug in het bewustzijn. Ze loopt naar haar wastafel en sprenkelt water op haar gezicht. Waarom wordt ze voortdurend belaagd door die gedachten? Willum is de enige die haar ooit heeft geholpen. Het lijkt wel alsof ...

Ze voelt dat er iemand achter de deur staat. Wie? En hoelang staat hij daar al? Ode trekt haar kamerjas en pantoffels aan en trekt de deur nors open. Klerken.

'Ja?'

'Wij zijn er om u te dienen, Onze Ode. De Aartsbisschop wacht op u.'

'Is hij ziek?'

'Hij heeft naar u gevraagd.'

'Ik maak me even klaar.'

Gwyneth wordt ontboden, maar Odes hoofd tolt zo van al die vragen, dat ze de dienstbode zelfs niet opmerkt als die bedremmeld in de deuropening blijft staan.

'De muntgroene jurk,' snauwt Ode. Gwyneth komt gehoorzaam de kamer in en loopt naar de grote kast. Ze moeten haar wel heel erg streng hebben toegesproken, want ze durft geen woord te zeggen.

Gwyneth komt weer te voorschijn met de bleekgroene jurk en als ze Ode heeft geholpen om hem aan te trekken, begint ze de parelmoeren knoopjes dicht te wriemelen. Dit is de jurk die Ode droeg toen ze voor het eerst aan het publiek werd voorgesteld als Onze Ode. Voor die dag – hoe lang was het al geleden? Acht maanden? – was ze gewoon de pupil van de Aartsbisschop. Darius had het ontwerp van die jurk zelf geleid en Ode herinnert zich hoe hij naar haar had gekeken toen ze hem helemaal had dichtgeknoopt: alsof Ode zijn creatie was.

'Kan ik nog iets voor u doen, Juffrouw?' vraagt Gwyneth terwijl ze achteruit de kamer uitloopt. Ode wuift haar weg en haast zich naar de klerken.

Hun voetstappen echoën door de kale gang. Ode probeert te bedenken waarom Darius haar heeft ontboden, maar haar gedachten zijn een wirwar van ongerijmde angsten.

Wat als het lichaam van de Oudste de transplantaties heeft afgestoten? Een man van zijn leeftijd kan toch niet verwachten dat ze hem eindeloos kunnen blijven oplappen, al zou hij niets liever willen. Misschien heeft hij een of andere infectie. Ligt

Darius op sterven? Je wilt toch niet dat hij alleen sterft, zonder dat je erbij bent; dan heb je geen wraak kunnen nemen.

Bij de glazen hal die naar de medische afdeling leidt, stopt Ode.

'Moeten jullie me niet naar Darius brengen?'

'Hij ligt niet meer in de Vernieuwing,' antwoordt de klerk, die Ode wenkt om hem te volgen.

Hij is verplaatst.

Nu al?

Hij is nog sterk. Waarom dacht ze ook maar een seconde dat hij zou bezwijken? Nu begrijpt ze waar ze haar naartoe brengen.

De klerken blijven staan voor het kantoor van de Oudste. De klauwen op de glimmende koperen deurknop verbieden hen de toegang.

'Ode, kom binnen!'

Zijn stem klinkt zo energiek, zo zelfverzekerd, dat ze ervan huivert. In zijn kantoor. In topconditie. Waarom heeft ze zich ook niet voorbereid op deze confrontatie? Ode ademt heel langzaam uit om elke cel van haar lichaam op te laden en in haar kern te verzamelen, zodat ze voelt hoeveel kracht ze in zich heeft.

Als ze de kamer binnenloopt, bedankt ze Willum in stilte dat hij haar heeft gedwongen om meditatieoefeningen te doen. Ze had nooit gedacht dat er zo'n bron van kracht in zijn woorden schuilde. Darius staat op van zijn stoel en grijnst zijn tanden bloot.

'Wat is er, liefje? Je bent lijkbleek.'

'Ik dacht ... ik dacht ...'

Ze kanaliseert een deel van haar frustratie in de vorm van één traan die over haar wang druppelt. Darius neemt haar arm, helpt haar teder op een stoel en grinnikt: 'Hebben ze je niks verteld? Dacht je dat het ergste was gebeurd?'

Ode laat haar lip trillen.

'Ik weet niet wat ik zonder u zou moeten beginnen.'

'Ik weet hoe bezorgd je over me was, maar dat was helemaal niet nodig. Ik zei toch dat de procedure veel efficiënter is geworden.'

Zijn ogen zijn waterig, zijn lichaam pafferig van de ingespoten vloeistof en zijn huid glad en gebruind. Ongelooflijk. 'U lijkt wel herboren, Meester, u bent weer net zo energiek als vroeger. Dat is fantastisch. Ik ben ongelooflijk opgelucht.'

Ze is echt opgelucht, maar waarom? En dan beseft ze pas dat het stil is in haar hoofd. Stil, zalig stil, maar het voelt als een stilte voor de storm. Ach, wat kan het haar ook schelen.

'Kom, Ode, laten we naar de lichtjes van de nacht kijken.'

Ze gaat met Darius voor het raam staan, waar de sterrenhemel glinstert. Er wordt beweerd dat het licht van de Stad de sterren ooit deed vervagen, maar de Gunthers zijn er niet in geslaagd om die oude wonderen opnieuw te verwezenlijken. Ze beweren dat het energienetwerk niet stabiel is. Onhandige klunzen zijn het, allemaal. Nu zijn de lichten van de Stad zo zwak dat ze het kleinste sterretje aan het firmament zelfs niet naar de kroon kunnen steken.

'Kijk eens naar het oosten. Schorpioen staat aan de hemel. We zijn in dezelfde fase van de maancyclus en precies dezelfde sterren staan aan de hemel als in de nacht dat de meteoor op aarde is ingeslagen. De hemel lichtte op alsof het klaarlichte dag was. De inslag was zo krachtig dat ze een aardbeving veroorzaakte die de hele Stad en een groot deel van de bestaande kuststrook verwoestte. De mensen waren doodsbang.'

'Maar u was niet bang.'

'O, jawel, hoor. Maar ik dacht niet dat het het einde van de wereld was, zoals sommigen. Dat kon niet waar zijn, niet zolang ik er nog op woonde. O, ik was zo vol van mezelf. Ik was er zeker van dat er een grote rol voor me was weggelegd. En toen jouw overgrootvader naar me toe kwam met het Zand dat hij had gevonden, wist ik dat ik een glimp van de toekomst had gezien. Het was onvoorstelbaar. Er zou een volkomen nieuwe wereld voor ons opengaan. Ik aarzelde geen moment, nam het Zand in en de geestesverruiming die ik toen ervaarde, bevestigde dat ik op de goede weg was. Ach meisje, de reizen die we toen allemaal hebben ondernomen, de plaatsen die we hebben bezocht ...'

'Wat voor iemand was mijn overgrootvader?'

'Ah. Als ik hem met één woord zou moeten beschrijven, zou dat integriteit zijn. Hij was de integriteit in persoon. Roan was mijn beste vriend, ik vertrouwde hem volkomen. Niemand kende mij zo goed als hij. We bouwden de Stad samen weer op, en slaagden erin om ze door alle wereldoorlogen en klimaatsveranderingen, die zoveel beschavingen hebben verwoest, heen te helpen. We waren de redders van ons volk. Maar toen begonnen we te veranderen, en de kwaliteiten die ik in hem als vriend zo had gewaardeerd, werden ... nou, op zijn zachtst gezegd contraproductief. De situatie werd onhoudbaar.'

'Heeft het Zand u veranderd?'

'Ergens wel, ja. Het ontketende ongekende krachten in ons, hypergevoelige zintuigen, vooruitziendheid, energie. En bij Roan nog iets anders. Tot op de dag van vandaag heb ik nooit meer iemand gezien die zo bekwaam was. Maar hij raakte geobsedeerd door het Dromenveld en door alle mogelijke manieren waarop zijn krachten konden worden misbruikt. De verantwoordelijkheid werd hem te veel. Uiteindelijk ging hij eraan kapot. Hij werd paranoïde, begon te denken dat ons gezamenlijk werk een bedreiging voor het universum vormde. Eerst lachte ik zijn theorieën weg – zag hij dan niet dat het pure grootheidswaanzin was? Maar het idee liet hem niet los, het knaagde aan hem, werd een waanbeeld. Logica, gezond verstand, niets kon hem nog op andere gedachten brengen.'

'En dus leidde hij de rebellie tegen de Stad?'

'Je kunt je niet voorstellen hoe zijn verraad me kwetste. Al zijn twijfels waren veranderd in bittere haat, een persoonlijke vete die bijna alles vernietigde waar we zo hard aan hadden gewerkt. Het was een vreselijke klap.'

'Maar u hebt hem verslagen.'

'Ja. Dus is alles toch nog goed gekomen, nietwaar? Alleen bedenk ik nu opeens dat jij een bloedverwant van hem bent, Ode. En ik kan niet anders dan me afvragen hoeveel van hem er in jou zit.'

Zijn stem heeft een harde klank gekregen, die Ode doet huiveren. 'Ik hoop dat ik uw vertrouwen nooit zal beschamen, Oudste.'

'Dat hoop ik ook.'

In de stilte die volgt, kan Ode zich maar al te goed voorstellen wat de gevolgen zouden zijn als ze hem teleurstelde. 'Als voorbereiding op je toekomst als leider, zal ik je over een van mijn vele beproevingen vertellen. Een paar jaar geleden kwam mij ter ore dat er een nieuwe soort mensen was opgedoken. Kinderen met een uitzonderlijk inzicht.'

'Kinderen zoals ik?'

'Zou kunnen. Ik heb de draagwijdte van hun talenten nooit kunnen achterhalen omdat ze door jouw broer werden ontvoerd om aan de Eters te geven. Dat zou rampzalige gevolgen hebben gehad, ware het niet dat ze allemaal zijn omgekomen.'

'Is mijn broer samen met hen gestorven?'

'Dat weet ik niet. Ik weet wel dat ze niet langer een macht vormen in deze wereld. Dus ben ik nu op zoek naar andere kinderen. Elke nieuwe rekruut wordt getest. Onlangs ben ik zo'n groep gaan bezoeken en merkte ik dat er uit het oor van een van die kinderen een dun straaltje bloed druppelde.'

Ode probeert niet te beven en concentreert zich op zijn spiegelbeeld in het glas. Zo lijkt hij wel een geest, met een gezicht vol sterren. Het is de donkere ruimte tussen de sterren in, die haar fascineert, alsof alle donkere materie van het universum in zijn gezicht is samengebald.

'Hebt u hen door een dokter laten onderzoeken?'

'Ik had geen dokter nodig om te weten wat ik had ontdekt. Er was met ze geknoeid. Zelfs het kortetermijngeheugen van Directeur Kordan was uitgewist. Althans zo leek het.'

'Verdenkt u hem?'

'Ik sluit geen enkele mogelijkheid uit. Directeur Watuba vertelde me dat er naast de slachtoffers maar twee andere mensen in de kamer waren. Jij en Willum.'

'Dat kan niet!' roept Ode uit. Ze probeert wanhopig om zich niet te verraden.

'Beweer jij nu dat Watuba liegt?'

'Maar Willum ...'

'Willum zegt dat hij niets ongewoons heeft gezien. Maar ja, zijn krachten zijn ook zo zwak. Hij zou zo'n subtiele aanval zelfs niet opmerken.'

Willum. Wie is die Willum, die zelfs de Grote Meester kan misleiden? En als hij het niet heeft gedaan, kan alleen jij het zijn geweest.

Odes adem stokt.

'Verdenkt u mij, Vader?'

'Meester Kordan is er zeker van dat het niemand anders kan zijn geweest. Jij was in de kamer. De aanval leek sterk op je vorige agressieve gedrag tegenover mijn klerken. Maar hun brein binnendringen en hun herinnering aan het hele gebeuren uitwissen, dat is wel heel erg geavanceerd. Heel indrukwekkend. Ik denk dat je veel meer van de Etersmuur hebt meegebracht dan je mij wilt vertellen.'

Waarom heeft hij die kleine mentale sporen niet mee uitge-

wist? Hij heeft met opzet aanwijzingen achtergelaten. Die Willum wil je verraden.

Nee! Nee! Zwijg! Zie je dan niet dat ik er bijna onderdoor ga? Hou je kop!

'Vader, ik heb helemaal niets meegebracht, toch niet bewust. Dat zou ik u hebben verteld. Ik zweer dat ik niet in staat ben om zoiets te doen.'

Darius kijkt haar doordringend aan. Gelukkig vertelde ze hem de waarheid, want hij zou het meteen hebben gezien als ze loog. 'Misschien. Je overgrootvader begon te beseffen dat zijn onbewuste verlangens werden ingewilligd zonder dat hij daar controle over had. Het was een van de dingen die hem enorm beangstigden. Dus is het mogelijk dat je een doel hebt bereikt, waarvan je je niet bewust was.'

'U denkt dat ik zoiets zou kunnen doen zonder het zelf te weten?'

'Ik weet het niet, liefje.'

'U denkt dat ik de kinderen iets wilde aandoen zonder het zelf te weten?'

'Ode, je hebt een heel bijzondere plaats in mijn hart. Alsjeblieft, twijfel daar nooit aan. Ik zal deze afwijking tot op het bot uitspitten. We zullen nog een paar nieuwe tests doen. En dan ... denk ik dat we je op een nieuwe reis sturen.'

Odes hart maakt een sprongetje.

Dit is precies waar ze op had gehoopt: weer Zand eten en toegang krijgen tot de Muur en alle energie die hij geeft. Zand. Ze verlangt er zo hevig naar, dat het haar begint te duizelen. Maar het is natuurlijk een gevaarlijke onderneming. Dat tempert haar enthousiasme een beetje. Darius heeft andere motieven dan de redenen die hij opgeeft. Ze zal weer het proefkonijn van dokter Arcanthas worden en ze zal er nooit achter komen waar zijn tests echt voor dienen. Ze zal al haar vaardigheden moeten gebruiken om dit te overleven. En ze zal Willums hulp nodig hebben.

Willum ...

Hou je kop!

'Ik zal altijd uw gehoorzame dochter zijn, Vader.'

'Je hoeft niet zo voor mij te kruipen, Ode. Dat is echt niet nodig.'

O nee, hoor, helemaal niet, denkt Ode sarcastisch. Ze geeft hem een zoen op zijn wang, die onder haar lippen terugwijkt als een doordrenkte spons.

'Dank u, Vader.'

'En Ode ... De resultaten van de tests op de rekruten waren negatief. Ze zijn naar de recyclage gestuurd,' zegt hij luchtig. 'Dus is er eigenlijk geen echte schade.'

'Gelukkig maar.'

Hij streelt haar haren, en houdt een van haar krullen tussen zijn vingers. 'Zo mooi,' zegt hij. 'Zo wondermooi.'

Haren kunnen niet voelen, niet ineenkrimpen. Ja, Oudste, streel ze maar zoveel je wilt. Haren voelen niets, ze vertellen niets.

DE WAARDE VAN BREIEN

VAN BREIEN KOM JE TOT RUST.

EEN KABELSTEEK ALS DAT JE LUKT.

NAALDEN ZIJN EEN MACHTIG WAPEN.

EÉN PRIK, EN DE VIJAND LIGT OP APEGAPEN.

- LORE VAN DE VERTELLERS

'Je bent een fantastische kok,' blubbert Bubbel met zijn mond vol haver-moutpap. Dobbs gnuift vergenoegd en schept hem nog een portie op. Bubbel grinnikt dankbaar. 'Ik heb niet meer zo lekker ontbeten sinds, sinds ...'

'De Oase,' maakt Roan zijn zin af. 'Maar ik denk niet dat we je daar toen hebben gezien, Dobbs.'

'Ik denk het ook niet. Ik gruwel van die grotten. Ik ben meer het open-lucht-type. Ik blijf altijd net lang genoeg om de bibliotheek te gebruiken en dan ben ik weer weg.'

'Gebruik jij Zand?' vraagt Roan voorzichtig.

'Nee, niks daarvan, ik blijf liever met mijn voeten op de grond. In de lucht heb ik niks te zoeken. Trouwens, in het Dromenveld kun je niet eten,' zegt de dikkerd en hij geeft een klopje op zijn ronde buik. 'Wat heb je er dan aan?'

'Er is nog veel te veel werk aan de winkel in deze wereld. Waarom zou je dan gaan rondfladderen in een andere?' treedt Talia hem bij.

'Ik heb ooit eens Zand geproefd,' geeft Mejan toe. 'Ik kreeg er alleen maar hoofdpijn van. Maar als ik kon doen wat Mabatan doet, zou ik er toch eens een kijkje gaan nemen. Jammer genoeg heb ik niet genoeg discipline om vijftien jaar lang op de techniek te oefenen.'

'Jij leert blijkbaar heel snel,' zegt Roan bewonderend tegen Mabatan.

211

'Nee, gewoon, niet sneller dan een ander, maar mijn vader is mij vanaf mijn derde al beginnen te trainen.'

Bubbel kijkt haar met grote ogen aan. 'Ben jij al achttien?'

'Ja.'

'Je ziet er veel jonger uit,' stamelt Bubbel.

Mabatan glimlacht. 'Maar ik voel me niet zo jong.'

Kamyar slaat met zijn lepel tegen zijn lege kom en zegt: 'Oké. We hebben allemaal goed geslapen, lekker gegeten, ons verbaasd over Mabatans jonge uiterlijk, en besloten dat we allemaal een hekel aan Zand hebben. Nu gaan we die nieuwe scène nog eens oefenen en dan zijn we weg.'

'De baas heeft gesproken,' zucht Dobbs.

Bubbel slikt. 'Je bedoelt ... mijn scène?'

'Inderdaad, ja. Heb je nog tijd gehad om naar je tekst te kijken?'

'Nou, om te kijken wel, maar ik ben nog volop aan het leren lezen, weet je, en ik kreeg je handschrift niet ontcijferd.'

Kamyar lacht. 'Dan zul je moeten improviseren.'

'Maar we hebben toch geen podium, waar moeten we dan repeteren?' vraagt Bubbel in de hoop dat hij zo nog wat respijt krijgt.

'De wereld is ons podium, Bubbie Boy. Die boomstronk daar is prima. Klaar, Talia?'

'Altijd,' zegt Talia.

Met het hoofd tussen de schouders klimt Bubbel op de stronk. Hij blijft daar stokstijf staan.

'Kom op, een beetje meer schwung.' Kamyar steekt vragend zijn hand op naar Talia. 'Talia, schat, wat moet hij voorstellen?'

'Iemand die smeekt om zijn leven te sparen!'

'Kom op, Bubbie, smeken!' port Kamyar hem aan.

'Alsjeblieft, alsjeblieft, nee ...' mompelt Bubbel.

Kamyar legt zijn hand op zijn gezicht en kreunt, dan kijkt hij Bubbel aan en zucht. Heel diep. 'Je kunt veel beter dan dat. Op je knieën. Zo ja. Hef je hoofd op. Goed. En kijk die klerk nu recht in de ogen.'

Bubbel doet alles wat hem wordt opgedragen, maar Talia kijkt zo scheel dat hij het uitproest.

'Zou je een ietsiepietsie minder grappig willen zijn, Talia, schat?'

'Talia kan er niks aan doen,' krijgt Bubbel tussen twee lachstuipen uitgebracht.

'Nee, dat weet ik. Zou jij dan zo vriendelijk willen zijn om dat smeken wat geloofwaardiger te brengen, Meester Bubbel? Kom op, een beetje meer enthousiasme, graag: SMEEK VOOR JE LEVEN!'

Toch wel een beetje onder de indruk van Kamyars gebulder doet Bubbel een poging om de hele onderneming toch wat ernstiger te nemen en slaagt hij er wonderwel in om zijn tekst overtuigend te brengen. 'Alstublieft, alstublieft, nee, stuur me niet naar de Stad.'

'Goed zo, dat is het. Met brio!'

Als Bubbel en Talia klaar zijn met hun scène, loopt Kamyar om hen heen en mompelt hij: 'Niet slecht, niet slecht. Maar het mag nog wat agressiever. Talia, leer Bubbel maar eens een lesje!' Dan trekt hij een wenkbrauw op naar Roan. 'Je bent dus vastbesloten om nooit meer Zand in te nemen. Wat vind je dan van degenen die het wel eten?'

'Dat ze niet te vertrouwen zijn.'

Kamyar roept: 'Sneller!' als Talia Bubbel rond de boomstronk achternazit.

'Weet je, Roan, niet alle Zandeters zijn hetzelfde. Als de tijd gekomen is, zullen ze zich niet allemaal achter dezelfde mening scharen.'

'Ken je Alandra?'

Kamyar lacht. 'Dat was zo'n een zielig lief ding toen ik haar voor het eerst ontmoette. Mijn God, wat ze dat meisje allemaal lieten doen. Ze moest in dat afgeleefde Helderzicht gaan wonen en daar kinderen helpen deporteren. Het is een mirakel dat ze daar niet helemaal krankjorum is geworden.'

'Ze zei al dat ze het daar niet onder de markt had, ja,' beaamt Roan. 'Maar ze is een Zandeter in hart en nieren.'

'Het Vergeten Volk heeft haar gered, weet je. Ze hebben haar opgenomen als een van hen. Omdat ze zagen dat ze potentieel had.'

'Hé!' schreeuwt Talia.

Bubbel, die op haar zit, springt snel overeind. 'Sorry, sorry, heb ik je pijn gedaan?'

'Nee,' antwoordt ze. 'Dat noemen ze acteren. Die 'Hé' was mijn tekst.'

'Sorry,' piept Bubbel.

'Oké, dat is dan ook weer opgehelderd,' brult Kamyar. 'Kunnen we dit nu alsjeblieft nog een keer doen – zonder af te wijken, als dat zou kunnen, Bubbie.'

Als een gestrafte puppy gaat Bubbel braaf terug op Talia zitten.

'Hé!' gilt ze met de nodige grimassen.

En dan, zonder enige waarschuwing, duwt Roan Kamyar op de grond. Een pijl boort zich in een boom.

'Klerken,' fluistert Mejan.

Mabatan steekt eerst vijf, dan vier vingers op. Negen klerken. Er zoeft nog een pijl voorbij, bijna in haar hand. Als er nog twee volgen, doet Kamyar teken dat ze zich moeten verspreiden en zich verdekt opstellen.

Als hij naar zijn rugzak duikt, voelt Roan het sterrenlitteken op zijn borst openbarsten. Maar hij grijpt naar zijn haakzwaard. Hij weet dat hij hier de enige is, die hen kan verdedigen.

Met het handvat van zijn zwaard stevig in de hand geklemd, hoort hij hoe de dreigende voetstappen steeds dichterbij komen. Achter zijn rots vandaan gluurt Roan naar een robuuste klerk die zijn kruisboog opheft en op hem af komt gestormd. Roan springt op en slaat de boog uit zijn handen. De trekker springt los en de boog boort de pijl in de grond voor Roans voeten. De klerk trekt zijn zwaard uit zijn schede en haalt uit naar Roan. Roan ontwijkt de slag en gaat in de tegenaanval met een klinkende mep op het zwaard van zijn belager. Hij tolt vliegensvlug om zijn as en schopt de klerk keihard op de borst, waardoor die met zijn rug tegen een boom kwakt. De klerk rukt een korte, doorzichtige staaf uit zijn riem en steekt die uit naar Roan. Als het ding zachtjes begint te zoemen, voelt Roan een steek in zijn borst. Dat stekende gevoel wordt een verdoofd gevoel dat zich over Roans hele lichaam verspreidt: zijn hand wordt helemaal slap, zijn haakzwaard valt eruit en Roan zakt door zijn knieën. Hij zijgt verlamd neer en hoort overal om zich heen doodsreutels. Hij moet hulpeloos toekijken hoe de klerk zijn zwaard boven zijn hoofd heft om genadeloos uit te halen. Roans laatste gedachte is, dat zijn zoektocht zijn vrienden de dood in heeft gejaagd.

Maar voor de klerk zijn zwaard in Roans borst kan drijven, spert hij zijn ogen en mond wijd open, als een vis die naar adem hapt. Hij zijgt neer en uit zijn rug steekt er een breinaald.

Kamyar trekt zijn naald uit de rug van de klerk en grijnst naar Roan terwijl hij het ding schoonveegt.

'Wij Vertellers zijn allemaal verstokte breiers. Een zalig middel tegen stress, vind je niet?'

Opeens weerklinkt er in de dodelijke stilte een zuivere do. 'Talia,' zegt Kamyar. Er komt een la bij. 'Dobbs.' Dan een mi, om een perfecte driestemmige harmonie te vormen. 'Mejan,' glimlacht Kamyar. 'Ieder heeft zijn eigen noot.'

Mejan en Bubbel komen aangelopen. Mejan bestudeert de staaf en Bubbel snelt naar Roan. 'Ben je gewond?'

'Ik ... kan me ... niet bewegen,' krijgt Roan met zijn slap hangende kaak nog net uitgebracht.

215

'Maak je maar geen zorgen, Roan, het effect van de verdover is over een uur uitgewerkt,' zegt Mejan die met het wapen zwaait.

Kamyar neemt de staaf van haar over en steekt het in zijn zak. 'We prijzen onszelf gelukkig dat dit hun meest geavanceerde wapen is. De Stad is – terecht – bang dat elk wapen dat het fabriceert, tegen haar kan worden gebruikt. Dus voorlopig kun je je met een beetje behendigheid en wat moed nog prima verdedigen. Maar wie weet wat er gebeurt als ze de grote middelen inzetten.'

'Negen klerken zijn netjes doorboord,' zegt Bubbel die het strijdtoneel overschouwt. 'Zijn dat de naalden waar je mee breit?'

'Handig, hè?' zegt Mejan. 'Ze zijn langer en veel zwaarder dan een echte breinaald, maar dat gewicht is goed om je handspieren te trainen. Ze zijn ook een beetje scherper dan normale breinaalden, zodat je dit kunt doen.'

Ze houdt de naald boven haar hoofd en slingert hem naar een spichtig boompje, een paar meter verder. De punt boort zich met dodelijke kracht in de stam. 'Dat is wel een paar wondjes in je vingers waard, hè?'

'Ik ga nooit meer met mijn rug naar een breier staan,' zweert Bubbel plechtig met zijn hand op het hart.

'Halleluja!' roept Kamyar. 'Ik heb een acteur geschapen!'

Zoals Kamyar had voorspeld, begint Roans huid na een uurtje te tintelen en al snel is hij in staat om met een beetje hulp op te staan en te lopen.

'Sorry dat ik je zo overtroefde met mijn naald,' verontschuldigt Kamyar zich. 'Ik weet zeker dat je hem zelfs met je tanden had kunnen verscheuren.'

'Misschien. Maar dan zou ik dat ook echt moeten willen, hè?'

'En dat was niet zo, of wat? Misschien kon hij je daarom overmeesteren.'

'Misschien wel, ja.'

'Nog een verhaal dat we aan onze "Legende van de Beloofde Zoon", kunnen toevoegen,' spot Kamyar. 'Hij zou nog liever sterven dan vechten. Zoals het een echte Langlichter betaamt.'

'Dat is niet helemaal waar.'

'Ach, wat is waar, Roan? Jij bent opgevoed met de overtuiging dat alle leven heilig is. En daarna werd je gedwongen om een krijger te worden.'

'Ik ben niet echt gedwongen.'

'Je genoot ervan. Natuurlijk genoot je ervan. Je hebt er talent voor. Een gave, zouden sommigen zeggen. Je geniet ervan om die gave te gebruiken.'

'Zo formuleerde Sancto het, ja.'

'Misschien had hij wat dat betreft wel gelijk.'

Roan staart verlegen naar zijn voeten. 'Ooit dacht ik dat ook.'

'En nu?'

Voorzichtig trekt Roan zijn hemd omhoog, zijn gezicht vertrekt van de pijn als hij het van de open wonde aftrekt.

Kamyar fluit. 'Het is geen mooi litteken, maar het is wel groot.'

Een cadeautje van de families van sommige slachtoffers waar ik mijn "talent" op heb botgevierd,' zegt Roan.

'Van je talent gesproken – sorry, maar dit moet ik even weten: als we nog eens klerken tegen het lijf lopen, mag ik er toch van uitgaan dat je aan onze zijde vecht?'

'Als het tot een gevecht komt, natuurlijk. Maar ik wil maar zeggen dat ik niet blij word als ik bloed zie.'

'Als je ervan moet overgeven, mik je dan op de vijand, alsjeblieft?'

Roan steekt lachend zijn hand uit naar Kamyar. 'Afgesproken.'

Het is al bijna avond als ze uit het bos en op een brede, overwoekerde weg komen die tot aan de bewolkte horizon reikt. Bubbel, die voorop heeft gelopen, roept naar achteren: 'Moet je dit zien!'

Er ligt een oude wegwijzer op de grond. Hij is helemaal smerig en verroest. 'Snelweg Een,' leest Roan. 'Dit was de weg naar de Stad.'

'Ja,' zegt Kamyar. 'Nog steeds.'

'Zijn we hier veilig?' vraagt Roan. 'We lopen hier zo open en bloot.'

'Onder normale omstandigheden zouden we deze weg mijden.'

'Maar het is ook niet normaal dat die Blauwe Toga's in de bossen lopen rond te snuffelen,' zegt Talia.

'Wat ik me eigenlijk afvraag, mensen, is waarom die klerken het eigenlijk op ons hebben gemunt?' valt Dobbs in. 'De Blauwe Toga's ondervragen je meestal toch voor ze je executeren.'

'Ze zijn veranderd, de laatste weken,' zegt Mabatan. 'Iedereen die niet op de weg loopt, wordt als een vijand beschouwd.'

'Zie je wel? Dus lopen we ostentatief naar de Stad,' verkondigt Kamyar terwijl hij zijn eerste stappen op de oude snelweg zet.

'Ah, de snelweg. Voelt dat niet fantastisch onder je voeten?'

Talia loopt naar de huifkar, geeft de pony een vriendelijk klopje en haalt twee lange mantels te voorschijn. 'Leerlingen!' roept ze.

Roan en Bubbel nemen de okerkleurige pijen van haar aan.

'Er zit een kap aan, zoals jullie zien. Die zullen jullie goed kunnen gebruiken.'

Roan trekt de pij over zijn rugzak en haakzwaard aan. De zeven lopen over de snelweg en houden alles goed in de gaten. Als Mabatan halt houdt om haar oor op de grond te leggen, blijft iedereen onmiddellijk staan en wacht op haar teken om verder te lopen.

'Talia zegt dat we nog maar dagen lopen van de Stad zijn.'

'Heb je een plan, Roan van Langlicht?'

'Nee, helemaal niet.'

'Een plan is altijd nuttig,' raadt Kamyar aan. 'Vooral als je er nog levend uit wilt komen.'

Mabatan wisselt een zijdelingse blik met Kamyar. 'Roan is op zoek naar zijn zus.'

De Verteller stopt. 'Echt? Je zus?'

'Onze Ode,' zegt Bubbel.

'Hoor je dat? Hij wil een audiëntie bij Onze Ode!'

De andere leden van de toneelgroep staan er ongemakkelijk bij.

Kamyar kijkt Roan strak aan. 'Ben je vastberaden om hiermee door te gaan?'

'Heel erg.'

'En ik kan niets zeggen om je van dat voornemen af te brengen?'

'Helemaal niets.'

Kamyar haalt eens diep adem en schudt zijn hele lichaam los, zoals een hond die water van zich afschudt. Dan staat hij weer stil en kijkt zijn kompanen aan. 'Vrienden, hij lijkt het te menen.'

Hij draait zich weer naar Roan. 'Wat weet je van de Stad?'

'Ik heb ze ooit in het Dromenveld gezien.'

'En wat voor zicht had je er toen op?'

'Geen al te duidelijk zicht. Maar ik weet dat het er gevaarlijk is.'

'Ah, dat is al een begin, hij weet dat de Stad gevaarlijk is.'

'Het hol van de leeuw,' beaamt Dobbs.

'En je zus is de leeuw,' mompelt Mejan boos.

'Ze kan niet meer dan een symbool zijn, ze is amper tien.'

'Geloof wat je wilt,' bijt ze. 'Maar er komt ons van alles ter ore. En je mag er zeker van zijn dat je zus niet de mascotte van de Stad is geworden omdat ze zo'n lief snoetje heeft. Ze heeft de armen en benen van ontvoerde kinderen zien afhakken. Ze heeft er misschien zelf aan meegedaan.'

Roan huivert als hij terugdenkt aan hoe hij Ode in het Dromenveld terug heeft gezien, met bloed aan haar handen.

'Een getuige heeft zelfs gezien hoe ze de hoofden van haar eigen dienaars liet exploderen op de openbare weg.'

'Hoe kreeg ze dat voor elkaar?'

Bubbels vraag raakt Roan recht in het hart, maar hij twijfelt er niet aan dat het is gebeurd. Toch moet het kind dat hij ooit kende, het zusje van wie hij hield, er nog ergens zijn in dat zogenaamde monster van nu. En dat kind wil hij weer tot leven wekken. Hij kan alleen maar hopen dat ze hem zal horen. 'Ik moet haar zien. Met mijn eigen ogen.'

'Ze wordt streng bewaakt. Ze komt nooit buiten de Piramide zonder een klein leger om haar heen,' waarschuwt Talia.

'Als ze dat niet eerst uit de weg ruimt,' voegt Mabatan er wrang aan toe.

'Nou,' zegt Kamyar, 'we hebben onze contacten in de Stad. Ik weet zeker dat ze er zoals altijd liever helemaal niets mee te maken zullen hebben, maar het kan geen kwaad om op een mirakel te hopen, hè?'

Mabatan steekt haar hand op om hem te doen zwijgen, legt haar hoofd op de grond en zegt somber: 'Twee ruiters.'

'Klerken?' vraagt Kamyar.

Ze schudt het hoofd en staat op. 'Nee, het zijn grote paarden.'

'Dit is het ideale moment, mijn vrienden, om te laten zien dat we briljante acteurs zijn. Roan, als je zo vriendelijk zou willen zijn om ons op een deuntje te trakteren?'

Roan voelt in zijn rugzak en haalt de fluit te voorschijn.

'Kappen op, leerlingen. En, music Maestro.'

Een paar ogenblikken later verschijnen de twee ruiters. Broeders. Een van de twee is Broeder Wolf.

Roan en Bubbel buigen het hoofd zodat hun gezichten diep in de kappen verdwijnen. Uit het zicht, zoals alle goede leerlingen.

'Hou op met die herrie, leerling. Je ziet toch dat we bezoek hebben.'
Kamyar glimlacht naar Wolfs uitdrukkingloze gezicht.

'Mijn beste Broeders, voor een paar centen vergasten we u met plezier op een voorstelling.'

'Hoe lang lopen jullie al op deze weg, Verteller,' vraagt Wolf.

'Nog maar een dag. We waren aan het optreden in het dorp waar u net op tijd bent opgedaagd. We zijn u eeuwig dankbaar omdat u ons uit de klauwen van die wrede Fandors hebt gered.'

'Weldra ben je voorgoed van hen verlost, en van de verraders die met hen meeheulen,' zegt Wolf, die met één hand zijn paard tot bedaren brengt.

'Maar daarmee zijn we nog niet uit ons lijden verlost. De Stad stuurt nu al klerken op pad om hetzelfde te doen.'

Wolf spitst de oren. 'Heb je klerken gezien?'

'O ja, gisterenavond nog, in het bos. Hoeveel zouden het er zijn geweest, denk je?' vraagt Kamyar aan Talia.

'Een stuk of tien, denk ik. Negen?'

'En we hebben gehoord dat er ten oosten van het Vingermeer een boerendorp is verwoest,' mompelt Dobbs.

'Dat was ook het werk van de klerken,' mengt Mejan zich in het gesprek.

'Wij zijn op zoek,' roept Wolf boven het rumoer uit, 'naar een vluchteling van ons Broederschap.'

'Wij zijn er om u te dienen, Broeder.'

'Hij is groot, blond. Gebruikt een zwaard zoals dit hier.' Hij laat zijn haakzwaard zien. 'Hij moet zo'n achttien jaar oud zijn.'

Roan vraagt zich af of Broeder Wolf hem op eigen initiatief zoekt, of dat alle Broeders hem willen laten boeten voor de dood van hun profeet.

'Hebt u het over Roan van Langlicht?' vraagt Kamyar.

'Wat weet je over hem?' vraagt Wolf.

'Alleen dat hij is gestorven in de Woestenij. Tenminste, zo gaat het verhaal dat wij vertellen.'

'We hebben reden om aan te nemen dat hij nog leeft.'

'Nou, een jongeman met zijn reputatie kan toch niet zo moeilijk te vinden zijn,' zegt Kamyar. 'Wilt u hem dood of levend terug?'

'We willen hem levend. Niemand mag hem met een vinger aanraken. Hij is van ons.'

'Hangt er een beloning aan vast, Broeder, als ik zo vrij mag zijn?'

'Drie paarden. En honderd gouden munten.'

Kamyars ogen lichten op. 'Dat is nog eens een prijs! We zijn misschien maar een sjofele bende toneelspelers, Mijnheer, maar we zijn pienter en er ontgaat ons niet veel.'

'Dat heb ik gehoord, ja.'

'Dank u. Als Roan van Langlicht echt nog leeft, zullen we dat zeker horen en als het enigszins mogelijk is, krijgt u hem van ons. Honderd gouden munten!'

'Onderschat zijn krachten niet, Verteller. Hij zal niet makkelijk te temmen zijn.'

'We hebben de verhalen gehoord, ja. We vertellen ze zelf ook verder, trouwens. Maar waar er honderd gouden munten zijn, is een weg! Om nog maar te zwijgen van die drie paarden!'

'Inderdaad,' mompelt Wolf. En op zijn teken leiden hij en zijn gezel hun paarden langs de rest van het stel door. Maar als hij Roan in de gaten krijgt, wacht hij. 'Dat instrument heb ik al eens eerder gezien.'

Roan verstijft, durft geen vin meer te verroeren.

'Dat is best mogelijk,' zegt Kamyar. 'Maar kon zijn eigenaar er ook zo goed op spelen?' Hij geeft Roan een flinke mep op zijn rug. Zijn gezicht zit goed verborgen in de kap en zijn vingers vliegen over de gaatjes van de fluit om een wervelende versie van een oud volksliedje ten beste te geven. Talia en Dobbs beginnen te dansen en stampen met hun voeten op het ritme van het manische deuntje. Maar als de Broeders veilig uit het zicht zijn verdwenen, schakelt hij over op een meeslepende melodie die ooit weerklonk in een dorp dat Langlicht heette.

DE OPKOMST VAN DE GIER

JARENLANG STOND DE HANDEL ONDER HET BE-
VEL EN DE BESCHERMING VAN DE VRIEND. MAAR
DE MEESTER EN DE GOUVERNEUR WERDEN ALLE-
BEI CORRUPT EN WAREN ONWAARDIG IN DE OGEN
VAN DE VRIEND. DE PROFEET VERBRAK HET VER-
BOND EN DAARDOOR WERD DE CHAOS COMPLEET.
- ORINS GESCHIEDENIS VAN DE VRIEND

'Uitstekend,' zegt dokter Arcanthas, 'Je precisie is verbluffend!'

Terwijl de dokter zijn notities aanvult, kijkt Ode naar de laatste stuip-
trekkingen van de blindmuis. Het is al het achtste knaagdier dat ze vandaag heeft gedood en ze heeft er genoeg van. 'Dokter Arcanthas, ik wil
even gaan rusten,' zegt ze zo vriendelijk als ze kan opbrengen. Ze zit al
sinds vanmorgen vroeg in zijn laboratorium. Nu moet hij maar genoeg
informatie hebben.

'Tuurlijk. Natuurlijk, Onze Ode. Vergeef me. Ik raak er zo in verdiept
dat ik mezelf verlies. Ik moet zeggen dat de mogelijke toepassingen van
die gave van jou alle verwachtingen overtreffen. Ik ben bang dat ik de
tijd helemaal uit het oog ben verloren.' Hij lijkt wel een van zijn ratten
zoals hij daar in de steriele kamer zijn dierbare resultaten bij elkaar schar-
relt, en de acht bokaaltjes met bloedspatten telkens weer vastpakt alsof
ze opeens pootjes zouden krijgen.

'Maak je me over een halfuurtje wakker?'

Ode houdt haar hoofd schattig schuin als Arcanthas langs de monitors schuift. Ze installeert zich op het kampeerbedje en sluit met een the-
atrale zucht de ogen. Ze luistert tot de deur eindelijk achter de irritante
dokter in het slot klikt.

224

Zo. Nu is het eindelijk afgelopen met die spelletjes en kun je erachter komen wat Darius in het schild voert.

Ze is nog steeds bang dat ze buiten haar lichaam zal stranden, maar het gevaar dat ze loopt als ze de test onvoorbereid zou ondergaan, is veel groter dan haar angst om te reizen. Ze vult haar longen met lucht door langzaam in en uit te ademen en probeert het ritme rustig onder controle te krijgen tot het vonkje verschijnt. Ze jaagt het niet op, maar blijft rustig doorademen tot het een vlammetje wordt. Zodra de vlam in een lichtzuil verandert, schiet ze naar boven en laat ze haar lichaam achter. Een seconde later zweeft ze al langs de dokter, door de gangen die krioelen van de klerken en technici en steeds verder, door de koperen deur met klauwen, tot ze Kordan ziet, die zijn uiterste best staat te doen om zich bij Darius in de gunst te slijmen.

'De Broeders blijven onze handel dwarsbomen en Raaf kan er helemaal niets tegen beginnen,' zegt Darius.

Kordan kan zijn leedvermaak over het falen van Raaf nauwelijks verbergen. 'Ik heb u proberen te waarschuwen ...'

'Wanneer ga je eens ophouden met die belachelijke concurrentiestrijd?' bijt Darius. 'Heb je dan helemaal niets bijgeleerd?'

Kordan wordt lijkbleek. 'Mijn rol is om u te adviseren, mijn enige wens u te dienen.'

'We moeten de klerken nog verder uitsturen.'

'Maar er zijn al zoveel klerken gesneuveld. De verdediging van de Stad ...'

'Laat Fortin weten dat de productie van Alfa-activators zal worden opgevoerd. Meester Querin heeft een nieuwe campagne op touw gezet die nog meer kandidaten zou moeten ...'

'Maar Hoeder, die trainingen duren maanden, om nog niet te spreken van ...'

'Verspil mijn tijd niet met details over een programma dat ik zelf heb opgesteld. Ze zullen klaar zijn als er vervanging nodig is. De elitewacht blijft in de Stad. Als de mensen van de Verlanden brutaal genoeg zijn om onze klerken te doden, moeten we meer spionnen inschakelen.'

'Ik zal de nodige maatregelen treffen.'

'Daar reken ik op, ja. We hebben niet veel tijd meer en heel veel te doen. Het welslagen van mijn plan hangt af van Onze Ode en door jouw schuld hadden we bijna helemaal opnieuw kunnen beginnen.'

Ze grinnikt als ze de rilling over Kordans rug ziet.

Verkneukel je maar niet te veel, want als jij voor de Aartsbisschop staat, gedraag je je al even schaapachtig als hij.

Hij verdient het.

En jij niet, misschien?

'Maar ik heb je niet ontboden om je een bolwassing te geven. Ik wilde het over de volgende stap in Odes opleiding hebben.'

Wat? Wordt Kordan opnieuw haar leraar? Dat kan toch niet!

'Ik leef om u te dienen, Hoeder. Wat wilt u dat ik met haar doe?'

'*Jij* moet helemaal niets met haar doen. Ode zal ons laten zien hoe we in de Muur kunnen komen. Ik wil dat ze een Eter voor me meebrengt. Ik denk dat ik een manier heb gevonden om haar door Willum en jou te laten volgen. Dan kun je haar helpen er een te pakken krijgen. Ik moet een Eter hebben, Kordan. Levend.'

Levend. Het idee!

'Regel alles voor een penetratie morgenvroeg.'

Kordan maakt een sierlijke buiging en vertrekt. De deur is nog niet dicht, of Darius gaat vermoeid in zijn stoel zitten en pakt naar het zuurstofmasker achter zijn werktafel. Hij haalt een paar keer diep adem om zichzelf weer wat op te laden.

Zo zwak – waar ontleent hij zijn kracht aan?

Waarom vertrouwt Darius Kordan nog steeds zo'n belangrijke taak toe als hij de Hoeder al zo vaak heeft teleurgesteld? Is het waar dat Kordan doorzichtig is en hij net door zijn gebreken makkelijk te manipuleren is? Zou het kunnen dat Darius alleen kruiperige dienaars wil? Is dat de bres in zijn vestingmuur, zijn fatale zwakke plek? Misschien. Dit moet ze onthouden ...

'Kom maar,' roept de Oudste. Ode schrikt op. Ze is bang dat hij op de een of andere manier haar aanwezigheid heeft aangevoeld, haar gedachten heeft gehoord. Maar dan komt Willum binnen en ze ontspant meteen.

'U had naar me gevraagd, Hoeder?'

'Ga zitten, Willum, ga zitten,' zegt Darius. Zijn stem klinkt ongewoon hartelijk. 'Ik wilde je even zeggen hoezeer ik de zorg en aandacht die je aan Ode besteedt, waardeer. Je rapport over haar Zandmisbruik was heel leerrijk.'

'Dank u, Hoeder.'

'Dat incident bij de rekruten, blijft me echter zorgen baren.'

'U bent er dus zeker van dat ze hen kwaad wilde berokkenen?' Willums verontwaardiging lijkt zo echt dat zelfs Ode hem gelooft.

Ze bestudeert elke verandering, elk trekje in Willums gezicht, maar ze kan er niets uit aflezen.

'Ik ben bang, Willum, dat ik er geen andere uitleg voor heb.'

'Ze is een gevoelig kind, Hoeder. Misschien had ze het gevoel dat hun aanwezigheid uw liefde voor haar bedreigde.'

'Misschien. Ja. Liefde. Dat zal er zeker mee te maken hebben, denk ik, maar ik kan mijn plannen niet in het gedrang laten brengen door zulke emotionele uitbarstingen. Er is een nieuwe soort mensen ontstaan en ik moet mijn zoektocht naar exemplaren van die soort verderzetten. Ik heb ze nodig voor mijn recentste creatie.'

'Heeft de Oudste een nieuw bouwwerk voor het Dromenveld ontworpen?'

Wat had hij tegen Kordan gezegd? 'Het welslagen van mijn plan hangt van Ode af.' Dus hij heeft haar nodig, maar die kinderen ook. Om wat te doen? Wat zou het kunnen zijn?

Iets om zijn macht over het Dromenveld te bestendigen.

'Ik heb je niet ontboden om over mezelf te praten, maar om je mening te horen. Is Ode klaar om opnieuw te Lopen?'

Willum kijkt of hij het in Keulen hoort donderen. Je zou denken dat hij er tot nu toe helemaal geen mening over had.

'Ze is misschien niet klaar, Hoeder, maar ze is er zeker al toe in staat.'

Wat een perfect antwoord. Hij is de bezorgde leraar, maar ook de trouwe dienaar.

'Kordan zal je inlichten over de details van de missie.'

'Zoals de Aartsbisschop wenst,' zegt Willum.

Ode volgt hem door de gang en zweeft vlak langs hem om te kijken of zijn gedrag iets verraadt. Zenuwen, of ontsteltenis. Maar Willums gezicht is een perfect masker.

Te perfect.

DE MAN MET DE BRIL

HET IS TEN STRENGSTE VERBODEN OM ILLEGALE
IMMIGRANTEN TE HELPEN OF BIJ TE STAAN IN DE
AGGLOMERATIE. LEDEN VAN DE GEMEENSCHAP
DIE SCHULDIG WORDEN BEVONDEN AAN DEZE
MISDAAD, ZULLEN WORDEN VERBANNEN EN HET
VERBLIJFSVISUM VAN AL HUN BESTAANDE FAMILIE-
LEDEN ZAL WORDEN INGETROKKEN.
- VERKONDIGING VAN MEESTER QUERIN

'Vandaag is de grote dag,' zegt Bubbel. Zijn hoofd komt boven het lange gras uitpiepen, dat ze als bed en schuilplaats hebben gebruikt. 'De krekels zijn door het dolle heen. Ze hoppen als gekken rond, staan te waggelen en te tsjirpen. Ik denk dat ze de kriebels krijgen van de Stad.'

Roan sleept zich uit zijn slaapzak. Hij heeft het gevoel dat er watten in zijn hoofd zitten en zijn ledematen van lood zijn, alsof hij geen oog dicht heeft gedaan. Hij rekt zich uit in de hoop dat dat groggy gevoel dan zal verdwijnen en onder zijn arm vandaan trekt hij zijn wenkbrauwen op naar Bubbel. 'En jij?'

'Ikke? Kamyar en ik hebben het allang in kannen en kruiken.'

Net op dat ogenblik buldert Kamyar in de ochtendmist: 'Genoeg geslapen, schatjes, het is tijd om uit jullie gras te kruipen. We gaan vertrekken. De feestelijkheden in de Stad wachten op ons.'

Mabatan komt bij hen zitten. 'Je hebt lang geslapen. Het eten is allemaal op,' zegt ze en ze geeft een paar van haar verschroeide eieren aan Roan.

Maar Roan heeft geen honger – hoe dichter ze bij de Stad komen, hoe vaker Odes gezicht, of flarden van haar gedachten door zijn dromen flitsen, en of dat nu gebeurt als hij slaapt of wakker is, het is altijd even pijnlijk. Niet voor hem, maar voor Ode. Hij weet niet zeker of zij anderen pijn doet, of dat anderen haar pijn doen. Maar de pijn, de verwarring en woede zijn glashelder.

'Je voelt haar. De krekels ook. Ze is in een gevaarlijk humeur.'

'We moeten haar hier weghalen.'

Bubbel glimlacht verdrietig. 'Ja, als we een ontmoeting met haar overleven.'

Ze gespen hun rugzak stevig dicht en lopen naar de weg. Heel in de verte hangt een bleke wassende maan boven de torens van de Stad. Ze lijken wel geesten in dit eerste, blauwgrijze licht van de ochtend. Het landschap is bezaaid met de ruïnes van wijken die zich vroeger rond de kern van de Stad schaarden en de stofwolken die eruit opstijgen, strijken bloedrode en paarse vegen in de lucht. Voor Roan is het een déjà vu die hem helemaal van streek maakt. Hij herinnert zich de reis die hij hier meer dan een jaar geleden met Alandra maakte – maar dat was in het Dromenveld.

Alandra.

Ze had hem van de dood gered, de pijn van Bubbels littekens verzacht en alles op het spel gezet om hem te helpen de kinderen te laten ontsnappen. Roan vond dan ook dat ze zo'n trouwe vriendin was, dat ze wel aan zijn kant moest staan. Althans, dat hoopte hij. Maar misschien kan hij dat niet van haar verlangen. Hij kan haar toch niet verwijten dat ze het Vergeten Volk trouw blijft? Kamyar heeft gelijk: ze hebben haar leven gered, waren haar tweede familie.

Als hij om zich heen kijkt, ziet hij dat Kamyar en zijn gezelschap zich steeds minder op hun gemak voelen. Zelfs bij Mabatan, die anders zo sereen is, voelt hij verbeten waakzaamheid. Iedereen is prikkelbaar. Hij ook.

'Mabatan, is iedereen zo ongedurig omdat we de Stad naderen?'

'Zij voelen ook dat je zus in de buurt is, maar ze kunnen geen onderscheid maken tussen hun eigen gevoelens en die van haar.'

'En langs deze ruïnes lopen is nu ook niet bepaald bevorderlijk voor je humeur,' treedt Bubbel haar bij.

'Ik weet iets dat ons zou opvrolijken,' zegt Roan. Maar als hij zijn fluit te voorschijn haalt, wordt die niet onthaald op blije gezichten, maar op gemopper.

Dobbs verdedigt Roan. 'Hé, ho, een beetje vriendelijker voor die jongen, wat krijgen we nou!'

Mejan is niet in de stemming om vriendelijk te zijn. 'Je speelt al twee dagen niks anders dan klaagliedjes.'

Talia geeft haar gelijk. 'Ik werd helemaal depri van dat mistroostige geteut.'

'Volgens mij zijn er ook een paar depri geworden van jouw laatste optreden, Talia,' schimpt Kamyar.

Ze gooit een keitje naar hem en raakt hem recht op z'n neus. Kamyar wrijft over zijn pijnlijke snoet en slentert naar Roan.

'Heb medelijden met ons, oké, en verzacht de bittere pil een beetje, zodat we hem allemaal doorgeslikt krijgen.'

Roan schiet in de lach en begint een vrolijk deuntje te spelen. Mejan begint erop te dansen en roept uitbundig: 'Dat is al beter!'

Maar 's middags verdampt de genadeloze hitte van de zon de vrolijke stemming die Roans muziek had opgeroepen. De groep is dankbaar dat Kamyar de karavaan tot stilstand brengt, maar slaakt een gemeenschappelijke zucht als hij zegt: 'Tijd om ons te verkleden.'

Maar als Dobbs zijn koffer opentrekt, komt de acteur in hen boven en krijgen ze toch zin om te spelen. Ze komen allemaal rond de bonte verzameling maskers zitten en scharrelen er zenuwachtig door tot ze plechtig hun keuze maken. De pony krijgt een glinsterend masker met een mensengezicht op en Dobbs zet een ingewikkeld masker met een paardenkop op zijn hoofd. 'Huuuuuh!' hinnikt hij en hij kleppert achter Mejan aan, die hem van zich af schopt. Roan neemt afwezig het eerste masker dat hij aanraakt. Een glimmend kleurenspectrum van rood, oranje en geel zet zijn gezicht in vuur en vlam.

'Dit zijn allemaal halve maskers,' klaagt Bubbel. 'Je ziet nog de helft van mijn gezicht.'

'Maar deze zijn niet voor jou,' zegt Kamyar. 'Voor jou hebben we een nieuwe creatie.' Hij opent nog een andere doos en trekt er een gorillahoofd uit.

Bubbel kreunt.

'Tut tut, je zou wel eens wat dankbaarder kunnen zijn, Bubbel. Jij krijgt de eer om de geest van deze jammerlijk uitgestorven diersoort nieuw leven te blazen.'

'Een uitstekende keuze,' plaagt Talia.

'Ik wilde net hetzelfde zeggen, maar mijn bescheidenheid gebood me het niet te doen,' zegt Kamyar zedig.

Mabatan huivert. 'Zoveel dieren voorgoed verdwenen,' zegt ze zacht.

Pragmatisch als altijd vraagt Bubbel: 'Hoe moet je in dit ding ademen?'

'Er is genoeg luchtcirculatie ingebouwd,' zegt Dobbs, 'Zet het maar eens op.'

Dat doet Bubbel en hij begint er meteen mee rond te huppelen. Talia grinnikt en geeft hem een tamboerijn. 'Als je toch het middelpunt van de belangstelling bent!'

Kamyar, die pronkt met een duivelsmasker met horens en al, inspecteert zijn troepen. 'We zien er echt uit als entertainers.'

'Helemaal vereerd dat we het honderdentiende jaar van de Fusie mogen vieren,' mompelt Mejan.

'Komt dat zien, iedereen bejubelt de triomf van de Aartsbisschop!' roept Kamyar.

'Geprezen voor de uitroeiing van de rebellen!' doet Dobbs er nog een schepje bovenop.

'Aanbeden voor zijn goedheid!' treedt Talia hen bij.

'Hij verheft de Stad tot ongekende hoogten!' scandeert Mejan. 'Hij redt het volk!'

'Voor hun onderdelen!' antwoordt Kaymar.

'Redt hen uit de klauwen van het kwaad!'

'En drijft hen in de armen van de duivel!' roept Kamyar terwijl hij met zijn drietand zwaait.

'Leve de Aartsbisschop!' roepen de Vertellers en met veel brio bootsen ze een knaller van een wind na.

De oude snelweg daalt. Aan beide zijden doemen er muren op, maar hele stukken zijn afgebrokkeld en vormen nu een kring van betonafval rond de Stad.

'Dit was ooit een tunnel,' zegt Mabatan. 'Maar het water is allang helemaal opgedroogd.' Ze verstijft en spitst haar oren. Ze kijkt Roan aan. 'Klerken in aantocht,' zeggen ze tegelijk.

'Ons toneelstuk!' Kamyar geeft Mabatan een trommel en Mejan een paar cimbalen. Talia haalt een ukelele te voorschijn en Dobbs een trombone. Nadat Kamyar een stukje heeft voorgespeeld op zijn bekfluitje, valt het vreemde allegaartje van instrumenten in om een harmonieus orkestje te vormen.

Maar zelfs het gekletter van Mejans cimbalen wordt al snel overstemd door het gebulder van een stel driewielige vrachtwagens. Aan boord zitten een paar zwaargewapende klerken. Ze komen met piepende banden tot stilstand naast de Vertellers.

Dobbs heet hen welkom door oorverdovend op zijn trombone te toeteren.

'Wat komen jullie hier doen?' blaft de voorste klerk.

'We zijn de Scheppende Spelers,' antwoordt Kamyar nederig. 'U hebt vast al van ons gezelschap gehoord. We zijn de lievelingsgroep van de Aartsbisschop.'

De hoofdklerk kijkt de anderen vragend aan. Ze schudden allemaal het hoofd. Hij wrijft peinzend over de bult in zijn nek. 'Wij weten van niets.'

'Toch zijn we al vijf jaar op rij de hoofdact van het Fusieweekend. Jullie moeten dit jaar zeker eens naar ons komen kijken. Het is een onvergetelijke ervaring.'

'We worden naar de Verlanden gestuurd,' zucht een jonge klerk ergens achteraan.

Maar de hoofdklerk zet hem met een snauw meteen op zijn plaats. Hij draait zich weer naar de groep en waarschuwt: 'Waag je niet van de grote weg, of je haalt je optreden niet.'

'Dank u voor uw wijze raad. Nog een fijne dag samen.'

De klerken rijden weg. Als ze buiten gehoorsafstand zijn, schiet Talia in de lach. 'De lievelingen van de Aartsbisschop!'

'Waarom zouden we met minder genoegen nemen, schat?' grinnikt Kamyar. Hij draait zich naar de groep. 'Deze idioten waren een makkie. Maar de echte poortwachters moeten nog komen.'

De ingestorte tunnel mondt uit op een grote brug van staal en beton over het stinkende water rond de Stad. Daar houden de Scheppende Spelers halt om vol ontzag naar de metropool in al zijn glorie te staren. Roan heeft ze door de lens van het Dromenveld weliswaar al eens gezien, maar in het echt lijkt dit Stadeiland van glas en staal veel indrukwekkender, veel groter dan hij zich ooit had kunnen voorstellen. Toen hij door de Verlanden met hun verwaarloosde bossen en kleine nederzettingen zwierf, zag hij bijna nooit een gebouw met meer dan één verdieping. Maar hier staan torens van wel veertig verdiepingen hoog, die naar de kroon worden gestoken door kolossale koepels en glazen piramides.

'Weet je zeker dat je hiermee wilt doorgaan?' mompelt Bubbel. De angst in zijn stem hoor je door zijn masker heen.

'Ja,' zegt Roan.

Aan de overkant van de brug staat een groep dreigende klerken. Ze zien er heel erg plechtig en heel erg gewapend uit en staan voor een barricade van gewapend beton. 'Wat is de reden van uw bezoek?'

Kamyar doet een stap naar voren. 'We zijn hier voor de ...'

'Papieren.'

Roan en Bubbel kijken elkaar door de kijkgaten van hun maskers aan. Papieren?

Met een zwierig gebaar haalt Kamyar een rol uit zijn jas te voorschijn. 'Ik geloof dat u dit bedoelt.'

De klerk ontrolt het document en bestudeert het terwijl Kamyar hem onbewogen blijft aankijken en er tekst en uitleg bij geeft. 'Zoals u kunt zien, zijn we met z'n zevenen. En ons visum is getekend door Meester Kordan.'

'Getekend door Meester Kordan,' herhalen de klerken vol ontzag. Kamyar plukt het document uit zijn hand.

'We mogen niet te laat komen.' Kamyar glimlacht zijn tanden bloot tegen de klerk, die teken doet dat ze verder mogen lopen.

'Waar heb je dat document gehaald?' vraagt Roan.

'Foei, Roan. Een goochelaar verklapt zijn truukjes nooit, dat weet je toch.'

'Is het echt?'

'Als je gesprekspartner een bultje in zijn nek heeft, is echt relatief, natuurlijk.'

Kamyars ogen schieten naar Bubbel, die zijn nek moet forceren om de toren voor hem helemaal te kunnen zien. 'Ik zeg het maar, Bubbie, als je nog verder achterover leunt, valt dat masker van je tronie.'

'En dan barst de hel hier pas goed los,' zegt Dobbs.

Bubbel komt weer overeind. 'Van op een afstand ziet hij er zo zuiver uit, net kristal. Maar als je dichterbij komt, lijkt het meer op lood.'

'Ik ben blij dat je het mooi vindt, maar er is werk aan de winkel, de mensen wachten op ons,' zegt Kamyar.

Roan staart naar een gigantisch aanplakbord van Onze Ode dat door honderden spots wordt verlicht. In de prachtige kleren die ze draagt, lijkt ze wel een kunstwerk, een soort van vreemde kunstbloem. Als hij de Ode die hij zich herinnert, dat intelligente, kwetsbare meisje vergelijkt met dit beeld van haar als Onze Ode, lopen de rillingen over zijn rug. Zijn emoties schommelen zo hevig, zijn zo intens en onvoorspelbaar dat hij een groot deel van zijn energie nodig heeft om ze onder controle te houden. Als wat hij voelt een afspiegeling is van Odes geestelijke toestand, is hij bang dat hij er zich op moet voorbereiden dat ze waanzinnig is geworden.

'En met haar welwillende glimlach, waakt ze over allen ...' dreunt Kamyar en hij maakt een sierlijke buiging.

'Dit is niet de Ode die ik ken,' zegt Roan.

'Nou, ze hangt in elke straat, dus zul je ruimschoots de kans krijgen om haar beter te leren kennen. Roan, jij blijft in de buurt van Bubbel. Talia, Mejan, jullie blijven achteraan met Dobbs. Mabatan, jij blijft bij mij.'

Kamyar loodst de toneelgroep door een drukke straat, waar het krioelt van de straatvegers en de handelaars. Over de boulevard kuiert het medisch personeel, dat herkenbaar is aan de grote kentekens die op hun kleurige uniformen zijn genaaid. Ernstig kijkende mannen en vrouwen in donkere maatpakken met daarover een mantel in beige- en bruintinten haasten zich met hun aktetassen naar hun werk. Wat voor werk ze precies doen, is moeilijk te achterhalen; misschien zijn het ambtenaren. Maar alle voorbijgangers kijken op en knikken beleefd naar de klerken met hun blauwe toga's die de orde moeten bewaren, en Roans bonte gezelschap is daarop geen uitzondering.

Ondanks de grote stroom mensen die deze lanen bevolkt, heerst er een ijzeren discipline en een bevreemdende lusteloosheid. Er zijn hier meer mensen dan Roan ooit bij elkaar heeft gezien, en hij kan maar niet begrijpen waarom iemand hier vrijwillig naartoe zou komen.

Er is hier nergens een boom, struik of sprietje gras te bekennen. Roan moet uitkijken of hij wordt door de menigte verdrongen en Kamyar ziet dat hij zich steeds meer begint te ergeren. Snel slaat hij een steegje in.

'Nog een minuut en ik was beginnen te gillen,' kreunt Dobbs.

'Ach, jullie acteurs zijn ook nooit tevreden,' zegt Kamyar. Dan stopt hij en kijkt hij om zich heen. De kleurrijke gevels hebben plaatsgemaakt voor onpersoonlijke betonnen muren met ijzeren stangen en roosters, grote rechthoekige nissen en onleesbare tekens. Kamyar fronst de wenkbrauwen.

'Onze contactpersoon is er niet.'

Talia komt geruisloos naast hem staan. 'Ik vind het maar niks om zo lang op straat te staan.'

Dobbs knikt. 'Ik hoop dat er niks mis is.'

'Zullen we ons opsplitsen en elk een kant opgaan?' vraagt Mejan.

'Nee,' zegt Kamyar beslist. 'We blijven samen. Gewoon doorlopen.'

Op dat ogenblik komen er drie klerken de hoek om, ze lopen recht op hen af.

'Dit is onze geluksdag,' mompelt Talia.

'Vechten we?' vraagt Roan.

'Integendeel,' antwoordt Kamyar, die wuivend en met grote passen

237

op de grootste van de Blauwjurken toestapt. 'Wat een opluchting, je hebt ons gevonden. We waren al bang dat we verdwaald waren.'

'Jullie zijn ook verdwaald.'

'Wij zijn zo lomp als wat en er zijn zoveel straten. Misschien kunnen jullie ons de weg naar het Agglomeratiepark wijzen.'

De klerk wijst naar het oosten.

'Bedankt!' zegt Kamyar en snel loodst hij de groep weg van de klerk. Maar het kan niet baten, want een van de wachters steekt zijn arm uit om hen tegen te houden.

'Jij daar, met die apenkop.' Hij komt vlak voor Bubbel staan, die stokstijf en muisstil blijft staan. 'Net echt, dat ding.'

Dobbs komt erbij staan met een trotse grijns op zijn gezicht. 'Het is een gorilla, een berggorilla om precies te zijn. Ik heb er elk haartje persoonlijk opgenaaid.'

Bubbel verroert nog steeds geen vin als de nieuwsgierige klerk aan het masker voelt.

'De gorilla is al honderden jaren van de aardbodem verdwenen. Dit masker is mijn eerbetoon aan hem. Ik heb nog meer maskers als u geïnteresseerd bent,' zegt Dobbs. Hij probeert de klerken naar de huifkar te lokken. Maar ze happen niet toe. 'Ik wil dit hier eens opzetten,' zegt de wachter en hij laat zijn vinger onder de rand van Bubbels masker glijden.

De zelfverzekerde blik die Kamyars gezicht meestal siert, ziet er lang niet meer zo zelfverzekerd uit, als hij zich tussen Bubbel en de dreigende ramp probeert te wurmen. 'We moeten echt weer aan het werk. We hebben een contract.'

'O, dat zal best. En je kunt meteen weer aan het werk, hoor.' De grootste klerk staat nu oog in oog met Kamyar en duwt hem vriendelijk maar kordaat opzij. 'Als wij het zeggen.' Hij doet teken naar zijn trawanten. 'Trek dat masker van zijn hoofd.'

Bubbel verroert nog steeds niet, al kan Roan het zweet dat van zijn rug druppelt, bijna horen. Het ziet er steeds meer naar uit dat Roans strijdlust vroeger op de proef zal worden gesteld dan hij of Kamyar hadden verwacht.

'Wacht. Wacht, alstublieft,' smeekt Dobbs. 'Dat masker is op maat gemaakt, en heel moeilijk om op en af te zetten. Daar heeft hij hulp bij nodig en mijn gereedschap ...' Terwijl Dobbs in zijn gereedschapskist staat te rommelen en de speciale apparaten waarmee hij zijn maskers maakte met veel vertoon uitstalt, komt er een kalende arbeider met een bril met dikke glazen het steegje ingeschuifeld. Hij duwt een stootkarretje voor zich uit. Het sjofele mannetje blijft staan en staart met open mond naar het opstootje waar hij op gebotst is.

'Af met dat ding. Nu!' beveelt de klerk Bubbel.

Roan voelt onder zijn mantel en legt zijn hand rond het heft van zijn haakzwaard.

Dobbs brabbelt nog iets, maar de gretige klerk legt zijn handen op de gorillakop en trekt. Alles schakelt in slow motion als Bubbels pokdalige gezicht zichtbaar wordt. 'Mor-Teken!' krijsen de klerken met afgrijzen. Ze deinzen achteruit en trekken hun verdoofstaven.

Roan springt met geheven zwaard voor Bubbel. De klerken verstijven. Hun ogen draaien weg en ze zijgen alledrie neer.

Het verfomfaaide mannetje waagt zich dichterbij. Hij buigt zich over de klerken terwijl hij op zijn dikke brilglazen roffelt en met zijn tong klakt. 'Jammer van die verdoofstaven. Zo onbetrouwbaar als wat. Altijd kortsluiting. En zoveel energieverbruik. Weer een groot stuk geheugen naar de vaantjes.'

Hij slentert terug naar zijn stootkarretje en duwt het weer verder. Hij duwt zijn bril een beetje hoger op zijn neus en loenst naar de spelers.

'Komen jullie nog of hoe zit het?'

DE HINDERLAAG

DE OGEN VAN DE INSPECTEURS ZIEN ALLES.
EN HUN OORDEEL IS DEFINITIEF.
- DE OORLOGSKRONIEKEN.

Ode zit opgewekt te ontbijten. Ze glimlacht zo vriendelijk naar Gwyneth dat die arme vrouw het theeservies laat vallen. Maar vandaag kan niets Odes humeur verpesten. Zand! De Muur! Ze trekt haar makkelijkste jurk aan en wacht ongeduldig op haar escorte naar de Reiskamer. Maar tot Odes grote verbazing is het Willum die op haar deur klopt. Met één blik stuurt hij Gwyneth weg en voor Ode met haar ogen kan knipperen, staat hij recht voor haar.

'Onze reis naar het Veld zal op een monitor worden gevolgd.'

'Waarom?'

'Voor je veiligheid, natuurlijk,' mompelt hij. Hij kan zijn sarcasme nauwelijks onderdrukken. 'Darius brengt Inspecteurs mee.'

De beruchte Inspecteurs. De oorspronkelijke negen Meesters naast Darius. Hun macht is bijna even groot als die van hem. Ze zijn meedogenloos en wreed en hun wantrouwen tegenover elkaar is voor Darius een machtig wapen om hen onder de duim te houden. Maar één van hen, Querin, het brein achter de verafgoding van Ode, hij en zijn companen hebben Darius' bedoelingen met Ode altijd gewantrouwd. Ze hebben het zolang overleefd omdat ze elk manoeuvre van de Ziener doorzagen en ze vrezen nu dat Darius haar tegen hen zal gebruiken. De vraag is nu: heeft Darius de Negen ontboden om de Eter te ondervragen die Ode hopelijk voor hem zal vangen, of wil hij dat ze haar observeren en beoordelen?

'Kordan en ik moeten je helpen om een Eter te ontvoeren. Darius denkt dat als we onze zenuwstelsels met elkaar verbinden, onze vluchtige vorm krachtiger zal zijn, zodat Kordan en ik samen met jou in de muur kunnen dringen.'

'Denk je dat het zal werken?'

'In die materie is de Ziener oneindig meer thuis dan ik. Maar het wordt sowieso een gevaarlijke onderneming. De Eters zullen ons staan opwachten. Ik hoop alleen dat we je naar behoren zullen kunnen dienen.'

Zonder nog een woord loopt Willum terug naar de hal. Ode volgt hem en ziet dat hij zijn schouders laat hangen, dat zijn stappen loodzwaar zijn. Hij is bang dat haar iets zal overkomen, twijfelt of het plan van Darius wel uitvoerbaar is en heeft een groot risico genomen door haar te vertellen dat hij twijfels heeft.

Maar er is nog iets anders. Hun zenuwstelsels zullen worden verbonden. Betekent dat dan ook dat hun breinen in contact met elkaar zullen staan? Zal Kordan toegang hebben tot haar diepste geheimen, haar plannen om zich te wreken, tot de vreemde stemmen in haar hoofd? Willen ze haar daarom aan hem verbinden, om haar te ontmaskeren? Nee. Dat kan ze niet toestaan.

Denk na. Littekenweefsel verstoort de energiestroom in het zenuwstelsel. Jij hebt een litteken, een stroomonderbreking door de wonde die je in het Dromenveld opliep.

Zou ze die stroomonderbreking kunnen gebruiken als ze transformeert? Ze gebruiken om een schild rond zich op te trekken?

Als je snel genoeg bent.

'Ode.' Ode schrikt op als Willum haar uit haar gepieker haalt. 'We zijn er.'

Ze negeert zijn vragende blik en put kracht uit haar ademhaling, die ze tot helemaal in haar voetzolen, vingertoppen en tot achter haar ogen laat uitstralen. Als ze klaar is, geeft ze Willum het teken dat hij de deur mag opentrekken. De kamer heeft drie bedden en staat volgestouwd met apparatuur. Een handvol dokters, onder leiding van de alomtegenwoordige dokter Arcanthas, staat hen op te wachten. Kordan zit al op een van de bedden.

'Je bent te laat, dus moeten we onmiddellijk beginnen,' grauwt hij. Hij doet geen enkele moeite om zijn ergernis te verbergen. 'Tijdens je laatste inval heb je de Muur alleen betreden en ben je doorgedrongen tot het territorium van de Eters. Maar toen heb je je tegenstander vernietigd. Vandaag ga je er opnieuw naartoe, maar deze keer gaan wij mee.'

Ode negeert het standje en antwoordt: 'Wat moet ik doen?'

Kordan doet hooghartig teken naar Willum, die naar hem knikt en zich dan tot Ode wendt.

'De weerkaatsing van de diamant kan op verschillende manieren worden gebruikt. Jij hebt hem als schild gebruikt, maar je kunt er ook een web mee spannen, dat hangt af van de snelheid van je gedachten.'

'De Eters zullen op wacht staan, dus zou het geen probleem mogen zijn om er zo eentje weg te kapen,' bromt Kordan. 'Het web zou genoeg moeten zijn als voorlopige bescherming tot wij je kunnen komen helpen.'

Dokter Arcanthas laat Ode eerbiedig het bed zien dat ze zal gebruiken. Zij en haar medereizigers gaan zitten en krijgen meteen, elektrodes op alle strategische plaatsen van het lichaam geplaatst.

Darius kiest dit moment om zijn opwachting te maken. Hij ontfermt zich over de apparatuur als een toegewijde vader. 'Goed, alle voorbereidingen zijn tot op de letter van mijn instructies uitgevoerd.' Zijn glimmende zwarte kraaloogjes rusten op Kordan.

'Zoals je weet, verwacht ik heel veel van deze expeditie.' Hij wacht tot Kordan een buiging heeft gemaakt, voor hij het woord richt tot de rest van de aanwezigen. 'Onze medische staf zal jullie op de schermen blijven volgen, om te controleren of de verbindingen intact blijven. Jullie mogen geen enkel onnodig risico nemen.' Hij legt zijn vinger onder Odes kin en kijkt haar in de ogen. 'Zorg dat ik trots op je kan zijn, dochter.'

Darius haalt zijn eigen kostbare bokaal te voorschijn, haalt het deksel eraf en biedt Willum en Kordan het Zand aan. Ze maken een plechtige buiging en nemen elk een snuifje. Dan loopt Darius naar Ode en schept het paarse poeder op een gouden lepel, maar Ode schudt het hoofd. Ze steekt haar hand in de bokaal en neemt zoveel Zand als ze durft tussen duim en wijsvinger. Met haar andere hand doet ze alsof ze haar haren uit haar gezicht strijkt om het trillende spiertje in haar wang te verbergen.

'Ik zal mijn uiterste best doen,' belooft ze, terwijl ze de blik van Darius ontwijkt. Ze rolt met haar tong over het Zand en lokt elk korreltje van haar vochtige vingers. Deze hoeveelheid zal volstaan. Dat moet gewoon.

Darius komt zo dicht tegen haar aanstaan, dat zijn wang tegen die van haar strijkt. Hij fluistert in haar oor. 'Wees voorzichtig, mijn Ode. Ik zal niet rusten voor ik je weer zie.' Zijn stem is als een tentakel die zich over haar ruggengraat naar boven slingert. 'Je moet je Eter in het Dromenveld ondervragen. De Inspecteurs en ik wachten hier.'

Ode is bang dat ze niet bij het licht zal kunnen komen, het is zo ver weg. Maar voor haar angst haar kan verlammen, stroomt er een ijl gezoem door haar heen. Sneller dan het licht schiet ze door de draad, en de tentakel die haar met Darius verbindt, knapt. Ode is op weg.

DE ZINDERENDE MAAN DRIJFT ALS EEN WOLK LANGS GIER EN VALK, ALS ONZE ODE OP EEN HELGELE KORAALBANK NEERSTRIJKT. KORDAN NEEMT DE LEIDING, SPREIDT ZIJN GIGANTISCHE VLEUGELS EN ZET KOERS NAAR DE OPPERVLAKTE.

ODES HOOFD DOBBERT OP DE DEINENDE GOLVEN EN GENIET VAN HET UITZICHT WAAR ZE ZO NAAR HEEFT VERLANGD: HET RIMPELENDE GORDIJN VAN DE MUUR. ZE BEGINT ONMIDDELLIJK TE TRANSFORMEREN.

'HET LIJKT ME VERSTANDIG OM JE TE CAMOUFLEREN.' WILLUM SCHEERT LANGS HAAR DOOR EN DUIKT OM KORDAN HEEN. 'VIND JE OOK NIET, MEESTER KORDAN?' 'UITSTEKEND IDEE, MAAR DOE HET DAN SNEL,' STEMT KORDAN MET TEGENZIN IN. DIT IS VOOR ODE DE KANS OM EEN SCHILD TE VORMEN. ZE RICHT HAAR AANDACHT OP HET WATER EN CONCENTREERT ZICH OP DE KLEUREN. EN TERWIJL KORDAN ONGEDULDIG WACHT, NEEMT ZE PRECIES DEZELFDE ZEEGROENE KLEUR AAN, TE BEGINNEN BIJ HAAR RUGGENGRAAT. DAAROMHEEN LEGT ZE VERSCHILLENDE LAAGJES LITTEKENWEEFSEL VAN HAAR WONDE, ALS EEN ONZICHTBARE SCHEDE, EN WERKT ZE VERDER NAAR BUITEN TOE. ALGAUW IS ZE NIET MEER VAN HAAR OMGEVING TE ONDERSCHEIDEN.

'KLAAR?' ZEGT KORDAN. 'WE MOETEN OPSCHIETEN.'

ODE WIL ZO SNEL MOGELIJK WEGKOMEN VAN DE GIER EN KATAPULTEERT ZICHZELF NAAR EEN LAAG PUNT IN HET GORDIJN.

ZE IS ZO GEBIOLOGEERD DOOR DE BUITENGEWONE ARCHITECTUUR VAN DE MUUR, DAT ZE BIJNA VERGEET WIE ZE IS EN WELKE GEVAREN HAAR TE WACHTEN STAAN, DAT ZE ZICH BIJNA NIET AFVRAAGT WAAROM ZE ZOVEEL OP HET SPEL ZET VOOR ZO WEINIG, OF WAT ER MET HAAR ZOU GEBEUREN ALS DE ETERS HAAR GEVANGENNAMEN – OF ALS KORDAN HAAR GEDACHTEN ZOU KUNNEN LEZEN. ZE ZOU HET ZO GRAAG ALLEMAAL VERGETEN. EEN DOORDRINGEND GEDREUN MAAKT ER HAAR ATTENT OP DAT ZE VLAK BIJ DE GRENS IS. ZAL HAAR SCHILD HAAR REISGEZELLEN TEGENHOUDEN?

ALS ZE JE NIET KUNNEN VOLGEN, ZAL DARIUS WANTROUWIG WORDEN.

ZE VOELT DE ENERGIE STROMEN EN VERSCHUIFT HAAR FACETTEN OM ZE AF TE BUIGEN, ZODAT ZE EEN DOORGANG VOOR KORDAN EN WILLUM KAN VORMEN. MAAR DOOR DIE ENERGIE UIT HAAR WEG TE LATEN STROMEN, GEEFT ZE HAAR GEDAANTE PRIJS, WORDT DE CAMOUFLAGE NUTTELOOS. ACH, WAT MAAKT HET OOK UIT? DE FLIKKERENDE MIST IN DE MUUR IS NOG DUIZELINGWEKKENDER DAN ZE ZICH HERINNERT. DIT IS DE KRACHT WAAR ZE ZOLANG OP HEEFT GEWACHT.

'WAAR BEN JE?' SIST KORDAN. HIJ KLAPT WILD MET ZIJN VLEUGELS EN VLIEGT STUURLOOS ALLE KANTEN OP, VERBLIND DOOR HET BINNENSTE VAN DE MUUR.

WILLUM IS ER BLIJKBAAR GOED TEGEN BESTAND EN VINDT HAAR METEEN. 'ONZE VERBINDING IS VERBROKEN.'

ODE DOET OF ZE HEM NIET HOORT EN ROEPT NAAR KORDAN. 'HIER, VLAK NAAST JE!'

'LEID MIJ!' BEVEELT HIJ EN HIJ GRIJPT ODE STEVIG VAST. 'HAAL ME HIER WEG!' HIJ IS VOLLEDIG BLIND. DE ANGST IN ZIJN STEM IS BIJNA TASTBAAR. DIT VERLOOPT NIET VOLGENS PLAN.

MET EEN FLITS EN EEN OORVERDOVEND GEKRAAK DUIKEN ER VIJF GLIMMENDE SCHIJVEN OP UIT HET NIETS.

'WAT GEBEURT ER?' GILT KORDAN SCHRIL.

'NIET BEWEGEN,' WAARSCHUWT ODE ALS ELKE SCHIJF OPENKLIKT. 'ETERS!'

DEZE KEER ZIJN BEER EN BERGLEEUW VERGEZELD VAN EEN WEZEL, EEN MARTER EN EEN VROUW MET DE POTEN EN STAART VAN EEN GEIT.

'ZE ZIJN MET Z'N VIJVEN.'

DE GEITENVROUW ZET EEN STAP NAAR VOREN. 'JULLIE HOREN HIER NIET THUIS.'

'DAT BEGRIJP IK NIET, OUDE VROUW. KOM DICHTERBIJ EN VERKLAAR U NADER,' ZEGT ODE.

MAAR DE GEITENVROUW ZEGT NIETS EN BLIJFT ODE RECHT IN DE OGEN KIJKEN.

'IK BEN EEN VRIENDIN VAN JE BROER. IK VRAAG JE OM JE TERUG TE TREKKEN. ALS JE DAAR GEEN GEVOLG AAN GEEFT, ZAL IK DAT BESCHOUWEN ALS EEN DAAD VAN AGRESSIE.'

'GRIJP HAAR!' KRIJST DE GIER. NU HET GESPREK OP NIETS IS UITGEDRAAID, VERDWIJNT DE GEITENVROUW EN VALLEN DE DRIE ANDERE ETERS AAN. DE LEEUW ZET ZIJN KLAUW IN KORDANS RUG. ER KOMT EEN STINKENDE VLOEISTOF UITGESTROOMD EN DE GIER BEGINT IN PANIEK ALS EEN BEZETENE TE KLAPWIEKEN, WAARDOOR HIJ IEDEREEN IN GEVAAR BRENGT. ODE, DIE UIT DE BUURT VAN KORDANS MAAIENDE KLAUWEN PROBEERT TE KOMEN, SCHOPT NAAR DE BEER. WILLUM STORT ZICH OP DE NEK VAN DE MARTER EN RIJT ZIJN KEEL OPEN. DAN BOORT HIJ ZIJN KLAUWEN BOVEN OP HET HOOFD VAN DE LEEUW EN PIKT HIJ MET ZIJN BEK NAAR ZIJN OGEN.

DE WEZEL VALT ODE AAN IN DE RUG, DRIJFT ZIJN TANDEN IN HAAR ARM EN BEGINT ZICH EEN WEG IN HAAR LICHAAM TE BIJTEN. ODE HERINNERT ZICH DE INSTRUCTIES VAN WILLUM EN ONTKETENT EEN KRISTALLEN WEB, WAARDOOR HET HOOFD VAN DE WEZEL KLEM RAAKT EN HET RAZENDE DIER ZICH KRABBEND EN KRONKELEND PROBEERT LOS TE RUKKEN. OMDAT ZE DE NIET AFLATENDE AANVALLEN VAN DE BEER TELKENS WEER MOET AFSLAAN, LUKT HET HAAR NIET OM NOG EEN EXTRA LAAG KRISTAL OVER DE WORSTELENDE WEZEL TE LEGGEN. MAAR UITEINDELIJK KAN ZE DE NEK VAN DE BEER TUSSEN HAAR VOETEN KLEMMEN. ZE DRAAIT HEM UIT ALLE MACHT OM EN WORDT DAARVOOR BELOOND MET HET GELUID VAN BREKENDE BOTTEN.

VOOR DE ETERS ZICH WEER KUNNEN HERGROEPEREN, GRIJPT ODE KORDAN BIJ DE VLEUGEL IN DE HOOP DAT ZE OP DIE MANIER HEM EN HAAR GEVANGENE IN VEILIGHEID KAN BRENGEN. AAN DE ANGSTKRETEN VAN DE LEEUW TE HOREN, IS WILLUM OOK BIJNA KLAAR OM HEN TE VOLGEN.

OP HET OGENBLIK DAT ODE UIT DE MUUR BARST EN TERUG OP HET TERREIN VAN DE MEESTERS TERECHTKOMT, SCHUDT KORDAN HAAR AF. ALS HIJ DE WILD TEGENSTRIBBELENDE WEZEL OP ODES ARM ZIET, HAAKT HIJ ZIJN KLAUWEN IN ZIJN VLEES EN SCHEURT HET AF. 'JE BENT VAN MIJ, LANIA!'

TERWIJL DE WEZEL ALS EEN BEZETENE RUKT EN TREKT OM ZICH UIT KORDANS KLAUWEN TE BEVRIJDEN, KOMEN ZE STEEDS DICHTER BIJ DE DRAAIKOLK. ODE WEET DAT ALS ZE NIET VERTRAGEN, ZE IN HAAR DODELIJKE GREEP ZULLEN KOMEN. KORDAN SLINGERT LANIA UIT ALLE MACHT DE ANDERE KANT OP, MAAR DE WEZEL HAPT NAAR HEM EN BIJT EEN KLAUW AF. DE GIER GILT VAN DE PIJN EN MAAIT MET ZIJN VLEUGEL NAAR DE WEZEL. 'DOE IETS,' BULDERT HIJ.

MAAR ODE WORDT GEHINDERD DOOR HAAR OMVANG. ZE KAN NIET LANGS KORDANS KLAPPERENDE VLEUGELS OM LANIA LOS TE TREKKEN EN ALS DE WEZEL HAAR TANDEN IN NOG EEN KLAUW DRIJFT, MOET DE GIER ZIJN GREEP BIJNA LOSSEN.

NET OP DAT OGENBLIK KOMT WILLUM UIT DE MUUR EN DUIKT NAAR HEN TOE. ODE HEEFT DE INDRUK – OF VERBEELDT ZE ZICH DIT MAAR – DAT WILLUM CONTACT HEEFT MET LANIA, ALSOF HIJ HAAR ZWIJGEND EEN BEVEL GEEFT. MAAR VOOR HIJ BIJ

HAAR KAN KOMEN, STORT ZE NEER, VLIEGT ZE IN BRAND EN WORDT ZE OPGESLOKT DOOR DE HONGERIGE, KOLKENDE MAAG VAN DE DRAAIKOLK.

ER BARST EEN OVERWELDIGEND VERDRIET OPEN IN ODES BINNENSTE. BLIND VAN WANHOOP TUIMELT ZE NAAR BENEDEN.

WILLUM SCHEERT LANGS HAAR DOOR. 'BEN JE GEWOND?'

'IK WEET HET NIET ...' HAAR STEM STERFT WEG. HET IS TE MOEILIJK OM TE PRATEN; HAAR KEEL IS DICHTGEKNEPEN VAN ANGST. ZE IS ZICH BEWUST VAN WILLUMS AANWEZIGHEID ONDER HAAR, ZE VOELT HOE HIJ HAAR OPTILT EN WEGBRENGT, MAAR DAT MAAKT HAAR ALLEMAAL NIETS UIT, WANT ZE VERDRINKT IN EEN POEL VAN VERDRIET.

HET STRAND IS EGAAL, DE ROTSEN LIJKEN VERSTEENDE GOLVEN, HUN TOPPEN ZIJN DE PERFECTE LANDINGSPLAATS VOOR DE ZWERM VAN NEGEN ROOFVOGELS DIE HEN ZITTEN OP TE WACHTEN. ONDER LEIDING VAN EEN GIGANTISCHE RODE ADELAAR GEEFT HET SCHELLE GEKRAS VAN DE INSPECTEURS TE VERSTAAN DAT ZE GEEN DUIMBREED ZULLEN GEVEN. DE OGEN VAN DE ADELAAR LATEN DE GIER NIET MEER LOS. HIJ HEFT EEN POOT OP EN RIJT DE KOP VAN DE GIER OPEN.

KORDAN SCHREEUWT HET UIT.

'ODE, WILLUM, TERUG NAAR DE STAD,' BEVEELT DARIUS.

'MEESTER ...' BEGINT WILLUM.

'NU!' GRAUWT HIJ. DAN RICHT HIJ ZIJN AANDACHT WEER OP KORDAN.

'IK BEN VERRADEN,' FLUISTERT HIJ.

'HOEDER, IK LEEF OM U TE DIENEN!'

'JE HEBT GEFAALD.'

Voor Ode haar ogen opent, hoort ze hun stemmen.

'Ik begrijp niet waarom de verbinding werd verbroken.' Darius' stem klinkt schrikbarend kalm.

'Ze was sterk genoeg om ons binnen te loodsen in de Muur, Hoeder.'

'Maar niet sterk genoeg om je te dragen.'

'Nee.'

'Iets moet de stroom hebben gehinderd. Of misschien was het nog te vroeg, zoals je zei, en was ze niet in topconditie. Al heeft ze er wel één gevangen, of niet? Zeg eens, Willum, welke was het?'

'Een wezel.'

Verdriet. Overweldigend verdriet. Droefheid. Waarom? Ze begrijpt die gevoelens niet.

Darius lacht gretig. 'Lania! Ik had het kunnen weten! Die zou alles doen om uit mijn greep te blijven.'

Ze verkoos de dood!

Ode moet bijna overgeven van het idee.

'Wat een prachtig toeval, deze dood, Willum. Haar echtgenoot was de hagedis die Onze Ode niet zo lang geleden al de dood injoeg. Ferrell en Lania waren onafscheidelijk, al tientallen jaren samen. Zij waren de enigen die me naar de kroon staken, wat bouwwerken betreft. Dat heb je aan den lijve ondervonden, hè, toen je hun Muur bezocht.'

'Ja, Aartsbisschop. Een buitengewone verwezenlijking. Die moeten we verder onderzoeken. Kordan en ik waren helemaal overweldigd. Als we Onze Ode niet hadden gehad, zouden we zeker zijn omgekomen.'

'Als Kordan het niet had gehaald, zou dat zijn verdiende loon zijn geweest. Dwaas. Maar mijn teleurstelling is een beetje getemperd door het feit dat mijn rivalen nu tenminste zijn uitgeschakeld. Ferrell dood. Lania dood. Ik wou dat ik erbij had kunnen zijn.'

Er stuwt een golf van woede door Odes hoofd. Opeens gilt ze het uit.

'Ode? Ode?'

Willums hoofd is wazig. Zijn ogen lijken in haar brein te willen dringen. Hij staart dreigend en zo diep naar binnen dat er iets huivert, iets dat niet van haarzelf is. Hij kijkt op naar Darius. 'U had gelijk, Oudste, ze had niet mogen gaan. Het was nog te vroeg.'

'Ja,' fluistert Darius. 'Te vroeg, en toch, Willum, in heel veel opzichten was het niet vroeg genoeg.'

HOOFDSTUK IV, ARTIKEL 7.8, ALINEA 3, BIJ-
LAGE C, BIJZONDERE VEREISTEN: AMENDEMENT
OM DE SOORT 'GRYLLUS NIVEUS', BETER BEKEND
ALS SNEEUWKREKEL, TOE TE VOEGEN.
                    - LOGBOEK VAN DE GUNTHERS

Roan hapt naar adem en zijgt neer.

Bubbel staat onmiddellijk naast hem. 'Wat is er? Wat heb je?'

'Ode. Er is iets gebeurd. Eerst was ze opgewonden, toen bang, toen verdrietig – zo oneindig verdrietig – en nu niets meer. Ik voel niets. Ik voel haar helemaal niet meer.'

'Kun je lopen?'

Roan knikt. Ze moeten er flink de pas in zetten om de man met de bril te kunnen volgen. De straten waar hij hen door loodst lijken in niets op de verzorgde, rijke lanen die ze zagen toen ze de stad binnenkwamen. Afval, zwerfkatten en omgestoten vuilnisbakken belemmeren hen de doorgang. Hier zijn de gebouwen van baksteen. De meeste hebben dichtgespijkerde ramen en sommige lijken zelfs te dateren van voor de Fusie. Mensen in sjofele kleren waren rond voor vernielde deuren en staren hen met lege ogen aan.

Mejan haakt bij Roan in en huivert. 'Het andere gezicht van de Stad. Allemaal mensen die hier gestrand zijn nadat hun eigen dorp werd verwoest en die nu hopen een nier te verpatsen om te kunnen overleven. Maar ze zijn te oud, de Meesters willen geen gebruikte onderdelen. Dus kunnen ze nergens heen en hebben ze niets te bieden. Als ze dan eindelijk beseffen dat het een vergissing was om naar hier te komen, is het te laat. Als hun honger ondraaglijk wordt, en ze kinderen hebben, verkopen ze hen, helemaal of in stukken – wat het beste verkoopt – en ze moeten tevreden zijn met wat ze ervoor krijgen. Ze zwerven als dolende zielen rond in deze gebouwen en overleven op de restjes die ze vinden.'

Tegen een van de vervallen gebouwen zit een vrouw op haar knieën voor een soort altaartje van twee op elkaar gestapelde houten kisten. Ze zijn versierd met rode linten, glimmend papier en brandende kaarsen. Roan gaat wat dichterbij om te kijken waar ze voor zit te bidden en draait zich beschaamd weg als hij het ziet: het is een foto van Ode.

'Ze is hun god. Ze geloven dat zij hen op een dag uit hun ellende zal komen verlossen. Dat is het zoethoudertje van de Meester van Onberekenbaarheid, Querin de Geniepige, en die arme dwazen trappen er nog in ook.'

'Doet de Stad dan helemaal niets voor hen?'

'Zolang ze in deze wijk blijven, worden ze niet gedood. In al haar grootmoedigheid heeft De Stad hen 'onbestaande' verklaard en doogt ze dat ze deze gebouwen als onderdak gebruiken. Nog zo'n voorbeeld van de voorspraak en de goedheid van Onze Ode.'

Deze mensen, de Onbestaanden, hadden vroeger een thuis, een gezin. Waardigheid. Nu zijn ze alles kwijt en aanbidden ze het beeld van zijn zus. Was het dit waar Sancto de strijd tegen aanbond? Sancto en Kira waren de kinderen van mensen als deze, die uit hun huizen waren verdreven en vermoord – door het zwaard of door langzaam weg te kwijnen, om het even.

Roan heeft de taak om kinderen te bevrijden, bijzondere kinderen, maar hebben de kinderen van deze mensen ook niet het recht om te worden bevrijd?

De man met de bril trekt een gammele poort open in de insprong van een muur waar het pleisterwerk afbrokkelt. Hij duwt zijn stootkar erdoor en de groep volgt hem naar binnen. Dobbs leidt de pony en Mejan vormt de achterhoede. Ze kijkt nog een keer snel om en zwaait de poort dan dicht. In het midden van een asfalten binnenplein staat een strakke witte kubus van beton. Roan en Bubbel blijven verbaasd voor het ding staan.

'Sta daar niet zo te staan. Bind het paard vast en kom naar binnen,' zegt de kleine man en hij wijst naar een paal. Hij duwt een zestal keren achter elkaar op verschillende punten van de hoek van de kubus en dan klinkt er een klik en floept er een paneel open dat net groot genoeg is om erdoor te kunnen.

De kamer die ze binnenstappen, oogt al even neutraal als de buitenkant. Twee andere gerimpelde arbeiders met een bril en een groene overall staan bij de muur aan de overkant naar hen te gapen. De ene is lang en heeft een kromme rug en de andere heeft een gezicht vol sproeten en staat met haar vinger in haar oor te peuteren.

Kamyar grinnikt. 'Leuk om jullie weer te ontmoeten, Gunthers. Gunther Nummer Zes, we zijn dankbaar dat u ons net op tijd ...'

'Zet je maskers af,' beveelt de man met de bril, zonder een spoor van gastvrijheid.

'Ik ook?' vraagt Bubbel.

'Ja, jij ook.'

Ze gehoorzamen allemaal, maar Roan ziet dat Bubbel zich heel ongemakkelijk voelt.

'Jullie zouden toch maar met z'n vieren zijn?' zegt de kleine man.

'Dat is waar, maar de gasten die ik heb meegebracht, zijn niet de eerste de besten,' zegt Kamyar. 'Mag ik u voorstellen aan Mabatan.'

De Gunthers gluren allemaal over hun bril om beter te kunnen kijken. 'Kijk eens aan, dus jij bestaat echt.'

'Voorlopig nog wel,' antwoordt Mabatan. 'Net zoals u, Gunther Nummer Zes. En wie bent u?' vraagt ze aan de lange, slungelige Gunther.

'Gunther Nummer Veertien, om u te dienen,' zegt hij terwijl hij naar voren schuifelt.

De Gunther met de sproeten haalt haar vinger uit haar oor en knikt. 'Gunther Nummer Negenenzeventig.'

'Jullie zijn met meer dan ik dacht,' zegt Mabatan.

'Zesennegentig in totaal,' verklaart Gunther Nummer Veertien.

'Wie zijn de andere twee ongenodigden?'

'Je mag me Bubbel noemen. En tussen haakjes, ik ben niet besmettelijk.'

'Dat weten we,' zegt Gunther Nummer Zes. Nadat hij opgewonden heeft overlegd met Nummers Veertien en Negenenzeventig, kijkt Nummer Zes Roan wantrouwig aan en vraagt: 'En hij?'

Kamyar moet glimlachen als hij antwoordt: 'Roan van Langlicht.'

De Gunthers komen dichter bij Roan staan, met hun gezichten bijna tegen dat van hem. Het valt hem op dat ze hem niet aankijken, maar dat hun blik ergens tussen hem en hun brillenglazen blijft hangen.

'Zijn die brillenglazen een soort scanner?' vraagt Roan gefascineerd.

'Ja,' zegt Gunther Nummer Zes. 'En ze controleren of u echt het achterkleinkind van Roan van de Breuk bent. Wij dachten dat u de bekende wereld had verlaten. U bent niet veilig in de Stad.'

'Ik ben op zoek naar mijn zus. Ik moet haar zien, met haar kunnen praten.'

De drie Gunthers kijken elkaar aan alsof ze verdiept zijn in een onderling gesprek zonder woorden. De groep is ook ongewoon stil voor zijn doen terwijl Roan op een antwoord wacht. Uiteindelijk neemt Gunther Nummer Negenenzeventig het woord. 'Wat u vraagt, is misschien onmogelijk.'

'Om veiligheidsredenen?' vraagt Roan.

253

'Omdat ze misschien dood is,' antwoordt de Gunther. 'Toen we haar de laatste keer observeerden, bleek dat ze een zenuwcrisis heeft doorgemaakt, die veel weg had van een beroerte.'

'Ze leed pijn, ja,' bevestigt Roan.

'Voelde u haar gedachten?'

'Nee,' geeft Roan toe. 'Niet haar gedachten, haar gevoelens. Verwarring. Pijn. Angst.'

De Gunthers wisselen sombere blikken. 'Het lichaam van uw zus zou natuurlijk worden hergebruikt. Het is mogelijk dat ze een fysische dood is gestorven, maar dat er delen van haar in leven zijn gehouden.'

Roans ogen schieten van de ene naar de andere Gunther. Hij voelt paniek opkomen. 'Welke delen?'

'Hoogstwaarschijnlijk haar brein. We zouden het kunnen proberen te lokaliseren.'

Roan leunt tegen de muur en slaat zijn handen voor zijn gezicht. Hij vecht tegen de wanhoop.

'De Gunthers weten het niet zeker. Ze veronderstellen van alles. Dreigende, bedreigende veronderstellingen. Maar daar zijn ze eigenlijk niet zeker van.' Mabatans woorden zouden Roan meer troosten als hij Odes lijden niet zelf had gevoeld. En na die laatste scherpe, verschrikkelijke pijn heeft hij haar zelfs helemaal niet meer gevoeld. Stel dat deze mensen gelijk hebben!

Kamyar kijkt de Gunthers verwijtend aan. 'Als jullie nu eens betrouwbare informatie zouden inwinnen, want aan geruchten en vermoedens heeft niemand iets.'

'Vermoedens zijn de bouwstenen van alle theorieën. En theorieën leiden naar feiten.'

'Hou jullie dan maar gewoon aan de feiten, oké?'

De Gunthers kijken elkaar knorrig aan en stemmen dan met tegenzin in. 'Goed dan, we zullen onze theorieën voor onszelf houden, alleen de feiten meedelen. Als we die hebben.'

Roan staat samen met de rest van de groep op het binnenplein en tuurt ingespannen naar de lucht boven de muur. Hij heeft nog geen enkele vogel of insect gezien sinds hij in de Stad is aangekomen. Zou het kunnen dat hier geen enkel ander leven dan menselijk leven is?

Talia duwt hem een borstel in de handen. 'Hier. Je maakt me helemaal zenuwachtig.'

'Sorry. Heeft ze eigenlijk een naam?' Roan legt de borstel goed in de hand en begint de ruige, gevlekte pony te kammen.

Talia lacht. 'O, ze heeft heel veel namen. Als ze doet of ze ons niet hoort en weigert de huifkar te trekken, heet ze Marie Antoinette. Als ze opvliegend en onhandelbaar is, noemen we haar Jeanne d'Arc. En als ze zo elegant en mooi is als nu, Koningin Nefertiti. Mejan heeft ooit een hond gehad en als ze dat beestje mist, wordt Nefertiti Fido.'

'Ik noem haar Black Beauty,' zegt Dobbs.

'Maar ze is bruin en gevlekt,' protesteert Bubbel.

'Ja, dat zie ik ook wel, maar ik heb dat boek een stuk of twintig keer gelezen.'

'Dan vond je dat wel een heel erg goed boek.'

'Het was het enige dat we hadden in ons dorp. Het lag begraven in de vloer van mijn opa's huis. Ik gebruikte het zo goed en zo kwaad mogelijk om te leren lezen.'

'Je kunt je zijn reactie wel voorstellen toen hij Orins bibliotheek zag,' zegt Kamyar. 'Ik kreeg hem er weken niet meer weg. En eerlijk gezegd is het nog steeds een karwei om hem uit die makkelijke stoelen te lokken.'

Dobbs grijnst zijn tanden bloot. Mabatan, die de snuit van de pony heeft staan strelen, kijkt naar hem op. 'Haar echte naam is Shanah.'

Talia en Mejan vragen verbaasd, 'Meen je dat?'

Mabatan haalt haar schouders op. 'Als de pony zich nog eens aanstelt als een Marie Antoinette, moet je haar eens Shanah noemen. Dan zul je wel zien.'

'Shanah,' mompelt Dobbs. De pony snuift en stoot hem zachtjes aan met zijn snuit. Verbijsterd krabbelt Dobbs haar achter de oren.

Gunther Nummer Negenenzeventig verschijnt in de deuropening.

'De aanpassingen voor de bijkomende drie zijn gebeurd. Het eten is klaar. Feit.'

'En gezegend zij de theorie die daartoe heeft geleid. Ik sterf van de honger,' antwoordt Kamyar.

'Aan de omgeving te zien, moeten we hier niet te veel verwachten,' bromt Bubbel binnensmonds als ze de ongezellige kubus binnengaan. Er staan geen tafels of stoelen en zeker geen voedsel, het ruikt er zelfs niet naar eten.

'Ga maar zitten,' zegt de Gunther. Talia haalt de schouders op en laat zich op de cementen vloer ploffen. De anderen volgen haar voorbeeld. Gunther Nummer Negenenzeventig staat bij de muur met een vriendelijke glimlach op zijn gezicht, maar hij doet niets.

Bubbel port Roan aan.

'Denk je dat ze het eten gaan binnendragen?'

'Mispoes,' zegt Kamyar als er een diep gerommel door de fundamenten van de kleine kamer trilt.

Roan stelt zijn zintuigen scherp om te voelen of ze in gevaar zijn of niet. Maar er is geen onmiddellijke dreiging, voor zover hij kan uitmaken. Maar dan krijgt hij in de gaten dat het plafond steeds lager zakt. 'We zitten in een lift!' roept Roan verrukt uit.

'En in wat voor één,' bevestigt Gunther Nummer Negenenzeventig. 'Dit bouwwerk heette de "betaalparking". Elk gezin kreeg een bonnetje waarmee het zijn met benzine aangedreven voertuig op een van deze etages mocht zetten.'

'Waarom zouden ze dat doen?' vraagt Bubbel.

'Voertuigen zonder bonnetje werden op kosten van de chauffeur weggetakeld en naar het autokerkhof gebracht,' antwoordt de Gunther.

'Een begraafplaats voor machines?' Bubbel gelooft er niks van.

'Dat is toch niet meer dan logisch,' antwoordt de Gunther. 'De mensen waren heel erg gehecht aan hun auto's.'

Opeens trekt de hele groep grote hongerige ogen, maar niet voor eten.

Het wordt Roan meteen duidelijk waar hun smachtende blikken naar kijken als hij de nieuwe verdieping ziet, die onder hen doorglijdt: een gigantische bibliotheek met wel duizend boeken.

'Kunnen we hier alsjeblieft eventjes stoppen?' smeekt Kamyar. 'Dat is onze lievelingskamer.'

'Het eten staat te wachten,' zegt de Gunter op een toon die geen tegenspraak duldt.

Dit is verreweg de grootste boekenverzameling die Roan ooit heeft gezien, ze is zelfs een stuk groter dan die van de Oase. 'Hoe hebben jullie zo'n bibliotheek bij elkaar gekregen?'

'We doen wat we moeten doen. We moeten lezen,' vertelt de Gunther. 'Lezen zet ons ertoe aan om zelf dingen uit te vinden.'

Als de bibliotheek een paar seconden later weer uit het zicht verdwijnt, klinkt er teleurgesteld gekreun.

Roan vermoedt dat Gunther Nummer Negenenzeventig de teleurgestelde boekenwurmen nog een hele middag zal moeten sussen.

Op de etage daaronder zijn er Gunthers aan het werk: ze controleren grote cilinders die om hun as draaien, vervoeren metalen dozen van de ene naar de andere kant, staan gebogen over vierkanten van dik glas, versierd met ondoorzichtige symbolen en tekens en gieten vaten helde-re, dampende vloeistof over in gietvormen.

'Wat is dat voor materiaal?' vraagt Roan.

'Iets dat we hebben ontwikkeld. Het weegt bijna niets, is plooibaar, hittebestendig en als we willen, ondoordringbaar.'

'Weten de Meesters hiervan?'

'O ja. Ze gebruiken het voor hun veiligheidsramen.' Gunther Nummer Negenenzeventig wijst naar een borstplaat die is geweven van doorzichti-ge draden. 'Een harnas. Maar het heeft nog heel veel andere toepassingen.'

'En wat zijn dat?' vraagt Roan. Hij wijst naar verlichte glazen vierkanten.

'We zijn fervente verzamelaars van antiek afval. Je zou ervan versteld staan hoeveel van die dingen we op die oude stortplaatsen vinden. Echt duizenden. En ze zijn ongelooflijk nuttig.'

Daarna begint Gunther Negenenzeventig geconcentreerd aan haar bril te prutsen. Roan blijft gefascineerd naast haar staan. Wat een rare men-sen. Hij vraagt zich af wat het verband tussen de Gunthers en de Meesters is, en tot op welke hoogte ze hun technische kennis met hen delen.

Met een schok vallen ze stil op de derde verdieping onder de grond. De groep stapt uit en wordt verwelkomd door Gunther Nummer Zes, die hen langs een gigantische oogst fruit en groenten loodst, die onder felle lampen groeien.

'Feit: het eten is geserveerd op tafel nummer drie.'

Kamyar geeft een klopje op zijn buik en kijkt gulzig naar de sla, ge-stoomde broccoli en bloemkool, tomaten en grote kommen pasta. 'Wat een toeval, zeg, de tafel staat helemaal vol en mijn maag is helemaal leeg!'

Het is lang geleden dat Roan nog van zoveel verschillende soorten vers voedsel heeft kunnen proeven. 'Nummer Zes, hoe slagen jullie erin om deze plek, midden in de Stad, verborgen te houden?'

'We hebben een heleboel wachters aangesteld die ons waarschuwen, maar we hebben ze maar zelden nodig. Onzichtbaarheid is onze beste verdediging.'

'Maar hoe word je onzichtbaar?'

'We zijn Gunthers, de *idiots savants* van de Stad. We stommelen door hun straten, wonen in hun krotten, praten niet, maar grommen. Ze denken dat ons brein genetisch beschadigd is en dat we bijna blind zijn, zodat ze niet op onze kinderen azen. We zijn onschadelijk en zwakzinnig. Ze vertrouwen aan ons de taak toe om het energienet te onderhouden, omdat de meeste arbeiders de pech hebben dat ze het niet overleven als ze ermee in contact komen. Maar wij blijken zo'n dik hoofd te hebben dat we immuun zijn voor de gevaren. Wij worden beschimpt en bespot en worden als vanzelfsprekend beschouwd. Ze zien ons niet staan. Dus worden we onzichtbaar.'

Bubbel kijkt de grote zaal rond. 'Hoe lang doen jullie dit al?'

'Wij zijn de vijfde generatie. Onze voorvaderen kwamen naar de Stad na de Breuk.'

'De Gunthers waren dus één van de Vier?' vraagt Roan.

'Inderdaad,' zegt de Gunther.

Roans adem stokt.

Bij de Breuk waren er vier groepen, die er allemaal mee instemden om weg te trekken en een nieuwe gemeenschap op te bouwen. Zijn overgrootvader was de leider van één van die groepen en stichtte Langlicht. De tweede groep ging in grotten wonen en noemde zich de Oase. Daar wonen nu een heleboel Zandeters. Haron, een ouderling van de Oase, vertelde hem dat er nog twee andere groepen waren die zich heel goed hadden verschuild. En inderdaad, de beste schuilplaats is natuurlijk recht onder de neus van je vijand.

'Zijn er bij jullie ook Zandeters?' vraagt Roan.

'Nee. Maar we hebben erin toegestemd om Zand naar de Oase te smokkelen.'

'En je houdt ze op de hoogte van wat er in de Stad gebeurt,' raadt Bubbel.

'En de vierde groep? Weet je waar die naartoe is gegaan?' vraagt Roan.

De doorgaans vredige blik van de Gunther wordt droevig. 'We hebben hun schuilplaats nooit kunnen ontdekken. Maar Darius wel. Veertig jaar geleden heeft hij een ziekte onder hen verspreid, waar ze allemaal aan gestorven zijn. Later konden we zelf vaststellen dat een epidemie inderdaad duizenden slachtoffers had geëist in de Verlanden.'

Ze kijken elkaar somber aan. De twee overlevende groepen, de Oase en de Gunthers, zouden ongetwijfeld hetzelfde lot ondergaan als Darius ze op het spoor kwam.

Gunther Nummer Veertien komt aan de overkant van het tomatenbed de trap af en loopt naar hen toe. 'Informatie. Onze Ode Leeft.'

Roans maag krimpt ineen. 'Is alles goed met haar?'

'Volgens onze bronnen is ze in perfecte lichamelijke gezondheid.'

'Hoe kan ik bij haar komen?' dringt Roan aan.

'Volgens haar planning zou ze jullie voorstelling op het Fusiefestival bijwonen.'

Kamyars gezicht staat gespannen. 'Scherp jullie brein en breinaalden maar, vrienden, want overal waar Onze Ode gaat, gaan de klerken mee.'

'En ik ook,' fluistert Roan.

DIAGNOSE

RE: INVAL IN ACADEMIE VAN DE VOOZIENIGHEID

DATE: HET JAAR 31 NA DE FUSIE

SUBJECT: ARCHITECT AUGUST FERRELL

IN GEEN VAN DE 74 BLAUWDRUKKEN, TEKENIN-
GEN EN PLANNEN DIE WERDEN TERUGGEVONDEN,
IS DE SCHUILPLAATS VAN DE VERBORGEN
GEMEENSCHAP VAN DE AFVALLIGE HARON TERUG
TE VINDEN.

- KLERKELIJKE ARCHIEVEN

De dokters buigen zich over Ode. Ze evalueren informatie en staan heftig te overleggen boven de draden en buisjes die haar ledematen, bloed-
vaten en klieren met computers verbinden.

Ze probeert het huilen in haar hoofd te bedaren. Ze kan zich bijna
niet voorstellen dat ze het niet horen. Zelfs als de machines iets detec-
teerden, weet ze zeker dat ze het nooit zouden interpreteren als een eindeloze treurzang in haar hoofd. Want die hoort alleen zij. Alleen zij voelt
die allesoverheersende pijn. Misschien is er helemaal geen pijn. Wat als
ze het zich alleen maar verbeeldt? Wat als ze krankzinnig aan het worden is? Dat mag Darius nooit te weten komen.

'Moet dit nu echt, Vader?'

De Almachtige Ziener, die naast Willum bij het raam staat, schudt het
hoofd. 'Het is mogelijk, Ode, liefje, dat je een beroerte hebt gehad. Ik
ben bang dat alleen de dokters daar uitsluitsel over kunnen geven.'

'Door iets wat er op reis is gebeurd?' vist Ode.

'De monitors registreren geen anomaliteiten, maar het ziet ernaar uit
dat er een defect is geweest.'

Dokter Arcanthas buigt het hoofd naar de Oudste. 'Al haar vitale functies zijn perfect. Als er al iets is veranderd, is dat alleen maar in de positieve zin, ze is zo mogelijk nog sterker geworden. Er zijn natuurlijk een paar schommelingen in haar hormonale huishouding, maar ...'

'Maar wat?' bijt Darius met nauwelijks verholen ongeduld.

'Bij een meisje van haar leeftijd zijn zulke schommelingen heel normaal. Bij Onze Ode zijn ze misschien van wat extremere, euh, ik bedoel extravagantere aard. Maar dat is geen verrassing, want bij haar is alles uitvergroot.'

De ogen van Darius schitteren. Van venijn? 'Je wordt een vrouw, Ode.'

Ode wordt overspoeld door een oceaan van opgekropt verdriet over het verlies van haar moeder.

Er ontsnapt haar één traan voor ze achter haar ogen een dam kan optrekken.

Het kost haar onnoemelijk veel moeite om flauwtjes naar Darius te glimlachen.

'Maar meisje, toch. Je zult er alleen maar sterker door worden. Dat is toch alleen maar goed nieuws?'

Dokter Arcanthas onderbreekt hem met een voorspelbaar voorstel. 'Als we nog een paar dagen verder kunnen testen, weten we meer. Misschien kunnen we ...'

'Genoeg getest!' grauwt Ode zo dreigend dat de dokter een paar sprongen achteruitdeinst.

Willum richt zich op verzoenende toon tot de Oudste. 'Als u me toestaat, Hoeder. Rust, frisse lucht en een tijdelijke Zandstop lijken me de beste behandeling.'

Ode kijkt de dokter zo duivels mogelijk aan en geniet ervan om hem nerveus te horen stotteren: 'Daar ... daar zie ik het nut ook wel van in.'

'Ja,' zegt Darius minachtend. 'Dat kan ik me voorstellen, ja.'

262

'Misschien zou ze aan een paar feestelijkheden van het Fusiefestival kunnen deelnemen. Al die optochten en maskers zouden wat afleiding kunnen brengen,' stelt Willum voor.

'O Vader, mag het? Daar droom ik al zo lang van.' Misschien zou ze hier weg kunnen. Van alles hier. Er even aan ontsnappen.

De enige manier om aan Darius te ontsnappen, is hem vermoorden.

De Oudste denkt even na over Odes verzoek. 'Ze zal meteen overrompeld worden door bewonderaars. Ze is nog niet genoeg hersteld om in het openbaar te verschijnen.'

'Dan vermom ik me toch gewoon.'

'Ik kan niet toestaan dat jij zonder bewaking in de Stad gaat rondzwerven.'

'Willum komt wel met me mee, is het niet, Willum?' smeekt Ode.

'Hij alleen zal weinig kunnen beginnen als je wordt aangevallen.'

'Laat de klerken dan meekomen. Ze moeten gewoon op een grotere afstand blijven, zodat ik niet word herkend.'

Voor Willum haar kan bijtreden, verschijnt Meester Querin in de deuropening. De aanwezigheid van de Meester van Propaganda bezorgt iedereen in de kamer koude rillingen. Querin is verantwoordelijk voor elk beeld en elk woord dat de Meesters van de Stad uitdragen. Hij is de rechterhand van de Almachtige Ziener en wordt door iedereen gevreesd. Met een stem als een zweep en ogen die zelfs door een steen zouden kunnen boren, richt hij zich bijna onhoorbaar tot Darius. 'Aartsbisschop, hebt u even?'

De Oudste wenkt hem bij zich. Querin buigt zich naar hem toe, maar ze staan zo dicht bij Ode, dat ze alles hoort wat er wordt gezegd.

'Er is een hele scheepslading verloren gegaan.'

Darius' ogen spuwen vuur. 'Hoe kan zoiets?'

'Onderschept door de Broeders.'

Darius staat op, deze dringende staatszaak gaat voor.

'Vader?'

Verstrooid kijkt Darius naar zijn zorgenkind. 'Goed dan, jij treft alle voorbereidingen, Willum?'

De Oudste haast zich de kamer uit en een seconde lang is Ode gevangen in de koude blik van Querin. Deze Meester veranderde een ongelukkig kind dat werd gered uit de Verlanden, eigenhandig in Onze Ode – vindt hij dat zij die titel niet waard is? Ze lacht hem onbevreesd toe en na een nauwelijks zichtbare buiging schrijdt hij de kamer uit.

Willum draait zich naar de dokter. 'Als u me toestaat, zal ik Ode terug naar haar kamer brengen en de voorbereidingen voor onze uitstap treffen. Had u nog bijzondere instructies, Dokter Arcanthas?'

'Nee, want ik kom mee, voor het geval dat ze opnieuw ziek wordt.'

Ode zet haar stekels op, maar Willum lijkt onbewogen. 'Goed. Ik laat het u weten als we vertrekken. De klucht die vanavond wordt opgevoerd, belooft uitstekend te worden.'

Ode bestudeert zichzelf in de spiegel. In deze geelbruine gewaden lijkt ze als twee druppels water op een hulpklerk. De meesten beginnen de opleiding wel pas op oudere leeftijd, maar toch zal niemand vermoeden dat Ode onder deze kapmantel verborgen zit.

Willum komt geruisloos achter haar staan. Hij kijkt haar goedkeurend aan. 'Die toga staat je prima.'

Haar hoofd begint te schudden, de pijn striemt haar ogen. Uit alle macht probeert ze een ijselijke gil te onderdrukken. Dan valt ze uitgeput in Willums armen.

Met één gracieuze zwaai tilt Willum Ode op en leg haar op bed. Hij houdt haar blik vast en legt zijn handpalm op haar voorhoofd. Ode voelt hoe hij contact krijgt met het waanzinnige gejammer dat haar in de greep houdt. Het getintel in haar buik verandert in zo'n hevige gloed dat ze het gevoel heeft dat ze gaat ontploffen ... Dan is het afgelopen, dan is alles stil. 'Dat zou een tijdje moeten helpen,' troost Willum haar. 'Ik heb de treurzang in je binnenste gestopt. Hij slaapt, maar niet voor lang.'

'Wat gebeurt er met me?' stamelt Ode.

Hij spreekt het woord met dreigende ernst uit. 'Ferrell.'

Ferrell? De hagedis! Eindelijk begrijpt ze het. Ze dacht dat Ferrell dood was. Maar ze had de hagedis niet gedood, hij had haar dat alleen maar laten geloven. 'Hoe doet hij dat?'

'Hij is de ontwerper van de Muur,' zegt Willum. 'Niemand weet beter dan Ferrell hoe je zijn energie kunt gebruiken. Wat is er met jou gebeurd in de Muur, Ode? Kun je je iets herinneren wat dit zou kunnen verklaren?'

Ode aarzelt. Ze wil haar geheim niet prijsgeven. Maar misschien is haar geheim helemaal niet wat ze dacht dat het was. 'Het licht in de Muur is in mijn binnenste gedrongen. Ik dacht dat het energie was die me sterker maakte. Machtiger.'

'Dat was een afleidingsmanoeuvre om bij je naar binnen te dringen.'

En toen Ferrell tot haar binnenste was doorgedrongen, gebruikte hij haar. Haar ogen werden zijn ogen. Haar oren zijn oren. Hij maakte misbruik van haar afhankelijkheid van Zand, gebruikte haar om Darius te bespioneren, de mechanismen van de Stad te doorgronden, de Mijn. Hij spoorde haar aan om alle kamers te doorzoeken ... 'Hij probeerde me die rekruten te laten doden.'

'De Eters zijn bang dat als de Meesters meer geavanceerde reizigers vinden, ze zullen aanvallen en het Dromenveld veroveren.'

'Dat zal ik alleen maar toejuichen.'

'Dat zeg je omdat je niet weet wat er allemaal op het spel staat.'

'Kan me niet schelen wat er op het spel staat! Hij heeft me helemaal proberen in te palmen, een wapen tegen de Stad van me proberen te maken. Dat is walgelijk. Haal hem eruit. Nu!'

'Dat kan ik niet, niet hier, niet nu. Maar het moet wel gebeuren. Darius vermoedt iets en als hij achter de waarheid komt, zal hij Ferrell eruit sleuren, ook al moet hij jou daarvoor opofferen.'

Ode heeft genoeg gehoord. Ze brengt zichzelf tot bedaren, probeert haar gedachten te ordenen. Ze twijfelt er niet aan dat Willums ijzingwekkende voorspelling klopt. Ze weet dat ze weldra overbodig is.

'Wat moet ik doen?'

'Het wordt een hachelijke onderneming, maar ik heb vrienden die je de Stad uit kunnen smokkelen.'

'Wie?'

'We gaan ze nu ontmoeten.' Ze staat meteen op en loopt vastberaden naar de deur, maar Willum houdt haar tegen.

'Wis dit gesprek uit je geheugen, Ode. Ferrell heeft een missie, hier in de Stad. Hij zal het niet tolereren dat je zijn plannen dwarsboomt. Hij zal wakker worden en als dat gebeurt, mag hij je gedachten niet horen. Je weet hoe je dat moet doen. Hou je geest leeg. Daar hangt je leven vanaf, zelfs als je geen rekening hoefde te houden met Ferrell. Als ze ontdekken dat je vermist bent, zullen de Meesters al hun troeven uitspelen om je te vinden. Ze vrezen je, maar zullen je toch gebruiken om hun doel te bereiken. Pas daarna zullen ze je vernietigen. Ode, je weet dat jouw krachten veel groter zijn dan die van hen. Trek een muur op als het nodig is, alleen zo kun je aan hun greep ontsnappen.' Ode staart de man aan die ze tot voor kort nog als een ondergeschikte leraar beschouwde. 'Wie ben je, Willum?'

Hij slaakt een diepe zucht, alsof hij het gewicht van de hele wereld op zijn schouders voelt. Een flauw glimlachje verzacht zijn vermoeide gezicht. 'Een vriend.'

FAMILIEREÜNIE

ZIJ WEET WAT HIJ NIET ZIET EN
HIJ ZIET WAT ZIJ NIET WEET.
HET LOT VAN DE ZOON EN DOCHTER
VAN LANGLICHT IS DUS WEL VERBONDEN,
MAAR NOOIT ECHT GEDEELD.
- HET BOEK VAN LANGLICHT

Een uur, twee minuten. Een uur, één minuut, vijfenvijftig seconden. De tijd gaat zo traag, zo tergend traag. Roan wordt er stapelgek van. Hij heeft dit soort klokken al eens gezien op een antiekmarkt, maar toen kon hij de wijzerplaten niet ontcijferen, was dat vormeloze grijze raam een mysterie voor hem. Nu brandt het karmozijnrode licht door zijn gesloten oogleden en is de tijd opgedeeld in pijnlijk gelijke porties hoop, woede en angst.

Zoals Roan had verwacht, zwichtte Gunther Nummer Negenenzeventig na de maaltijd voor het niet aflatende gezeur om de bibliotheek te mogen zien. Normaal zou hij zijn tijd daar ook het liefste doorbrengen, maar vandaag wilde hij rust, wilde hij alleen zijn om zich mentaal te kunnen voorbereiden. Dus bleef hij hier, omdat hij het in de weelderige tuinen op watercultuur van de Gunthers naar zijn zin had. De geur van de kruiden voert hem helemaal terug naar de tuinen van Langlicht en roept herinneringen op: dat hij er op een middag samen met Ode stiekem was binnen geslopen om een rijpe tomaat te jatten. Ode was altijd een grappig, ondeugend kind geweest.

Nu is ze Onze Ode, Meester-in-Opleiding, even machtig en gevaarlijk als de andere Verraders. Misschien laat ze hem wel arresteren, of laat ze de hele groep oppakken. Stel dat ze hem aanvalt? Hoe zal hij dan reageren? Zal hij in paniek raken, zoals toen Sancto hem vastgreep? Nee. Hij vecht nog liever tot de dood dan iemand van de groep gevangen te laten nemen.

Hij moet het meteen goed aanpakken, vanaf het eerste moment, daar hangt alles vanaf. Het maakt niet uit hoeveel ze is veranderd, ze is zijn zusje en als er iemand tot haar kan doordringen, is hij het. Zal ze het cadeau dat veilig in zijn zak zit opgeborgen, aanvaarden? En nog veel belangrijker, zal ze hém aanvaarden?

Hij trekt één oog open. Gunther Nummer Negenenzeventig wacht op een eerbiedige afstand tot hij haar heeft opgemerkt. Misschien zijn ze toch onzichtbaarder dan ze willen toegeven, want hij had haar niet voelen aankomen. Hij opent zijn ogen nu helemaal en begroet haar.

'Roan van Langlicht, mag ik uw krekel eens zien?' vraagt ze.

Roan is dankbaar voor de afleiding: hij opent zijn zak en kijkt haar verontschuldigend aan. 'Hij beslist zelf of hij eruit wil of niet. Hij heeft een eigen willetje, net zoals de meeste diersoorten.'

'Dat weet ik. Ik heb ze bestudeerd.'

'Heb je boeken over witte krekels?'

'Nee, er is nog nooit een boek over geschreven. De bedoeling van mijn onderzoek is om die leemte te vullen. Maar de enige beschikbare informatie is nog nooit bevestigd. Dat is verschrikkelijk frustrerend. Want weet u, na de Gruwelen hebben heel veel soorten, ook de menselijke soort, genetische veranderingen ondergaan. In de laboratoria van de Meesters heb ik een heleboel voorbeelden van zulke mutaties gezien, maar een witte krekel hebben ze nog nooit kunnen vangen.'

Gunther Nummer Negenenzeventig heft haar bril op en brengt haar gezicht vlak bij Roans borst. Haar neus tikt bijna tegen de witte krekel, die uit Roans zak is gekropen.

'Hij is kleiner dan ik me had voorgesteld. En niet sneeuwwit, meer ivoorkleurig. Tsjirpt hij ook?'

'Ik heb er nog nooit een gezien die niet tsjirpt.'

'En dit orgaan.' Ze wijst naar een buisvormige uitstulping ter hoogte van de buik. 'Hebben alle witte krekels dat?'

Roan tuurt naar het minuscule buisje. 'Dat denk ik toch, ja.'

'Wist u dat ze tweeslachtig zijn?' vraagt ze.

'Ik weet niet goed wat je daarmee bedoelt.'

'Normaal tsjirpt het mannetje om het vrouwtje aan te trekken. Maar deze krekel heeft een legboor, dat orgaan aan de onderkant van zijn buik. Hij legt eieren. Uw krekel lijkt zowel mannelijk als vrouwelijk te zijn. Denkt u dat hij hier even in zou willen kruipen?' Negenenzeventig opent haar hand. Er ligt een kubusje in dat zo doorzichtig is, dat je het bijna niet ziet. Roan vindt het maar niks, maar de krekel zelf hopt er meteen in.

'Fantastisch. Dit apparaatje verzamelt informatie van onschatbare waarde over al zijn fysiologische eigenschappen.'

Minuscule lichtstraaltjes vormen geometrische patronen in de kubus, die zoemt in een toonaard die Roan herkent als de do.

'Als hij nu nog eens wilde zingen ...' zegt de Gunther hoopvol.

Alsof hij haar vraag heeft gehoord, begint de krekel onmiddellijk een ingewikkelde harmonie rond die ene toon op te bouwen.

'Verbluffend,' fluistert Gunther Nummer Negenenzeventig. Het is de eerste keer dat Roan een intens gevoel bij een Gunther waarneemt.

Roan ziet wel dat de krekel niet wordt bedreigd door het apparaat, maar toch voelt hij zich niet op zijn gemak als hij van zijn krekel wordt gescheiden. Het diertje heeft hem al constant vergezeld sinds Langlicht ten onder is gegaan, en heeft hem al door vele gevaarlijke situaties geholpen. Het idee om het diertje kwijt te raken, vindt hij ondraaglijk.

'Mijn hypothese is dat een aantal van de mutaties die we waarnemen, meer zijn dan aanpassingen aan de extreme levensomstandigheden van de laatste eeuw. Ik denk dat ze deel uitmaken van een algemene evolutionaire verschuiving, die verder gaat dan het fysieke lichaam.'

'Ik begrijp niet wat je bedoelt.'

De Gunther kijkt even op van de gegevens die ze heeft verzameld, zet haar bril weer op haar neus en richt haar koele grijze blik op Roan. 'U zou het moeten begrijpen. Want u bent een deel van diezelfde evolutionaire verschuiving. Was u zich daar nog niet bewust van?'

Natuurlijk weet hij dat hij anders is, dat hij dingen kan die anderen niet kunnen, maar dat hij deel uit zou maken van een 'evolutionaire verschuiving'? Wat betekent dat? Een verschuiving naar wat? Voor Roan de Gunther nog verder kan uitvragen, valt er in het plafond een luik open en komt Bubbels hoofd ondersteboven te voorschijn. 'Tijd om te gaan.' Als hij de witte krekel in het vreemde kubusje ziet zitten, vraagt hij. 'Wat is dat?'

'Een interactieve tonale versterker,' legt ze uit.

'Juist, ja,' zegt Bubbel.

Negenenzeventig brengt haar gezicht vlak bij de krekel. 'Heel erg bedankt voor je medewerking.' De krekel wriemelt eens met zijn voelsprieten en springt dan terug op Roans schouder, die opstaat om naar de anderen te gaan.

Als ze bij het Fusiepark aankomen, is het feest al volop bezig. Waarom ze dit een park noemen, is Roan een raadsel, want het is gewoon een vierkante blok beton waar geen boom of struik op te bekennen is. De hele zone is omzoomd door groene glazen torens die dreigend boven de feestelijkheden uittorenen, maar dat lijkt niemand te hinderen. De feestvierders, die meestal een masker dragen of zelfs een volledig kostuum, vormen een kakofonie van kleuren die zinderen op het pompende ritme van steeldrums. Roan gaat tussen Bubbel en Mabatan in staan, in de hoop dan minder ontvankelijk te zijn voor de overweldigende golven van emotie die de feestgangers uitstralen. Hij moet zich kunnen concentreren op zijn ontmoeting met Ode.

'Waarom zijn deze mensen niet geactiveerd?' fluistert Roan tegen Talia.

'Hé, hoe weet je dat?'

'Omdat ze te veel voelen.'

'Euh ... Nou, dit zijn de rijken. Burgers die bijdragen tot de verheerlijking van de Fusie, zijn geen kandidaten voor de activator. Althans voorlopig nog niet. Ze hebben hun rijkdom te danken aan de Meesters – en dat weten ze heel goed. Dat is genoeg controle.'

'Weet je zeker dat ze ons niet zullen lynchen?' vraagt Bubbel ongerust. 'Ik bedoel, in ons toneelstuk maken we deze lui behoorlijk belachelijk.'

'Je zou er versteld van staan wat je je allemaal kunt veroorloven als je mensen aan het lachen brengt,' knipoogt Talia.

Roan tuurt ingespannen rond in de opgewonden massa om de persoon te ontdekken waar hij zo ver voor heeft gereisd. Hij sluit de ogen in de hoop dat hij ze dan kan voelen, maar Mabatan stopt zijn zoekpoging af.

'Pas op dat je de rest niet in gevaar brengt,' waarschuwt ze. 'Er zijn hier in de Stad mensen die jouw gaven kunnen opvangen. Je moet wachten tot zij naar jou komt.'

Voor Roan kan antwoorden, duwt Kamyar zijn bonkige lichaam tussen hen in. Hij slaat een arm rond allebei en fluistert: 'Kijk toch niet zo ernstig, vrienden. Dit is het feest der feesten, hoor. En bovendien,' grijnst hij, 'moeten we op!'

In een rustige straat, een eindje verderop, stopt een auto. Een kleine hulpklerk met een kapmantel, een ondergeschikte Stadsambtenaar en een dokter in een smaragdkleurige mantel stappen uit. Voor en achter hen komen er nog verschillende auto's tot stilstand. Er stromen klerken uit om de hulpklerk af te schermen. Maar onder haar kapmantel kijkt die laatste de bewakers zo dreigend aan, dat ze zich verspreiden, niet zover als Ode zou willen, maar zover ze durven. Ze blijft zich omsingeld voelen: ze staan aan de overkant van de straat, lopen een eindje voor haar op, of achter haar ... Akkoord, als er een aanslag op haar werd gepleegd, zouden ze een zekere vorm van bescherming kunnen bieden. Maar de hele bende samen kan nog niet aan één Willum tippen. Hoe kan Darius zo blind zijn? Omdat Willum dat wil? Zou hij zo machtig zijn? Een ding is zeker, deze klerken kunnen zelfs haar niet aan. Vooral sinds ze beseffen wat ze hen aan kan doen.

In de kantoorwijk is er op straat geen levende ziel te bekennen, maar als ze de hoek omslaan en het park in lopen, worden ze van alle kanten omzwermd door feestgangers.

'Blijf in de buurt, dokter Arcanthas, we willen u niet kwijtraken,' maant Willum hem aan.

'Ik volg u als een schaduw,' belooft de dokter. Maar als er een stuk of tien benevelde feestgangers langs hen door banjeren, kunnen Willum en Ode de dokter afschudden en gaan ze moeiteloos op in de menigte, zodat Arcanthas en de klerken paniekerig achter hen aan moeten zigzaggen.

Overal versieren vaandels het park en overal zijn er artiesten. Jongleurs, steltlopers en vuurspuwers slenteren over het plein en op een openluchtpodium speelt een muziekgroep met knotsgekke maskers een vrolijk deuntje.

Plotseling blijft Ode staan. Ze is opeens verschrikkelijk misselijk. Haar ingewanden trekken samen, haar keel zit dicht. Er komt een stem uit haar mond gespuwd.

'Wat doen we hier?'

Het is Ferrell, zijn stem klinkt laag en schor en schuurt zich een weg naar de buitenwereld.

'Help me,' smeekt Ode terwijl ze wanhopig naar haar keel grijpt.

Willum neemt haar bij de elleboog. 'We moeten verder, anders halen de anderen ons in.' Hij vlecht zijn lange vingers door die van haar. 'Ik ben bij je. Ik zorg ervoor dat je niets overkomt. Vecht er niet tegen, hou de weg open, laat hem maar spreken.'

Als Ode weer ontspant, blaft de stem: 'Ik vroeg wat we hier doen.'

'We komen naar een show kijken, gewoon als ontspanning,' zegt Willum.

'Ik geloof je niet.'

Willum draait Ode om en tilt haar op, zodat hij haar recht in de ogen kan kijken. 'Ferrell, ik weet dat ze bijzonder is, maar ze blijft een kind.'

'Ze is geen kind. Ze is een rariteit, een monster!'

Willum legt zijn voorhoofd tegen dat van Ode en fluistert: 'Kalmeer.' De gloed van haar wonde wordt onmiddellijk gekoeld door een energie die haar als een koele waterval overspoelt. Willum houdt haar stevig vast om haar te kalmeren, want ze beeft over haar hele lichaam. Met sussende stem verzekert hij haar: 'Het is oké.'

Maar als hij haar terug op de grond zet, voelt Ode zich klein. Ze kan zich niet meer herinneren wanneer ze zich nog zo kinderlijk heeft gevoeld. Ze vindt het zo afschuwelijk om zich zo kwetsbaar en bang te voelen, dat ze zou willen uithalen, zou willen ontploffen.

'Kom, we hebben niet veel tijd meer.' Willum neemt haar hand en leidt haar naar het podium. Een grote man met zwarte krullen legt met een gebaar de muziek stil en richt zich tot het publiek. 'En nu, ter ere van de Meesters van de Stad en het jaarlijke Fusiefeest, brengen we u ons bescheiden toneelstukje, *Een klerkelijke dwaling*.'

De man buigt voor het fluitconcert en het applaus van het publiek en wordt bijna onder de voet gelopen door een jongen met een zak over zijn hoofd.

De man knipoogt naar het publiek en trekt de jongen aan zijn hemd naar zich toe. 'Hé, jongen, waarom heb je een zak op je hoofd?'

'Dat wilt u niet weten,' zegt de gedempte stem in de zak. De man kijkt naar het publiek. 'Jawel hoor, dat willen wij wel weten, nietwaar?'

De mensen brullen in koor: 'Ja!'

De man grijnst naar de menigte en rukt de zak van het hoofd van de jongen, waardoor er een akelig masker verschijnt. Het oogt als rood, rauw vlees en zit vol kraters.

Het publiek hapt collectief naar adem, maar een paar mensen zijn niet onder de indruk en beginnen hen uit te jouwen. 'Waar zijn de Mor-Teken?' sneren ze. De man loopt achteruit, buigt met een zwierig gebaar en zegt: 'Geniet van de voorstelling!'

Een muzikant met een vuurmasker speelt een wild deuntje op zijn fluit terwijl het nep-Mor-Tekenslachtoffer met klapwiekende armen op het ritme begint te dansen. De muziek tolt rond in Odes hart en trekt haar aandacht. Haar geest probeert in contact te komen met de gemaskerde figuur. Maar hij is onbereikbaar. Hij heeft een muur rond zich opgetrokken. Onmogelijk.

Willum duwt haar zachtjes dichter bij het podium, waar de man met de zwarte krullen tevreden in het publiek kijkt. Hij is zich blijkbaar niet van hen bewust. Naast hem staat een jong meisje met een drum. Ze kijkt Ode aan met een vreemde, rustgevende blik.

'Aha, ik zie dat Willum er een paar grijze haren bij heeft, sinds de laatste keer,' zegt de man zonder zijn ogen van het publiek af te wenden.

Willum tuurt nerveus in de richting van het podium.

'Stil maar, die klerk hoort bij ons, hij is de aangever in het stuk.'

'Ja, die wel, maar ik denk aan de anderen, die zullen ons zo hebben bijgehaald.' Willum draait zich naar Ode. 'Dit is Kamyar, de vriend over wie ik het had.'

'Deze kant op,' mompelt Kamyar en hij leidt ze naar de tent achter het podium. Hij rommelt in een kist en haalt er een vormeloze okeren leerlingentoga uit. 'Trek die aan. Tijd voor een ander beroep. Snel, haast je.'

Ode haalt de kap van haar hoofd en Kamyars mond valt open. 'Ze is het echt!' Ik dacht dat ik de code verkeerd had gelezen of dat je ons iets wilde wijsmaken, al weet ik dat dit absoluut geen moment is om grapjes te maken.'

'Het is ongelooflijk riskant, onmogelijk misschien zelfs, daarom heb ik het aan jou gevraagd.'

'In dit geval verzacht een complimentje de pijn.'

Willum knikt geruststellend naar Ode en grijpt Kamyars arm. 'Er is nog iets.'

'Ik voel dat ik dit niet leuk ga vinden,' bromt Kamyar als Willum hem mee de tent uit trekt.

Ode, die heel goed weet wat het onderwerp van hun opgewonden gefluister is, neemt van de gelegenheid gebruik om zich te verkleden. Ze gooit de hulpklerktoga uit en trekt het versleten leerlingenexemplaar aan. Als ze opkijkt om zich in een spiegeltje vol barsten te keuren, ziet ze dat de fluitspeler met het vuurmasker vlak achter haar staat en haar aan-staart. Hij is degene die haar daarnet niet toeliet – daarom voelde ze hem ook niet binnenkomen. Als hij in zijn zak voelt, zet Ode zich schrap. Ze zal het met één welgemikte gil moeten doen, één die hem meteen uit-schakelt, want ze vecht niet met iemand die haar zo kan besluipen.

Wat heeft hij daar in zijn hand?

Een lappenpop met een vale paarse sjaal.

Haar pop.

De pop die in de sneeuw was gevallen. De bloederige sneeuw naast

Roans hand. Roans hand. Odes adem stokt, haar hart bonst in haar oren. Ze neemt de pop aan.

De fluitspeler trekt het vuurmasker van zijn gezicht. 'Ik heb je gemist.' Zijn stem klinkt zo teder, net zoals ze het zich herinnert. Dit is de broer voor wie ze in de Verlanden heeft rondgezworven, de broer die Darius niet te pakken kreeg. 'Roan.'

Roan staart zijn zusje gebiologeerd aan. Ze is zo gegroeid. Ze lijkt als twee druppels water op hun moeder, zoals hij haar de laatste keer zag. Hetzelfde kastanjebruine haar, dezelfde ogen, nat van tranen. Heel langzaam, heel voorzichtig steekt hij zijn hand naar haar uit.

Ze staart naar zijn hand. Het is dezelfde hand die zo lang geleden uit haar eigen hand glipte, de hand die uit haar hand werd gerukt toen hij bloedend in de sneeuw viel.

Roan zegt niets, maar houdt zijn handpalm open, hij reikt naar haar met zijn geest en smeekt: neem mijn hand, Ode, neem mijn hand.

Ze verlangt zo naar haar familie, ze wil zo graag weer bij haar broer kunnen zijn, gelukkig kunnen zijn in een simpel, goed leven, zoals het ooit was. Het leven van een kind.

Je bent nog steeds een kind, zeggen zijn ogen als ze verdrietig glimlacht. Je bent nauwelijks tien.

Nee. Aan mijn kindertijd kwam een einde toen je me in de klauwen van de Stad liet, al mijn pogingen om je te vinden ontliep en mijn smeekbeden negeerde.

Roan schudt wanhopig het hoofd, en zet een stap naar haar toe. Met al zijn kracht dwingt hij haar om zijn hand te pakken. Waarom wil je mijn hand niet pakken?

Ode klemt de pop tegen haar zij en deinst achteruit. Ze kan zijn hand niet pakken. Als ze dat deed, zou hij weten dat de Ode waarin hij gelooft, dood is. En de Ode die ze is geworden, moet zich concentreren.

De vijf klerken en de dokter zijn vlakbij.

'Nee!' schreeuwt Roan, nog voor de pijn in zijn hoofd weergalmt. Hij staart vol afschuwen naar de schaduwen die op de grond neerzijgen en het zeil rood kleuren. Met zijn haakzwaard snijdt hij door de tent en dan ziet hij twee klerken die op de grond liggen te kronkelen. Willum zit over een stuiptrekkende man met een smaragdgroene mantel gebogen. Er gulpt bloed uit zijn oren. Roan snelt naar buiten om de feestgangers te helpen die met het hoofd in de handen en een bloedneus op hun knieën zitten te wiegen. Een kind slaakt een ijselijke gil en een paar seconden later slaat de menigte helemaal tilt en klinkt er overal gekrijs. Mensen vertrappelen elkaar om weg te komen, zodat Roan niet meer weet wie de slachtoffers van zijn zus zijn en wie van de hysterische massa. Hij gaat op zoek naar zijn vrienden en ziet dat Kamyar naar de pony stormt, die ondanks Talia's pogingen om haar te kalmeren, helemaal door het lint gaat. Dobbs en Mejan tillen kinderen op het podium om ze in veiligheid te brengen. Voor Roan de anderen kan vinden, beginnen er sirenes te loeien, komen er tientallen klerken met zwiepende staven het park ingestroomd en verdoven ze iedereen op hun weg.

Een schrille kreet van eenzaamheid gaat Roan door merg en been en hij stormt terug de tent in, maar Ode is verdwenen.

'We moeten hier weg. Nu.'

'Ode ...'

De man die bij Ode was, grijpt Roans schouder en kijkt hem recht in de ogen. 'Ik ben Willum. Ik zal haar beschermen.'

'Ze is mijn zus en ik zal haar vinden.' Roan probeert zich uit zijn greep los te rukken, maar Willum houdt hem met bovennatuurlijke kracht tegen.

'Roan, gebruik je verstand: de hele Stad is gealarmeerd. Alle Meesters zullen op zoek naar haar gaan. En jij zou hun grootste beloning zijn.'

'Dat kan me niet verdommen!' Blind van woede grijpt Roan naar zijn zwaard.

Willum houdt zijn hand tegen en raakt Roan met zijn stem tot in het diepste van zijn ziel. 'Ik zal het uitleggen aan de Meesters en dan zal ik haar vinden.'

'Dat is mijn verantwoordelijkheid.'

'Nee. Jij hebt andere dingen te doen. Dat weet je. Ik beloof je dat ik haar naar je toe zal brengen.'

'Wie ben jij? Waarom zou ik jou vertrouwen?'

In een paar seconden flitsen er een hele reeks beelden voor Roans ogen. De Novakins die boven de kloof hangen. Sancto's broeierige ogen in de greep van de hel. Zijn vriendin, Kira, die naar hem glimlacht en hem dichterbij wenkt. De gezichten van andere kinderen. Het oog van de krekel.

Als de band wordt verbroken, weet Roan dat hij en Willum met elkaar verbonden zijn. Over woorden heen, over gebeurtenissen. Al weet hij niet hoe.

'Ga naar Kira,' fluistert Willum. 'Op mijn woord van eer, Roan, ik zal haar vinden en breng haar naar jou terug.'

'Waarom? Waarom zou je dat doen, waarom zou je dat risico nemen?'

'Omdat alles ervan afhangt.'

Een legertje klerken stommelt op het podium.

'Goeie reis, Roan van Langlicht!' zegt Willum en dan draait hij zich naar de klerken.

'Snel, weg hier! Haast je!' roept Kamyar en hij duwt Roan door de hysterische menigte, naar de vrijheid.

HET MEISJE

Ode rent en rent, weg van het schuldgevoel dat haar als een hond achterna jaagt. Ze is omsingeld door haar vijanden, maar ze vlucht voor het ontredderde gezicht van haar broer – dat gezicht dat zo op dat van haar lijkt en er tegelijkertijd zo van verschilt. Met de pop veilig weggestoken onder haar tuniek, stort ze zich in de hel, bukkend en opzij springend, kriskras door de hysterische menigte. Om haar geest leeg te maken, leidt Ode de storm van emoties die er in haar hoofd raast af naar een spiraal die ze als een nevel om haar lichaam heen drappeert. De glimmende saffieren aura die om haar hele lichaam oplicht, zit veilig verborgen onder haar versleten toga. En de klerken die naar Ode gluren, herkennen haar niet. Dit schild kan hun beperkte brein makkelijk om de tuin leiden.

Ode laat zich meevoeren door de stroom van lichamen en haast zich het park uit, de straat uit. Een eind verderop staat een vrachtwagen die de weg verspert. Zijn koplampen verblinden de burgers die in zijn richting komen gelopen. Bovenop het voertuig staan klerken, gewapend met gigantische verdoofstaven vechtensklaar.

'Halt!' beveelt een bulderende stem. 'Als je meewerkt, overkomt je niets.'

279

Ode kijkt vol walging toe hoe de klerken de massa onder controle krijgen. De Burgers van de Fusie zijn zo verschrikkelijk schuw en gehoorzaam. Ze laten zich als vee bij elkaar drijven en een voor een uit de menigte plukken om hun papieren te laten controleren. Maar zij zijn met duizenden en zij is helemaal alleen. Ze heeft dus genoeg tijd om te kalmeren en een goed ontsnappingsplan te bedenken.

Langzaam speurt ze de straat af, op zoek naar een ontsnappingsroute. Aan de ene kant wordt ze omsingeld door staal, beton en glas, de massa kan alleen maar voor- of achteruit en beide richtingen leiden naar klerken. En dan ziet ze het – een smal steegje tussen twee gebouwen. Maar als ze daar wil komen, moet ze tegen de stroom in lopen, en dan zal ze niet ver komen voor iemand haar opmerkt. Maar het geluk is aan haar kant, want als er nog een stroom doodsbange burgers de hoek om komt, ontstaat er weer zo'n chaos dat Ode ongemerkt kan wegkomen. Die twee jaar opleiding van Willum heeft haar op veel grotere hindernissen voorbereid. Ze weet zeker dat het haar is gelukt, als ze het steegje in glipt en dicht tegen de muren verder loopt. Een eindje verder kruist het steegje een winkelstraat met etalages vol elegante mannequins, maar ze is helemaal verlaten. Geen shopper in zicht. Hier lopen is te gevaarlijk, ze zou meteen opvallen.

Ode steekt het kruispunt snel over en volgt het steegje tot aan het volgende kruispunt, en het volgende, tot ze bij een deel van de Stad komt, dat ze niet kent. Hier zijn de mensen levende lijken, zo oud en vuil als de gebouwen die hen omringen. Hun holle ogen staren recht in die van haar. Ze hebben geen kennis om te delen, niets te verliezen. Op elke muur, elke dichtgespijkerde deur hangen vergeelde aanplakbiljetten van Onze Ode. Een man met een ongeschoren gezicht en tandeloze mond die in een hoop stinkende afval staat te poken, kijkt haar aan en houdt zijn hand op.

Ode deinst achteruit en botst tegen een vrouw met een asgrauw gezicht.

'Ben je verloren gelopen, kindje?' vraagt de vrouw vriendelijk.

'Nee,' mompelt Ode terwijl ze een stap achteruit zet.

De vrouw gluurt met haar bleekblauwe ogen onder Odes kap en probeert een glimp van haar gezicht op te vangen. 'Waarom verberg je je gezicht zo, meisje?'

'Voor de festiviteiten.'

De vrouw glimlacht droevig. 'Je staat vol littekens, is het niet?'

'Ja,' zegt Ode. 'Ik heb littekens.'

'Hier hoef je je gezicht niet te verbergen, kleintje. Hier vallen de klerken niemand lastig. Kom maar uit de schaduw. Ik heb een warme kamer die je met me mag delen.'

Ode maakt gebruik van de gastvrijheid van de vrouw en laat haar haar hand vastpakken, maar ze zorgt ervoor dat hij goed verborgen blijft in de mouw van haar mantel. Ze moet deze straat uit raken, uit het zicht. Als de vermolmde deur openzwaait, trekt de vrouw haar binnen in een nauwelijks verlichte kamer die naar schimmel, rook en urine stinkt. In de ene hoek ligt een klein rafelig tapijt met tientallen kapotte plastic poppen erop. Een babypop zonder haar of ogen en met maar één arm, poppen met grote krullen maar zonder benen of muffe gebarsten hoofden zonder lichamen. Ze liggen allemaal mooi gerangschikt, zodat ze iedereen die binnenkomt omsingelen en aanstaren. Ze voelt haar eigen lappenpop tegen zich aan en duwt haar beschermend tegen haar huid. Ze kan haar ogen niet van de ijzingwekkende verzameling afhouden en loopt tot bij een altaartje. Op een vuil bord liggen een paar beschimmelde druiven en twee brandende kaarsen verlichten een piepkleine foto van Onze Ode. 'Ze waakt over ons allen,' zegt de vrouw. 'Onze Ode is onze engelbewaarder.'

Ode zegt niets – wat zou ze moeten zeggen? – en gaat gehoorzaam zitten als de vrouw haar een rood kinderstoeltje aanbiedt.

'Je zult wel honger hebben.' De vrouw voelt in een doos en haalt er een bokaaltje uit. Ze haalt er het deksel af, licht een stukje stof op en houdt Ode een chocoladekoekje voor. 'Heb ik speciaal voor jou bewaard.'

Ode staart sprakeloos naar het brokje in haar hand.

'Eet maar op. Het is lekker, hoor.'

Ode bijt er een klein stukje af. Oudbakken en muf. Ze wrijft de kruimels van haar tong.

'Je krijgt er elke dag een als je bij me blijft. Jij mag mijn dochtertje zijn. Ik beloof dat ik je niet zal verkopen.'

Ode laat het koekje vallen en staat op. De vrouw raapt het op en veegt het af. 'Mijn dochtertje at haar koekjes altijd op. Ze at ze allemaal op. Ze at me straatarm. Ik ben blij dat jij niet te veel eet.' Er wellen tranen op in haar ogen en ze steekt haar armen uit. 'Van jou zal ik nog meer houden, beloofd.'

Ode duwt de krankzinnige vrouw tussen haar verzameling kapotte poppen en rent de deur uit. Als ze weer op straat is, wachten haar nog meer verspilde levens op, die allemaal een stukje van haar willen. 'Meisje,' roepen ze haar na. 'Meisje.'

Ze willen haar allemaal verkopen, zodat ze in stukken kan worden gehakt en worden gevoerd aan de machine van de Stad. Een paar uur geleden had ze deze plek nog willen zuiveren, van de kaart vegen. Het zou een fluitje van een cent zijn geweest, één gedachte en ze waren verdwenen. Maar dat was toen. Nu wil ze alleen nog maar rennen.

Opeens ruikt Ode een vertrouwde geur. Het duurt even voor ze hem thuis kan brengen. Motorolie. Hij lokt haar naar een kettinghek waar er een paar officiële Fusie-auto's en vrachtwagens op een kleine of grote reparatie staan te wachten. Op een bordje staat VOERTUIGENONDERHOUD te lezen. Bovenaan is het hek beveiligd met een vlijmscherpe kabel en op de brede poort hangt een hangslot. De sirenes klinken steeds dichterbij: haar tijd raakt op. Ze sluipt rond het terrein terwijl ze haar adem weer onder controle probeert te krijgen en vindt wat ze zoekt: een gat in het hek, dicht bij de grond, dat groot genoeg is om zich erdoor te wurmen. Ze voelt geen aanwezigheid, duikt naar de grond en kruipt door het gat.

Ze zou een van deze voertuigen als onderkomen voor de nacht kunnen gebruiken, als ze er een vindt dat geschikt is. De sirenes loeien steeds harder. Haar ogen schieten van voertuig naar voertuig. Dan ziet ze het. Een witte vrachtwagen met een grote tong erop die aan een ijsje likt. Ze probeert het portier van de laadruimte. Open.

Ze trekt het portier achter zich dicht en inspecteert haar nieuwe heiligdom. De laadruimte ontketent een golf van mooie herinneringen. Een rij banken voor een lange voorraadkast vol kussens en dekens, voedsel en tussendoortjes. Ah ja, daar is het diepvriezertje. Zou er iets in zitten? Ode gluurt erin en lacht tevreden. IJsjes. Ze haalt er eentje uit de diepvriezer, peutert het papiertje errond af en bijt. Aardbeien.

DE RIOLEN VAN DE STAD

ALS NEEF VAN DE ZOON EN DE DOCHTER VAN
LANGLICHT ZAL HIJ TUSSEN HEN EN HUN VIJ-
ANDEN STAAN.
EN ZE ZULLEN HEM ALTIJD HERKENNEN.
- HET BOEK VAN LANGLICHT

Omgeven door een krans van vaal geel licht en met zijn stootkar voor zich uit loodst Gunther Nummer Zes de groep door de oude riolen van de Stad. Het zijn tunnels, gemaakt van gigantische betonnen buizen die groot genoeg zijn om er een brede huifkar door te laten rijden. Deze riolen worden al jaren niet meer gebruikt en alleen de Gunthers weten nog van hun bestaan af. En volgens Roan gebruiken ze dat geheime labyrint voor hogere doeleinden. Maar de eerste honderd meter in de afvoerbuis waren walgelijk: er stegen afgrijselijke dampen op uit de stinkende modder, die op de donkere, klamme muren plakte en een paar mensen van de groep moesten ervan kokhalzen. Net op tijd werden ze door een goed verborgen deur geloodst en iedereen leek blij dat ze door een droge, welriekende gang mochten lopen.

'Waarom mochten we niet eventjes vechten voor we het op een lopen zetten?' klaagt Talia, die nog steeds een beetje prikkelbaar is door haar slechte ervaring van daarnet.

'Dit was geen onschuldig straatgevecht, meid,' zegt Kamyar.

'Nee, het was een Stadsgevecht, en ik baal er ontzettend van dat we het hebben gemist.'

Mejan slaakt een diepe zucht.

'Elk excuus is goed om een paar klerken naar de eeuwige jachtvelden te sturen.'

284

'Ja, maar als zij zich niet een beetje leert te beheersen, gaat er ook eens eentje terug beginnen te doden,' bromt Kamyar.

'Rustig, Shanah, rustig, meisje,' sust Dobbs de pony, die helemaal overstuur is van de klinkende stemmen en claustrofobische omgeving. Een berispende blik van Dobbs legt de hele groep het zwijgen op.

Met Mabatan en Bubbel aan zijn zijde voelt Roan zich veilig en kan hij zich wat ontspannen. Hij herbeleeft elke seconde van zijn ontmoeting met Ode opnieuw en opnieuw en wordt ondergedompeld in een poel van verdriet. Hij maakt zich zorgen over de manische, doodsbange blik in haar ogen. De pijn in haar stem toen ze zijn naam fluisterde. De manier waarop ze Zand uitstraalde. Hoeveel had ze ervan ingenomen? Hij had haar die pop nooit mogen geven, ze bracht haar helemaal van haar stuk, herinnerde haar veel te veel aan het verleden, het verdriet over haar verlies overmande haar. Hij ziet steeds opnieuw voor zich hoe hij die pop te voorschijn haalde, en hoe ze daarop reageerde. Een ontwarbare knoop van tegenstrijdige gevoelens: haat, angst, verdriet. Hij voelde een spoor van verlangen en liefde, maar dat werd in de kiem gesmoord door diepe minachting. Ze hield van hem, maar haatte hem ook, voelde zich verraden door zijn afwezigheid, en jaloers. Jaloers waarop? Hij concentreert zich op zijn herinnering, bevriest ze en bestudeert er elke seconde van, elk aspect van de gevoelens die hem overspoelen. Ze is jaloers op wat hij is geworden, omdat ze haat wat ze zelf is geworden. Ze denkt dat ze een monster is.

'Ze hebben je zusjes geest gekweld,' zegt Mabatan.

Roan komt uit zijn cocon van verdriet. 'De Verraders?'

'Ik heb het niet alleen over de Verraders,' zegt Mabatan.

'Wie dan nog?'

'Ze is bezeten. Ik voelde nog een andere aanwezigheid in haar.'

'Het is een Zandeter,' zegt Kamyar. 'Ode is door de muur geraakt. Ze viel de Zandeters aan en werd op haar beurt ook aangevallen. Het is Ferrell. Althans, dat zei Willum.'

Het kan Roan niet troosten dat zijn vermoedens over de Zandeters kloppen – ze zijn misschien verantwoordelijk, maar hij moet de harde waarheid onder ogen zien. 'Haar gevoelens waren duidelijk. Dat ze nog een wezen in zich draagt, maakt het allemaal nog problematischer, maar ze voelt zich ongelukkig, dat is de kern van de woede die haar aanval voedde, en dat gevoel is haar eigen gevoel.'

'Zij deed niet meer met haar geest dan jij had kunnen doen met een wapen,' zegt Mabatan.

'Als de klerken er niet waren geweest, als ze niets had gehad om haar woede op te richten, zou ze zich op mij hebben afgereageerd, denk ik.'

'Ik heb alleen maar een glimp van haar opgevangen,' zegt Bubbel. 'Maar ze zag er verdrietig uit, niet boos.'

'Van die twee gevoelens, werkt alleen woede bevrijdend,' zegt Mabatan.

Roan schreeuwt het uit van frustratie. 'Alandra had gelijk. De Verraders hebben haar gebroken. De Ode die ik kende, bestaat niet meer. Ik rook het Zand in haar zweet. Hoe hebben ze haar dat kunnen aandoen?'

Kamyar probeert hem te sussen. 'Willum zal wel voor haar zorgen, dat heeft hij beloofd.'

'Als de klerken haar niet eerst te pakken krijgen.'

Kamyar lacht. 'Dat gebeurt niet. Ze zijn geen partij voor Willum. En als het moet, zal hij het eigenhandig tegen de Meesters opnemen.'

Roan zou Kamyar zo graag geloven. Waarom voelde hij zich zo sterk verbonden met Willum? En als hij zo'n goeie vriend is, waarom heeft hij Ode daar dan niet eerder weggehaald? Waarom heeft hij het zover laten komen? 'Vertel eens wat meer over die Willum. Is hij een Verrader of een Zandeter?'

Kamyar tikt met zijn vinger op de metalen rooster rond een geel lampje. 'Een beetje van allebei, denk ik.'

'En geen van beiden,' voegt Mabatan eraantoe.

Bubbel begint zijn geduld te verliezen. 'Zou iemand hier eens gewoon een duidelijk antwoord willen geven.'

'Dat is er niet, Bubbie Boy,' zegt Kamyar. 'Maar ik zal vertellen wat ik wel weet, al is dat niet veel. Ik heb hem vijftien jaar geleden ontmoet, toen ik in de Verlanden rondzwierf. We hadden allebei jouw leeftijd ongeveer. Hij was net een hele maand in zijn eentje door de Woestenij getrokken, op een soort van spirituele zoektocht. Hij was er behoorlijk slecht aan toe, had weken niet gegeten en deed niets dan onzin voor zich uit mompelen. Ik gaf hem te eten, maar ik kreeg er niet veel voor in de plaats, behalve dat hij me vertelde dat zijn roeping in de Stad lag. Hij moest het pad effenen, beweerde hij. Voor wat? Vroeg ik. Maar meer wilde hij niet kwijt. Ik kan niet uitleggen waarom, maar ik besloot hem te helpen. Ik bracht hem in contact met de Gunthers, die hem hielpen zich te integreren zoals alleen zij dat kunnen, zodat hij een volwaardig lid van de gemeenschap werd en in aanmerking kwam om te werken. En werken deed hij. Hij werkte zich zelfs binnen in de kliek van de Meesters. Ik heb tegen de Zandeters nooit met een woord over hem gerept. Door de jaren heen is hij een goede vriend geworden, al kun je hem niet erg spontaan noemen.'

Dertig dagen in de Woestenij ... Dat moest een eeuwigheid hebben geleken. Roan weet zeker dat hij het daar nooit zou hebben overleefd als hij Bubbel niet was tegengekomen.

'Hij wist van de kinderen af. Stelde me voor aan Kira. Liet me krekels zien.'

'Willum wees je ook de weg,' zegt Mabatan. 'Hij gaf je een kaart.'

'Ik herinner me geen kaart.'

287

'Dat komt nog wel.'

'Een kaart? Misschien kan die ons helpen om de kinderen te bevrijden.' De gretigheid in Bubbels stem verraadt de ongerustheid die hij al die tijd heeft verdrongen.

Mabatan legt een geruststellende hand op Bubbels arm. 'Het is voor hen dat Willum nu het pad aan het effenen is.'

Ze lopen stevig door en de hele groep valt stil. Aan hun bezorgde, geconcentreerde blikken merk je dat ze piekeren over het gevecht en de mogelijke gevolgen ervan. Roan vraagt zich af wat er nog allemaal werd geopenbaard aan de Vertellers van de Stad. Humor voert misschien de boventoon in hun gesprekken, maar hun ogen kijken diep in de ziel van iedereen die hun pad kruist. Welke verhalen zullen ze rond deze belevenis breien?

Onder de gele lampen van de tunnels dwalen Roans gedachten van de Vertellers naar de Novakins. Hij dacht altijd dat hij zijn zus zou vinden en haar hulp dan zou inroepen. Maar nu dat helemaal is mislukt, zit hij op een dwaalspoor en is hij bang dat hij de verkeerde beslissing heeft genomen. Hij heeft zo vaak gehoord dat je vreemdelingen niet mag vertrouwen en nu heeft hij de zorg voor Ode aan een vreemde toevertrouwd. Dat is misschien het domste wat hij ooit heeft gedaan. Maar Mabatan en Kamyar vertrouwen Willum en Roan heeft een hoger doel – althans, dat is hem toch verteld: Bewaker van de Novakins. Maar deugt hij wel als bewaker als hij voortdurend aan de deugdzaamheid van zijn gaven twijfelt en niet weet of hij ze wel mag gebruiken? Hoe kan hij de kinderen helpen als hij niet weet hoe je daaraan moet beginnen?

Shana versnelt haar pas en draaft door de tunnel. Dobbs rent de Gunthers hijgend achterna om haar bij te benen.

'Het dier heeft een uiterst goede reukzin. De uitgang is vlakbij,' zegt Gunther Nummer Zes.

Als ze weer bij de pony komen, staat Shana zachtjes met haar hoofd tegen een rond metalen luik te bonken. Dobbs geeft zachte klopjes op haar nek en probeert haar te sussen. 'Ik zal ook blij zijn om hier weg te kunnen, Shanah,' troost hij.

Een van de Gunthers wurmt zich langs de pony door en reikt naar het midden van de deur, waar hij een luikje voor een kijkgat wegschuift. Hij legt zijn oog erop. Dan knikt hij, rommelt in zijn stootkar en haalt er een lange dunne buis uit te voorschijn. Hij duwt die door het gat en kijkt nog eens terwijl hij de buis verschillende kanten op richt. Hij trekt ze er weer uit en legt ze netjes weer in de kar. Pas dan staat hij zijn nieuwsgierige publiek te woord.

'De kust is veilig,' zegt hij. 'In theorie.' Hij ontgrendelt de deur en ze zwaait open. De pony galoppeert naar buiten, gevolgd door de groep. Iedereen is dankbaar dat hij de koele nachtlucht kan inademen. Een dun maansikkeltje werpt zijn bleke schaduw over een diep ravijn.

'Volg het ravijn naar het oosten. Hij zou je veilig naar de rand van de Verlanden moeten brengen.' De Gunther voelt in zijn kar en geeft hen een doos. 'Deze doos bevat voedzame en smakelijke energierepen waar je twintig dagen mee toekomt.'

Kamyar bedankt hem uitvoerig, waar Nummer Zes alleen maar verlegen van lijkt te worden. Hij dribbelt weg van Kamyar en wijst naar Roan. 'U moet hier blijven. Morgenvroeg geef ik u het ding dat u nodig hebt.'

'Ding?' vraagt Bubbel.

'Morgenvroeg,' zegt de Gunther.

'Ik heb zo het idee,' zegt Kamyar, 'dat jouw reis de andere kant op zal gaan, dus scheiden onze wegen hier. Het was heel aangenaam om je nog eens te zien, Roan van Langlicht. Met een beetje geluk zullen onze wegen zich opnieuw kruisen.'

'Bedankt voor alles,' zegt Roan terwijl hij Kamyars hand neemt.

289

'Heel vaak had je gelijk.'

'Dat kan altijd veranderen, natuurlijk, maar toch bedankt. Maar één ding vind ik wel jammer.' Kamyar zwijgt plechtig voor hij zich naar Bubbel draait. 'Jij hebt niet echt kunnen optreden. En je zou nog zo goed zijn geweest, Bub. Jij bent een echt natuurtalent, wat ik je brom.'

'Ooit krijgen we die kans nog wel eens,' zegt Mejan en ze omhelst Bubbel hartelijk. Met een heleboel schouderklopjes en vriendschappelijke stompen nemen Talia en Dobbs ook afscheid. En als ze hebben beloofd dat ze voorzichtig zullen zijn, beginnen de Vertellers hun afdaling van het ravijn, met hun breinaalden in de aanslag.

'Ik moet ook gaan,' zegt Mabatan. 'Roan, je zult je kracht vinden in het lied dat je hart het meeste beroert. Luister goed, dan hoor je het.'

'Waar ga jij naartoe?'

'Willum heeft me gevraagd om hem te helpen je zus te vinden.'

Verbaasd zegt Bubbel: 'Ik heb je toch niet met hem zien praten?'

'Woorden zijn niet altijd nodig, mijn vriend. Stel het goed.'

Mabatan geeft hen allebei een knikje en verdwijnt zonder nog een woord in de nacht.

'Jullie moeten vannacht binnen blijven,' zegt Gunther Nummer Zes. 'Kom.'

Maar Bubbel blijft roerloos staan en tuurt ingespannen in de verte om nog een glimp van Mabatan op te kunnen vangen. 'Ik wil er gewoon zeker van zijn dat ze veilig wegkomt.'

'Voor wij haar vergezelden, is ze al zo lang alleen geweest,' zegt Roan. 'Ze redt zich wel.'

'Volgens de informatie die we nu hebben, is er een grote kans dat ze haar bestemming veilig en wel zal bereiken. Ga nu maar naar binnen,' dringt de Gunther aan.

Maar Bubbel, die nog steeds in het duister staat te turen, geeft geen antwoord. De Gunther knippert ongeduldig met zijn ogen.

Roan port zijn vriend aan. 'Weet je, ik denk dat je je op dit ogenblik meer zorgen moet maken over Gunther Nummer Zes.'

'Je zult wel gelijk hebben,' fronst Bubbel, die de Gunther met tegenzin terug de tunnel in volgt.

Nadat hij de ronde deur heeft vergrendeld, is Gunther Nummer Zes duidelijk meer ontspannen. 'Slaap. Jullie vertrek is voorzien om tien minuten voor zonsopgang.' Nadat hij hen een paar energierepen heeft gegeven, gaat de Gunther weer achter zijn stootkar staan en verdwijnt in de sombere tunnel.

'Zullen we Mabatan ooit nog terugzien?' vraagt Bubbel met een krop in de keel.

'Natuurlijk, dat voel ik gewoon,' zegt Roan en vreemd genoeg is dat nog waar ook.

'Nou, jij hebt het meestal wel bij het rechte eind bij zulke dingen,' zucht Bubbel, die mistroostig naar de repen in zijn hand kijkt. 'Zo'n ding voor het slapengaan zou me nog wel smaken. Ik heb blijkbaar echt honger.' Hij pelt het papiertje van een reep, snuffelt er neerslachtig aan en neemt een klein hapje. Maar als hij even heeft gekauwd, licht zijn gezicht op. 'Insecten!'

Roan kijkt nors naar zijn reep. 'Praktisch volkje, die Gunthers.'

'Heerlijk,' grijnst Bubbel en hij werkt de reep in een paar grote happen naar binnen.

Ze installeren hun bedmatjes zwijgend op de koude betonnen vloer. Roan is nog onder de indruk van Mabatans vertrek en begint te denken aan al de mensen die de voorbije jaren zijn pad hebben gekruist: Kira, die misschien niet is wie hij dacht; het Vergeten Volk, dat hem onderdak bood toen hij op de vlucht was voor de Broeders – Orin, Haron en Sari, waarschijnlijk alle drie Zandeters, al hadden ze dat nooit openlijk toegegeven; Alandra – als het mogelijk was om haar te contacteren zonder dat de andere Zandeters het te weten kwamen, zou hij het doen. Ze zal nog wel steeds voor de kinderen aan het zorgen zijn, en hen proberen terug te brengen. Met hen was hij heel toevallig in contact gekomen, maar Alandra had heel veel opgeofferd om er voor hen te zijn als de tijd rijp was. Hij vraagt zich af of ze er enig idee van heeft waar of wie ze eigenlijk zijn, die Novakins.

Terwijl hij in slaap dommelt, begint Roans schouder te tintelen, het is hetzelfde gevoel dat Roan had toen Willum hem daar gisteren aanraakte. Dan komt er plotseling een dikke mist op en midden in die mist verschijnt een reuzegrote kaart: een golvend, veelkleurig licht tegen een doorschijnende, vloeibare achtergrond, dat zich langzaam uitbreidt en voor hem komt zweven. Op welk punt op de kaart hij zich ook concentreert, hij weet er meteen de naam en het doel van. Hij herkent de Stad en haar omgeving, de Mijn waar het Zand wordt ontgonnen, de invalswegen, fabrieken, bewakingspoorten en veiligheidsmuren. Roan beeldt zich in dat hij hoog boven de kaart zweeft en terwijl de Stad steeds kleiner wordt, komt de streek rondom de Stad in zicht. Hij ziet de Verlanden, de Kale Berg en verderop, de Woestenij. Hij vindt het plateau waar hij een jaar bij de Broeders woonde, en aan de horizon ziet hij een driehoek van glimmend rood licht. Dit moet de plek zijn waar Willum hem naartoe wil laten gaan.

Roan wordt wakker van Günther Nummer Zes die zijn keel schraapt. 'Tijd om te vertrekken.'

Roan kijkt Bubbel met een wazige blik aan.

'Maar we sliepen nog maar net,' geeuwt Bubbel.

'Over tien minuten en vijftien seconden gaat de zon op. Pak je spullen.'

'Nog vijftien secondjes,' kreunt Bubbel en hij gaat weer liggen.

Ondanks Bubbels protest moeten ze toch hun matjes oprollen terwijl Nummer Zes de deur laat openzwaaien. Meteen waait er een welkome stroom frisse lucht naar binnen. De ochtendkilte bezorgt hen kippenvel als ze hun eerste stappen in het al een beetje schemerende donker zetten. Ze kauwen op een insectenontbijtreep en kijken geboeid toe hoe Nummer Zes de steile helling van het ravijn trotseert.

'Deze kant op, hierzo,' zegt Nummer Zes. Nu dringt het tot Roan en Bubbel door dat ze verondersteld worden hem te volgen.

'Tussen haakjes, Roan,' vraagt Bubbel, 'heb jij eigenlijk enig idee waar die Kira woont?'

'Ja. Ik heb weer een droom gehad.'

'Weet je,' zegt Bubbel opgewekt, 'soms denk ik toch dat je een beetje te veel droomt.'

Net als de bleekgouden zon aan de horizon verschijnt, komen ze aan de rand van het ravijn.

'Je zult deze nodig hebben.' De Gunther geef Roan en Bubbel elk een stofbril en loopt naar een boompje. Hij knielt ervoor neer en begint met zijn handen op de grond te slaan. Hij graaft met zijn vingers in de aarde en trekt een plat stuk grond omhoog. 'Willum vroeg of we een voertuig voor hem wilden ontwerpen om te kunnen ontsnappen als dat nodig zou zijn.' Hij steekt zijn hand in het gat en zijn arm verdwijnt er helemaal in. 'En nu vroeg hij of we het aan u wilden geven.' Gunther Nummer Zes grijpt een nog onzichtbaar voorwerp vast, trekt, luistert ingespannen en wacht.

'Kom hier maar naast me staan,' stelt hij nonchalant voor. Er klinkt een gedempt gerommel, en dan begint de grond heftig te schudden en schuift ze omhoog.

293

Roan en Bubbel schieten verschrikt achter Nummer Zes en kijken vol ontzag toe hoe een gigantisch gecamoufleerd platform uit de grond opstijgt. Eronder zitten twee paar enorme vleugels, gemaakt van het doorschijnende materiaal dat ze de dag daarvoor in de fabrieksafdeling van de Gunthers hebben gezien.

Bubbel laat zijn vinger zacht over de kromming van een vleugel glijden. 'Kunnen deze dingen echt ... wat ik denk dat ze kunnen?'

'Dit is ons pronkstuk. Een zelf uitgevonden vliegmachine op basis van het sterke, superlichte materiaal dat we voor de Meesters hebben ontwikkeld. Zoals Negenenzeventig al zei, gebruiken zij het voor harnassen en ramen, maar wij gebruiken het voor onze eigen projecten.'

'Het zijn er twee, zie ik,' zegt Bubbel.

'Ja.'

'Word ik verondersteld om er ook een te besturen?'

'Ja.'

'Maar hoe dan?' vraagt Bubbel, die zich steeds minder op zijn gemak begint te voelen.

'Ze voelen je perfect aan.'

'Juist ja,' piept hij.

'Kijk maar.' De Gunther legt zijn handen precies op de naad tussen de twee doorschijnende vleugels. Als hij ze opsteekt, zweven de vleugels ook naar omhoog en ogenschijnlijk zonder enige moeite manoeuvreert de Gunther ze zo tot ze op Roans schouders hangen.

'Steek je armen uit. Stel je voor dat je een wordt met de vleugels.'

Ze voelen zo licht aan. Roan moet omkijken om zich ervan te vergewissen dat hij ze aan heeft, want ze lijken volkomen gewichtloos, alsof ze echt deel uitmaken van zijn lichaam.

'We hebben sensoren in het materiaal geïntegreerd, die de vleugels naar opwaartse luchtstromen en thermiekbellen sturen. Volgens het weerbericht wordt het een warme dag, dus zou je genoeg stroming moeten hebben. Je wil bepaalt de hoogte en de richting, dus moeten je gedachten gedisciplineerd en geconcentreerd zijn. De sensoren doen de rest.'

'Er is één probleempje,' zegt Bubbel. 'Discipline en concentratie zijn niet bepaald mijn sterkste punt.'

De Gunther hangt het andere paar vleugels op Bubbels schouders. 'Die ongelijkheid hebben we ingecalculeerd. De vleugels van Roan werden zo afgesteld dat ze jouw vleugels mee besturen.'

'Daar gaan we weer, leg ik mijn leven nog maar eens in jouw handen,' mompelt Bubbel terwijl hij vanuit zijn ooghoeken naar Roan gluurt. Hij laat zijn vleugels een beetje flapperen. 'En nu?' vraagt hij aan Nummer Zes.

'Gewoon van de rand afspringen. De vleugels zullen zich laten meedrijven op de wind. En als ze zich hebben aangepast aan je grootte en je gewicht, zul je ze een beetje voelen trillen. Dat betekent dat ze wachten op een instructie. Die geef je aan en dan zoeken ze zelf naar de goede thermiek.'

'Bedankt,' zegt Roan.

'De Gunthers wensen u het allerbeste, Roan van Langlicht.' En dan gaat de Gunther op het platform staan, en verdwijnt hij in de grond.

Roan en Bubbel lopen voorzichtig naar de rand van het ravijn. Nu mogen ze zeker niet op de vleugels trappen. Als ze over de rand kijken, piept Bubbel: 'Toch wel hoog, hè?'

'Ja,' zegt Roan. 'Gelukkig vertrouw je me blindelings.' En zonder verder na te denken, katapulteert hij zich in vrije val. Net op het moment dat zijn maag in zijn keel zit, vangen de vleugels de wind. Hij kijkt op naar Bubbel, die nog steeds doodsbang over de rand staat te turen.

'Ben je geconcentreerd?' roept Bubbel.

'Spring! Nu!' schreeuwt Roan als hij met een stroom warme lucht wordt meegetrokken. Bubbel schudt met zijn vuisten en Roan moet lachen. Hij weet dat zijn vriend vreselijk last van hoogtevrees heeft.

Bubbel knijpt zijn ogen toe en stapt van de rand. Hij brult het uit als hij als een steen naar beneden valt, maar een paar seconden later zweeft hij naast Roan en slaagt hij er zelfs in om een nonchalante zijdelingse blik naar hem te werpen. 'Welke richting moeten we eigenlijk uit?'

Roan roept de kaart van Willum op. Hij kijkt bewonderend toe hoe het ding zich boven het landschap uitrolt. Die Willum kent een paar trucjes die hij zelf ook wel onder de knie zou willen hebben.

'Het noordwesten,' roept Roan en hij concentreert zich op die richting. De vleugels reageren onmiddellijk, draaien lichtjes en zetten een snelle afdaling in.

In het Dromenveld heeft Roan ook al gevlogen, maar daar giert de wind niet door zijn zintuigen, snijdt de koude lucht hem de adem niet af en vereenzelvigt de zon hem niet met de lucht en de aarde onder haar stralen. Dit is met niets te vergelijken, de vrijheid die je voelt als je in de echte wereld vliegt, is puur genot. Hij kijkt om naar een verrukte Bubbel, die wordt opgelicht door de opgaande zon. Haar stralen zetten zijn doorzichtige vleugels in een gloed. Ze vliegen, net zoals de engelen waar hij ooit over heeft gelezen.

VERSTEKELINGEN

EVALUATIE TRANSPORTVOERTUIGEN, CONCLU-
SIE: ONDANKS HET FEIT DAT ZE OP HET VLAK
VAN WENDBAARHEID EN ENERGIEVERBRUIK MIN-
DER GOED SCOORT, BLIJFT DE EFFICIËNTIE VAN
HET WAUWELWOKPARK ONGEËVENAARD.
DAAROM IS HET OP DIT OGENBLIK OOK NIET AAN
TE RADEN OM HET TE VERVANGEN.

Mannen ... Het geluid van mannenstemmen. Ode gaat langzaam en zo
zachtjes mogelijk overeind zitten. Hoe lang heeft ze liggen slapen? Ze
kan niet goed verstaan wat ze zeggen. Iets over de Verlanden, over een
lading oppikken. Er rammelt iets. Sleutels? Van deze vrachtwagen? Ze
laat zich op de vloer glijden, sluipt naar de kast waar de dekens in worden bewaard, kruipt erin en sluit de deur. Ze rolt zich op als een ballet-
je in het donker en voelt onder haar toga aan haar pop. De deur van de
laadruimte zwaait open en slaat weer dicht. De vrachtwagen siddert als
de motor aanslaat. Hij rolt langzaam naar voren en stopt dan weer. De
poort, ze zetten de poort open. De vrachtwagen komt weer in beweging, dit keer met meer vaart. Ze rijden op een van de dienstwegen; ze
voelt elke kuil, elke hobbel.

De geur van brak water vertelt haar dat ze langs de inham rijden,
door het oude industrieterrein van de Stad. Willum heeft haar deze plek,
met zijn kolossale verroeste silo's langs de weg al eens laten zien toen
hij haar over de geschiedenis van de Stad leerde. Hij legde uit hoe er vro-
ger vanuit het oosten hier bergen van graan of suiker in 'treinen' werden
aangevoerd en opgeslagen, tot ze op grote 'vrachtschepen' over de
Grote Oceaan werden getransporteerd.

Een oceaan waar sinds de Gruwelen niemand meer op heeft gevaren. Deze weg leidt naar de snelweg richting Verlanden. Prima. Zo ver mogelijk van Darius en de Meesters lijkt haar de juiste bestemming.

Nu rijdt de vrachtwagen op een steile helling. Dat moet de brug zijn. Ze kent deze plek – er is een grote barricade waar alle inkomende en uitgaande goederen worden gecontroleerd. Zullen ze de vrachtwagen doorzoeken? De bewakers hebben blijkbaar het teken gegeven dat ze verder mogen rijden. Dus kennen ze de chauffeur. Natuurlijk, hij komt altijd via deze route. Ze hebben waarschijnlijk de opdracht gekregen om haar te zoeken. Maar waarom zouden ze hun tijd verliezen met dit soort voertuigen? Ze is veel te verwend en te weekhartig om in een vrachtwagen te kruipen en in haar eentje naar de Verlanden te vertrekken. Dwazen! Er is toch geen betere plek om je te verstoppen dan in een vrachtwagen als deze, die boordevol dekens en kussens en lekkers zit. Hij is gemaakt om mensen te vervoeren. Kleine mensen. Kinderen die, als ze de proeven niet doorstaan, worden ontmanteld en herverdeeld om door de Meesters te worden gerecycleerd.

Ode duwt de kast open en sluipt eruit. De vrachtwagen zal leeg blijven tot de eerste lading wordt opgepikt. Tot dan is ze veilig – als de chauffeur hier tenminste niet komt slapen of eten. Maar als hij dat wel doet, zal de vrachtwagen eerst stoppen en heeft ze nog tijd genoeg om zich te verstoppen. En als ze wordt ontdekt, zijn er nog andere opties. Dodelijke opties …

Ode kijkt naar haar handen en ademt diep in en uit. Ze ziet hoe de goudgele aura van haar schild bij elke ademhaling een beetje zwakker wordt. Ze peutert de diepvriezer open en met haar vingers, die nog steeds een beetje tintelen, voelt ze in het rond tot ze haar lievelingsijsje vindt: eentje tussen twee koekjes. Tevreden gaat ze op de bank zitten om het lekker op te eten. Voor het eerst sinds ze naar de Stad kwam, heeft ze geen enkele verantwoordelijkheid of zorgen meer. In deze laadruimte bestaat Ode niet. Hier kan Darius niet bij haar, niemand weet waar ze is. Eindelijk is ze vrij.

Je zult nooit vrij zijn.

'Ah, Ferrell, daar ben je,' zegt ze heel voorzichtig. 'Zo heet je toch, hè?'

Buiten de Stad heb je geen leven. Je zult het nog geen week overleven. Als je wilt blijven leven, moet je terug.

'Waarom wil je dat zo graag, Ferrell?'

Zolang jij overleeft, overleef ik.

'Ja. Om Darius en de Meesters te bespioneren en me te dwingen om al zijn nieuwe rekruten te vermoorden. Je bent bang voor ze. Waarom?'

Vraag het aan Darius.

'Wat zou ik daarmee opschieten, Ferrell? Darius is een leugenaar. Het is afgelopen, parasiet. Je missie is mislukt. Ga terug naar waar je vandaan komt.'

Als dat eens zou kunnen, mijn huisje, maar helaas, ik ben nu een deel van jou.

'Jij bent een virus en anders niets. Willum zegt dat er een manier is om van je af te raken. Ik zal die manier vinden en je vernietigen als je niet vrijwillig gaat.'

Ik ben bang dat de dood de enige uitweg is.

'Je hebt het mis. Als ik terug naar het Dromenveld ga, terug naar de Muur, kan ik mezelf openen en jou eruit trappen.'

Hoe ga je dat doen zonder Zand? Zelfs als je slim genoeg was om erachter te komen hoe, zou het nog niet kunnen. Wat jij zo vrolijk de Muur noemt, wordt bewaakt door de Verraders én de Zandeters. Je maakt geen schijn van kans. Het kan maar op één manier.

299

'Hoe dan?'

Ik heb lang geleefd en veel bemind, maar nu Lania dood is, heeft mijn leven geen betekenis meer. Dus zou het mij niet uitmaken als je je van het leven beroofde. Dan zou je van me verlost zijn.

Ode verdringt haar gevoelens. Ze mag hem niet geloven. 'Willum zei ...'

Willum! Wat weet die nu? Helemaal niets. Ik heb deze opdracht aanvaard terwijl ik goed wist dat er geen weg terug is. Maar het was het waard, als je bedenkt wat je ervoor terugkrijgt. Stel je voor: wonen in Onze Ode, in het centrum van de Stad. Over grenzen en door barricades heen komen, die Darius aan de Verraderskant van het Veld heeft opgetrokken. Een schat aan informatie vergaren voor de Zandeters. En ik zou niet lang alleen zijn. Lania zou me komen vervoegen.

'Wat!?'

Het zou een vreemd huwelijk zijn geweest, ik geef het toe, maar dan zouden we tenminste samen zijn geweest. Onze liefde was sterk. Sterk genoeg om zelfs jou te overleven.

'Ik ben blij dat ze dood is. Stel je voor dat jullie allebei in me zouden wonen!'

Ode huivert van walging bij de gedachte. 'Darius heeft gelijk, jullie Zandeters zijn echt ongedierte.'

Die goeie ouwe Darius. Als hij je weer te pakken krijgt, zal hij nog meer testen willen uitvoeren. En zal hij mij ontdekken. Hij is een heel vindingrijke man. Mijn ondervraging zal lang en pijnlijk zijn. Na een tijd zullen we allebei bidden en smeken om te mogen sterven, maar dat zal hij niet toelaten. En dan, Ode, mijn perfecte gastvrouwtje, zul je wensen dat je er zelf een eind aan had gemaakt, toen je de kans nog had.

'Jij veronderstelt wel heel veel, Ferrell. Hij krijgt me niet opnieuw te pakken. Ik zal ontsnappen. Willum zal me vinden en me voorgoed van jou bevrijden.'

O ja? En daarna? Waar brengt hij je dan naartoe? Want voor Darius kun je je een tijdje verstoppen, maar niet voor jezelf. Ik weet dat je de Meesters haat, Ode, maar je haat jezelf nog veel meer. Je walgt van wat je bent geworden: een ziekelijk, labiel kindmonster. Bovendien zijn je krachten aan het verzwakken, ik voel ze wegebben. Je bent een zwakkeling.

'Hou je mond.'

Ik zal het je bewijzen.

Ode voelt haar arm de lucht in gaan zonder dat ze het wil. Haar benen beginnen ongecontroleerd te trillen. Haar handen en benen slaan naar voren. 'Daar zal … ik …' zegt ze en ze verweert zich tegen de kracht binnenin, die haar tegen de zijwanden van de vrachtwagen slingert en met haar voeten op de stalen vloer laat stampen. Ze probeert uit alle macht haar spieren onder controle te houden – straks hoort de chauffeur haar nog – maar ze weigeren te gehoorzamen.

Geef je over.

Ode wordt door het gangpad geslingerd, tot bij de portieren. Dan beseft ze dat Ferrell haar zou kunnen dwingen om ze open te trekken, waardoor ze zou vallen, uit de vrachtwagen zou vliegen, over de keiharde grond zou tollen en haar botten of nek breken.

Als de vrachtwagen bruusk remt, rolt ze weer weg van de portieren. Ze tuimelt en tolt over de vloer en smakt keihard tegen de kast.

Als de vrachtwagen langzaam stilvalt, voelt ze dat ze haar lichaam weer onder controle krijgt.

Zorg ervoor dat hij je niet vindt.

'Dat weet ik ook wel! Idioot!'

Ze trekt de kast open en begraaft zich onder de dekens. Ze is helemaal bont en blauw. De chauffeur stapt uit. Zes zware stappen en het achterportier zwaait open. Hij loopt door het gangpad en komt steeds dichterbij. Ze hoort de man ademen als hij zich voorover buigt. Haar deken ligt nog steeds op de vloer. En de snoeppapiertjes.

Dom kind!

Stil, stil.

De man mompelt in zichzelf. 'Hij heeft het weer geflikt, om de haverklap gaan dutten, voedsel stelen. Deze keer rapporteer ik hem.'

Nu ziet Ode zijn handen, ze pakken de deken, proppen hem achter Odes hoofd en slaan de kastdeur dicht. Maar die piept weer open. Ode duwt een beetje tegen de dekens, zodat de kast niet meer dicht kan. De chauffeur probeert het nog een paar keer. Nu denkt hij vast dat het lawaai dat hij hoorde, van de openslaande deur kwam.

'Hermans moet er maar eens naar kijken als we terug thuis zijn.'

Hij loopt de laadruimte weer uit. Een paar ogenblikken later start de motor opnieuw en begint de vrachtwagen weer snelheid te maken. Met een zucht van verlichting glipt Ode voorzichtig uit de kast en gaat ze op de bank zitten. 'Je probeert me bang te maken, en tegelijkertijd wil je duidelijk niet dat me iets overkomt. Wat ben je eigenlijk van plan?' Ze richt al haar frustraties op de plek waar ze Ferrells aanwezigheid in haar binnenste het beste voelt. Ze probeert alles om hem terug te dringen, zodat ze tijd heeft om na te denken.

Snap je dan niet waar Darius mee bezig is? Als je weigert terug te gaan, heb ik geen reden meer om te leven en laat het me koud of je jezelf – en dus ook mij – van het leven berooft. Maar weldra ontkomt er niemand meer aan zijn toorn. We worden stuk voor stuk zijn marionetten. En dat wil ik verhinderen. Daar wil ik voor blijven leven.

'Dan willen we hetzelfde. Als je me met rust laat, zal ik Darius voor je doden. Ik wil hem vermoorden. Ik kan hem vermoorden.'

Je overschat je krachten.

'Als jij niet in me was geslopen, zou het al gebeurd zijn.'

Ik geloof nooit dat jij iets voor anderen zou doen.

'En voor wie doe jij dan iets, hè, Ferrell? Volgens mij ben jij degene die krankzinnig aan het worden is. Jij zit opgesloten in mijn lichaam, en rouwt om je arme vrouw die tot as is herleid. Zonder lichaam, zonder liefde, zelfs zonder je eigen gedachten. Ik bied je mijn hulp aan en nog wil je me vernietigen. Wie heeft daar wat aan?'

Duizend gekartelde nagels rijten Odes brein open.

Ze wil het uitschreeuwen, maar haar keel is verlamd van de pijn. Nagels klauwen in haar benen. Ze probeert zich voor te houden dat die pijn een illusie is, dat ze haar zenuwen bespeelt. Ze probeert die pijn tegen te houden, maar ze zwelt aan tot haar hoofd bijna ontploft.

Als ze probeert om zichzelf gevoelloos te maken, en Ferrells onzichtbare vingers van haar slapen wil trekken, snijden er grote golven verblindende, verschroeiende pijnen door haar lichaam.

Ze strompelt door het gangpad, zoekt steun bij de banken. Bij elke stap breekt er een vuurstorm uit achter haar ogen, haar zicht wordt wazig, haar ledematen maaien wild in het rond. Ze staat op het punt om zich over te geven, te sterven, zich op het asfalt dat onder haar door scheert, te pletter te gooien. Verblind stort ze zich op het portier en slingert het open.

Nee!

Onmiddellijk als de pijn stopt, wellen de herinneringen als een vloedgolf op.

Bloed in de sneeuw. Zwiepende zwaarden. Brand. De kus van haar moeder.

Het portier!

Ze begint onbedaarlijk te hoesten. Haar ogen zien alles plotseling weer haarscherp. Stof. De vrachtwagen is in een grote stofwolk gehuld. Aan weerszijden hoort ze paarden galopperen. Ze hebben krijgers gestuurd om de vrachtwagen te escorteren.

Sla het dicht!

Ferrells bevel doet haar naar de hendel reiken. Ze tast ernaar, krijgt hem te pakken, slaat het portier dicht en wankelt terug op haar plaats.

Verstop je! Verstop je!

Maar haar benen willen haar niet dragen, de kast is te ver weg, veel te ver. Ze zijgt neer op de dichtstbijzijnde bank, totaal uitgeput.

Je weet niet wat ze zullen doen. Misschien weten ze niet wie je bent. Verstop je!

'Waarom, Ferrell?

Sta op!

Maar Ode staat niet op. Ze kan het niet.

Tranen in de ogen van haar moeder. Wees moedig, mijn schat. Moedig.

Ze probeert uit alle macht haar hoofd helder te krijgen. Dat zei Willum dat ze moest doen, helder nadenken. Maar dat is zo moeilijk.

De rode doodskop. Bloed in de sneeuw. De hand van haar broer die uit de hare glijdt. Alles in brand.

Voor het eerst in haar leven benijdt ze al die geactiveerde dwazen. Zij hebben tenminste rust. Meer en meer mensen kiezen voor een activator ... meer ... Hoeveel zei Fortin dat het er waren? Ze herinnert zich de blik in die hondenogen van hem: macht. Omdat hij de leiding heeft over de productie? Nee. Dat houdt geen steek. Hoe had ze dat kunnen denken? Het is iets anders ... geheime kennis ... iets dat te maken heeft met de nieuwe plannen van Darius ... Misschien zelfs met zijn nieuwe Bouwwerk. Opeens voelt ze dat de vrachtwagen trager is gaan rijden.

'Ik heb nog geen Broeders gezien, maar hoe verder we rijden, hoe meer ik verwacht dat er eentje zal opduiken,' roept de chauffeur als de vrachtwagen stopt.

'Maak je maar geen zorgen. Van nu af aan escorteren we je elke keer,' zegt een mannenstem die akelig vertrouwd klinkt.

'Nee, maakt u zich maar geen zorgen, Mijnheer,' zegt de chauffeur. 'Maak het u gemakkelijk.'

Het achterportier zwaait open. Ze hoort de man zwaar ademen als hij het portier weer dichtslaat en dichterbij komt. Ze voelt dat hij helemaal opgewonden wordt als hij haar ziet. De vrachtwagen schokt met horten en stoten verder en ze hoort zijn schrille, kakelende lach. Haar ogen schieten open.

We zijn verloren.

Ferrell weet dat ze te uitgeput is om de man met zijn glimmende verenmantel en gele bek aan te vallen.

'Onze Ode! Wat een aangename verrassing,' zegt Raaf.

DE VESTING VAN DE ROODHARIGE VROUW

EN DE VRIEND BRACHT HET VISIOEN NAAR DE
BROEDERS IN HUN SLAAP. EN BIJ ELKE ZONS-
OPGANG SPEURDEN ZE DE HORIZON AF, WACH-
TEND OP EEN TEKEN.

- ORINS GESCHIEDENIS VAN DE VRIEND

Roan geniet met volle teugen van deze ervaring. Vlak nadat ze van de
rand waren gesprongen, had hij onder de vleugels draagbeugels gevonden om zijn armen en benen in te laten rusten, zodat hij zich na een hele
dag vliegen nog heel energiek voelt. De verleiding om te experimenteren is groot, maar hij is er nog niet voor gezwicht. Hij blijft zich op zijn
doel concentreren. De enige informatie die hij over zijn bestemming heeft,
is een stipje op een zwevende kaart, en dat is al genoeg uitdaging. De
tijd dringt, dus vertrouwt hij op de sensoren om de thermiek op te zoeken. Al zou het natuurlijk fantastisch zijn om eens een loop of een duik-
vlucht te proberen ...

Onder een grote bolle wolk vinden de vleugels een perfecte opwaartse luchtstroom die hem en Bubbel hoger en hoger de hemel in
laten kringelen.

Bubbel sluit zijn ogen en hapt naar adem. 'Zeg, de lucht wordt ijler!'

'Dat is heel normaal.'

'O ja? En dat we straks stikken ook?'

'Ik denk dat de vleugels zuurstofsensoren hebben. Zodra het moeilijk wordt om te ademen, glijden ze weer naar beneden,' zegt Roan.

'Je bedoelt dat we al vaker zo hoog zijn geklommen?'

'Al verschillende keren,' grinnikt Roan.

'Ik had beter niet naar beneden gekeken, denk ik.'

Maar Roan doet niets liever dan naar beneden kijken, hij vond het ook al fantastisch om zo hoog boven de wereld te hangen toen hij met zijn vrienden in Langlicht naar het topje van de Holle Reus klom. En hier zo hoog hangen is nog zaliger dan hij ooit had gedacht. Hij zou hier wel voorgoed willen blijven als dat kon.

Hij vraagt zich af waarom hij Kira per se moet gaan opzoeken. Waarom heeft de krekel hem een beeld van haar laten zien? En daarna Willum ook nog eens? Willum kent haar. Maar hoe? Van in de Stad of van daarvoor?

Kira, de vriendin van Sancto. Roan is er zeker van dat zij weet dat hij verantwoordelijk is voor zijn dood, zelfs al gaf Roan zelf hem niet de genadeslag. Wordt hij naar haar toe gestuurd om door haar te worden berecht, zoals de Hhroxhi hebben gedaan? Is dit het volgende proces waar hij op terechtstaat, voor hij terug kan keren naar Sancto? Als hij aan de schedels op Kira's schoorsteenmantel denkt, vindt Roan het bijna onmogelijk om zich op zijn bestemming te concentreren.

De vleugels beginnen aan de afdaling, leiden Roan en Bubbel in een grote boog naar beneden, naar een nevel van lage wolken. Ze vliegen steeds sneller en de ijzige wind snijdt in hun gezicht. De grond komt gevaarlijk dichtbij, maar dan tilt de volgende thermiek hen net op tijd weer op.

'Hoe ver zou het nog zijn, denk je?' hijgt Bubbel, die een beetje groen uitslaat. Van die bijna-ontmoetingen met de grond keert zijn maag om.

'Niet ver meer.'

'Ik hoop het. De zon begint onder te gaan en dat betekent dat er geen warme lucht meer zal zijn.'

Roan speurt de horizon af. Over minder dan een uur zal de Kale Berg de zon helemaal hebben opgeslokt.

Als hij zijn blik scherp stelt, ziet Roan kleine stofdeeltjes die in een sterke, stabiele stroom langs de rand van een bergkam wriemelen.

'Je denkt aan iets. Waar denk je aan?' vraagt Bubbel zenuwachtig.

'We zouden tijd kunnen winnen als we de wind langs de bergkam in onze vleugels konden vangen.'

Bubbel tuurt naar de grillige bergketen onder zich. 'Oké ... maar hoe dicht komen we bij de rotsen?'

'Even dicht als de wind.'

'Is dat niet gevaarlijk?'

Roan lacht. 'En daarnet vlogen we te hoog naar je zin.'

Bubbel werpt hem een verwijtende blik toe, maar die tempert Roans enthousiasme niet. Zo'n experimentje kan toch geen kwaad als ze daardoor sneller op hun bestemming zijn? Ze laten zich steil naar beneden vallen, vliegen steeds sneller en suizen af en toe langs de bergkam op. De kick van tussen geërodeerde torens van steen te laveren en scherpe overhangende punten te ontwijken die hun vleugels aan flarden zouden kunnen scheuren, overstijgt al Roans verwachtingen. En Bubbel, die er zo over heeft gemopperd, grijnst van oor tot oor. Dat duiken en zwiepen om niet te pletter te storten is niet zenuwslopend maar reuzeleuk. Dit is pas vliegen.

De onderkant van de zon rust al op de horizon, als Roan een berg met zijn top in de wolken ziet, die boven alle andere bergen uittorent. Hij kijkt nog eens op de kaart en weet nu zeker dat dit hun bestemming is. Hij gebaart naar Bubbel. Zij aan zij suizen ze met grote snelheid weg van de bergkam en zweven ze over een bebost plateau. Roan huivert. Nu merkt hij dat de thermieken die hen in de lucht hielden, ook veel warmte gaven. Als de zon achter de horizon verdwijnt en de berglucht killig wordt, krijgen ze het behoorlijk koud.

'W... waar is de volgende thermiek?' roept Bubbel met klapperende tanden.

'Niet ver meer!' roept Roan terug. 'We moeten gewoon nog langs die bomen.'

Als ze aan de rand van het bos komen, ziet Roan in de verte een donkere rotspartij die warmte uitstraalt. Hij kijkt om en beslist dan. Meer dan een derde van de zon is al achter de horizon verdwenen; er is te weinig tijd, nu moet hij knopen doorhakken. Hij draait de vleugels in duikpositie en vliegt lager en lager. Als ze versnellen, komen ze gevaarlijk dicht bij de boomtoppen, maar ze bereiken veilig de rand van het bos. Nu kunnen ze zonder hindernissen naar de opwaartse luchtstroom vliegen, die hun de nodige warmte en hoogte zal geven.

Maar dan …

Pijlen!

Opeens komen er een stuk of zes Fandors te paard uit de bos gegaloppeerd, die hen meteen flink op de hielen zitten. Een pijl zoeft rakelings langs Bubbels vleugel. Roan speurt gejaagd naar hun oriëntatiepunt, trekt hun vleugels in voor maximum snelheid en dan suizen ze er zo laag boven de grond naartoe, dat Roan de zwepen die op de paardenflanken knallen, kan horen. De Fandors winnen terrein.

Nog maar een goeie vijftig meter tot aan de zwarte rots, maar de Fandors zijn nu vlakbij en een van de krijgers houdt zijn zwaard hoog in de lucht, klaar om aan te vallen. Hij zwiept met zijn wapen en net op dat moment worden ze opgetild door een thermiek. Hij is niet sterk, maar sterk genoeg om uit de greep van de Fandors te komen. De pijlen vliegen hen om de oren, maar omdat ze voortdurend bewegen en stijgen, zijn ze een moeilijk doelwit. Ze geven de Fandors het nakijken.

'Alles wat stijgt, moet ooit een keer dalen,' zegt Bubbel. 'Dat weet het kleinste kind.'

Maar op de grond zouden ze met zwaarden en strijdbijlen af te rekenen krijgen in plaats van met pijlen. Roan zou zelfs niet genoeg tijd hebben om zijn vleugels af te schudden voor ze hem zouden overrompelen. Hij had rekening moeten houden met de mogelijkheid dat ze een bende Fandors konden tegenkomen. Dat komt ervan als je experimenteert.

Ze horen de Fandors woest naar elkaar brullen en als ze naar beneden kijken, zien ze dat ze hun wapens dreigend uitsteken naar vijf gewapende amazones die de berg komen afgestormd. De eerste vrouwelijke krijger is in geen tijd bij hen en hakt met één rake zwaai van haar zwaard het hoofd van een Fandor eraf.

'Zag jij wat ik zag?' roept Bubbel verbijsterd. 'Wie zijn die vrouwen … Zijn wij de volgende slachtoffers?'

'Daar zullen we snel genoeg achterkomen!' roept Roan terug, en weer tuimelt er een onthoofde Fandor van zijn paard.

Het gevecht is van korte duur, de brute kracht van de Fandors is geen partij voor de dodelijke precisie van de vrouwen. Met één uithaal per Fandor elimineren ze hen een voor een.

Als de slachting is afgelopen, tillen de overwinnaars de doden snel op hun lege zadel en knopen ze de teugels om hun lichamen. Als de lijken stevig zijn vastgegespt, krijgen de paarden een flinke mep op hun achterste en galopperen ze weg, met hun levenloze Fandorruiter op de rug. Roan heeft dit soort praktijken al eerder gezien – bij de Broeders.

Van hoog in de lucht kijkt Roan naar de triomferende ruiters en dan naar de majestueuze bergtop die voor hen ligt. 'Ze zijn blijkbaar op weg naar dezelfde bestemming als wij.'

'Ons ontvangstcomité, dus.'

Door een grote neerwaartse boog in de lucht te beschrijven, komen ze bij de zwarte voet van de berg. Ze zwiepen abrupt van koers om een springbron te ontwijken die diep in de aarde wordt opgewarmd door heet vulkanisch gesteente. De warme lucht die er hangt, veroorzaakt de sterkste opwaartse luchtstroom tot nu toe.

Ze vliegen hoger en hoger, over grillige rotsen en uitspringende aardlagen.

Net als de zon achter de horizon wegzinkt, roept Bubbel, 'Waar is dat dorp nu?'

Roan wordt nu behoorlijk ongerust, maar hij probeert het niet te laten merken. In deze gigantische rotspartij zijn er helemaal geen grotten. Deze berg is onbewoonbaar. Waarom zou Kira haar comfortabele huis achterlaten voor deze woestenij? De Broeders hebben haar dorp na de dood van Sancto toch niet aan zijn lot overgelaten?

De thermiek voert hen zo hoog de lucht in, dat ze in de wolk rond de bertop terechtkomen. De kille mist vertroebelt Roans zicht en hij verliest zijn gezel uit het oog.

'Roan!' roept Bubbel. Je hoort de angst in zijn stem.

'Hier ben ik! Vertrouw op de vleugels!' antwoordt Roan, maar hij is even bang als Bubbel. Hoe lang houden ze het hier in de lucht nog vol met deze ijzige temperatuur?

Ze hebben niet veel keuze, ze moeten op de sensoren vertrouwen. Roan sluit de ogen en stelt zijn zintuigen scherp. Hij schrikt op door de geur van gras en ... ja, nu hij weet het zeker ... vrolijke kinderstemmetjes.

Ze vliegen over de top van de berg en als de mist optrekt, zien ze dat die top niet puntig is, zoals Roan had verwacht, maar plat. De vleugels voeren hem en Bubbel zachtjes langs een hoge rots en dan naar beneden, naar een weelderig groene wei. Als ze weer vaste grond onder de voeten voelen, staren ze met open mond naar de bloeiende struiken en grote bamboeplanten waar de wind zachtjes in ruist. In het midden van een dorp dat in de vulkanische steen is gehouwen, spelen een tiental kinderen. Roan en Bubbel glimlachen en steken hun hand op om ze te begroeten, maar de vrouw die op de kinderen past, stuurt ze zonder een woord weg.

Roan en Bubbel schudden kordaat hun vleugels af, want hoe sierlijk ze in de lucht ook zijn, in een bedreigende situatie zijn ze meer een last dan wat anders. Drie vrouwen die akelig veel lijken op de amazones die de Fandors daarnet zo makkelijk een kopje kleiner maakten, komen op hen toe gebeend. Roan laat zien dat hij niets in zijn handen heeft.

De vrouw die de leiding heeft, monstert hen van kop tot teen voor ze iets zegt. 'Wat leuk dat je ons een bezoekje komt brengen, Roan van Langlicht.'

Omdat hij geen enkel spoor van vijandigheid in haar stem hoort, antwoordt hij plechtig. 'Het is me een genoegen, Kira.'

Maar Kira blijft op de vlakte. 'Dat weet ik zo nog niet.'

Roan heeft haar minnaar misschien niet eigenhandig vermoord, maar hij was wel degene die met Sancto op leven en dood aan het vechten was, toen het genadeschot viel. Zal hij daarvoor moeten boeten?

'Wie is je vriend?' vraagt ze.

'Ik ben Bubbel. Geen Mor-Teken, maar als je wilt, ga ik graag terug naar beneden.'

'Nee hoor, blijf maar, als je het tenminste niet erg vindt dat ze je aanstaren.'

'Dat is toch nog beter dan als een lijk aan een paard bengelen.'

Kira lacht. 'De Fandors moeten leren om bepaalde grenzen te respecteren.'

'Wat is dit voor plek?' vraagt Roan.

Kira kijkt hem vriendelijk aan, maar ontwijkt zijn vraag.

'Jullie zullen wel honger hebben. Kom.'

Deze hele gemeenschap is gebouwd op de krater van een slapende vulkaan. Daarom voelt de grond zo warm aan, begrijpt Roan, en is het hier zo groen. Het lijkt of dit dorp hier al tientallen jaren is. Op sommige plaatsen is de zwarte steen met felle tekeningen beschilderd, en overal slingert er speelgoed rond. De kinderen die ze hebben gezien, zagen er in elk geval gezond en gelukkig uit. Hier zijn ze veilig, ver weg van de gapende muil van de Stad.

Het interieur van Kira's huis lijkt op dat van haar vorige huis, dat hij ooit samen met Sancto bezocht, en herinnert hem pijnlijk aan die woelige tijd. Het jaar dat Roan als novice bij de Broeders doorbracht, dat jaar vol beproevingen, heeft hem getekend. Hij had de indruk dat het geloof van de Broeders oprecht was, maar twijfelde eraan of Sancto zelf wel geloofde wat hij predikte. Maar als hij daar nu op terugkijkt, denkt hij er anders over: in Roans ogen was de Vriend een verzinsel, maar het is heel goed mogelijk dat Hij voor Sancto wel degelijk echt was.

Bubbel gaapt naar de lampen op zonne-energie en naar de gigantische muurschildering die een krijger voorstelt die uit een rots breekt.

'Dat is de geboorte van de Vriend,' zegt Bubbel, 'de god van de Broeders.'

'Ik heb getwijfeld of ik dit schilderij wel zou meebrengen,' zegt Kira, 'maar ik heb het toch maar laten overbrengen, om hem te gedenken.'

'De Vriend?'

'Nee, Sancto.'

Bubbel begint opeens gretig te snuffelen. 'Is dat eten?'

'Nou en of. Maar misschien wil je je eerst een beetje opfrissen. Op het einde van de gang staat een kom met fris water,' zegt Kira terwijl ze op haar onderlip bijt.

Roan en Bubbel bekijken elkaar eens goed en schieten in de lach. De hele dag non-stop vliegen was een heerlijk bevrijdend gevoel, maar ze zien er nu wel uit als een kruising tussen een waanzinnige kluizenaar en een varkenshoeder.

Bubbel slobbert het groentestoofpotje met smaak op terwijl hij Kira bestookt met vragen over haar krijgers en hun aanval op de Fandors.

'Dat soort dingen doen we eigenlijk niet zo vaak. Het is niet verstandig om ons te vaak buiten het dorp te wagen. Maar we wilden vermijden dat ze jullie zagen aankomen.'

'Waarom stuur je hun lijken terug op hun paard?'

'Omdat de Broeders dat ook doen. Ze vinden het prima dat we hen imiteren. Dat scherpt hun reputatie nog wat aan.'

'Van Broeders gesproken, Kira, waar zijn jullie mannen?' vraagt Bubbel. De woede in Kira's stem spreekt boekdelen. Ze richt haar blik op een punt, vervaarlijk dicht bij Bubbels neus en fluistert: 'Wij hebben geen mannen,' en eet verder. Maar haar diepe, afgemeten ademhaling bezweert hen om geen verdere uitleg te vragen.

Een heleboel vragen zijn blijkbaar taboe. De stemming is nu helemaal omgeslagen en de rest van de maaltijd verloopt in een beladen stilte. Als ze klaar zijn en Kira hebben bedankt, wil Bubbel dan ook zo snel mogelijk van tafel.

'Als het waar is dat niemand van plan is me te stenigen, zou ik graag eens een kijkje nemen in het dorp.'

'Prima, je bent vrij om te gaan en te staan waar je wilt, Bubbel Geen Mor-Teken.'

Je ziet aan Bubbels glimlach dat hij hoopt om zoals altijd een boel informatie te kunnen sprokkelen, maar als Kira's volk een beetje op haar lijkt, zou hij wel eens van een kale kermis kunnen thuiskomen.

Roans ogen dwalen naar een nis in de stenen muur, waar twee schedels liggen. 'Zijn dat echt je moeder en de man die haar vermoordde?'

'Ik ben geen leugenaar,' zegt Kira.

Roan herhaalt wat ze bijna twee jaar geleden tegen hem zei. 'De dag dat je de moordenaars van je ouders executeert, zal de pijn die je nu wurgt, zijn greep lossen.'

314

Kira glimlacht droevig. 'Je hebt dat advies ter harte genomen.'

'Ik ben mede verantwoordelijk voor de dood van Sancto, maar ik heb hem niet de genadeslag gegeven.'

'Echt? Hoe is hij dan gestorven?'

'Hij had mijn vriendin Lelbit dodelijk gewond en wilde ook mij doden. Voor ze stierf, joeg ze nog een pijl door zijn keel.'

'Hij heeft niet geleden. Hij is een goede dood gestorven.'

'Hij lijdt nu.'

Kira wordt lijkbleek en haar adem stokt. 'Is hij een dolende ziel? Heb je hem gezien?'

'Heel even maar.'

'Wat zei hij?'

Ze kijkt hem vol verwachting aan, en Roan schaamt zich. 'Ik ... moest weg.'

Kira legt haar hoofd tegen de stenen muur en zucht ontgoocheld.

'Kira, het was verschrikkelijk, ik kon het niet aan. Ik heb er lang van moeten bekomen, maar ik ga terug. Ik moet.'

'Weet je dat zeker?'

'Er is me verteld dat jij me kunt helpen.'

Kira kijkt Roan onderzoekend aan en zegt: 'Heb je de ring nog die je van Sancto hebt gekregen?'

Roan voelt in zijn rugzak en vindt de diepe zak waarin hij de ring, in de vorm van een das, bewaart. 'Sancto zei dat hij de verrijzenis symboliseert.'

'Volgens zijn oorspronkelijke eigenaar toch.'

'En wie was dat?'

'Je overgrootvader.'

EEN OUDE VRIEND VAN DE FAMILIE

ALS DE MIST VAN HET MEER NAAR HELDER-
ZICHT DRIJFT, PAS DAN OP.
DAN KOMEN DE GEESTEN VAN DUIZENDEN VER-
MOORDE VIJANDEN ERAAN.
WANHOOP IN HUN HART, WRAAK IN HUN OGEN
VOOR DE STANK DIE ZE HEBBEN MOETEN HARDEN
SINDS HET UUR VAN HUN DOOD.
- LEER VAN DE VERTELLERS

De Vogelman neemt zijn bekmasker af en glimlacht. 'Het is een genoegen om u eindelijk eens te ontmoeten, Onze Ode. Ik ben Raaf, uw trouwe dienaar.' Zijn dunne gele haar hangt steil en vet tot op zijn schouders
en zijn gezicht zit onder de rode vlekken.

'Je ziet er niet te best uit, kindje. Ben je ziek?'

Wacht. Niet antwoorden.

Hoe dom denk je wel dat ik ben?

'Er is geen echte dokter bij ons. Wil je wat water?' Als de vrachtwagen vertrekt, verliest hij bijna zijn evenwicht. Hij zet zich schrap tegen
de kast. Dan pakt hij snel ergens een ondiep kommetje, voelt in zijn rugzak en haalt er een waterzak uit te voorschijn. Hij neemt ruim de tijd om
het dopje eraf te schroeven, komt zo dicht bij haar staan als hij durft en
schenkt een weloverwogen hoeveelheid water in het geïmproviseerde
kopje. Het is duidelijk dat hij deze vrachtwagen en zijn uitrusting goed
kent. Ode nipt het water langzaam op zonder de walgelijke man uit het
oog te verliezen, ook al blijft hij op een eerbiedige afstand. Ha! Ze ziet
er misschien heel zwak uit, maar hij heeft de verhalen vast gehoord. Hij
is niet gek.

'De Meesters zijn doodongelukkig. De Stad is in staat van beleg, hermetisch afgesloten. Het gerucht gaat dat de top denkt dat je ontvoerd bent. Maar, als ik zo vrij mag zijn en afga op wat ik hier zie, ben je gewoon gevlucht, is het niet?'

Ode zegt nog steeds geen woord en probeert hem te doorgronden.

'Weglopen, daar ken ik zelf ook iets van. Ik kan me natuurlijk vergissen, misschien ga ik veel te ver. Als dat zo is, bied ik u mijn nederige excuses aan. Uw wens is mijn bevel, Onze Ode. Als u veilig terug naar de Stad wilt worden gebracht, zal ik dat met veel plezier doen.' Raaf straalt al als hij eraan denkt.

Zoals Ode had verwacht, interpreteert dat handenwrijvende gedrocht haar stilzwijgen ook als een antwoord.

'Juist, ja. In dat geval zal ik onze escorte graag opdragen om u, met uw permissie, over te brengen naar een veilige haven. Darius heeft natuurlijk een flinke beloning uitgevaardigd voor wie u terugvindt. Dat had u natuurlijk al lang geraden. Ik vind het stuitend om tegen zijn wil in te gaan. Maar tenslotte bent u niet alleen zijn Ode. U bent ook Onze Ode. En omdat u erom bekend staat zoveel mensen uit hun lijden te hebben verlost, verdient u het om zelf te kiezen.'

Eindelijk verbreekt Ode de stilte. 'Waarom zou ik jou moeten vertrouwen?'

'U bedoelt dat u niet begrijpt waarom ik zulk een enorm risico neem, terwijl ik bij Darius in de gunst zou kunnen komen als ik je terugbracht?' Raaf draait de veldfles aan zijn riem open en neemt een lange teug. 'Onze Ode, u stelt me deze vraag omdat u niet weet wat ik u verschuldigd ben. Ik heb meer dan een jaar in de kerkers van Darius gesleten, enkel en alleen omdat ik een heilige kende die een gemeenschappelijke vriend van ons onderdak bood. Deze vriend, uw ... broer, was zo wanhopig. Het was zo overduidelijk dat hij niet gevonden wilde worden. Dan ging

317

ik hem toch niet verraden? Maar toen ontsnapte Roan en kwam aan het licht dat hij zich bij de Broeders had schuilgehouden ... En toen werd ik gestraft. O ja! Ik weet zeker dat uitgerekend u zich maar al te goed kunt voorstellen wat ik heb doorgemaakt. Je moet al iets bijzonders hebben om zo'n marteling te overleven. Een geloof dat je de kracht geeft. U was mijn lichtend voorbeeld in die donkere dagen.' Raaf laat zijn hoofd hangen, alsof hij haar daarmee kan overtuigen dat hij de waarheid spreekt.

Dwaas. Ik ben al zo vaak belogen door mannen die veel slimmer waren dan jij.

'Dus' gaat Raaf nederig verder, 'als u mijn hulp nodig hebt, sta ik tot uw dienst. U mag me beschouwen als uw dienaar en vriend.'

'Waar zou je me dan naartoe brengen?'

'Naar een grote, moderne stad waar ik u anonimiteit zou kunnen garanderen. Mag ik u ondertussen een stukje fruit aanbieden?' Hij rommelt in zijn rugzak en haalt er met een zwierig gebaar twee helgele appelen en een tros zwarte druiven uit. 'Mooi, hè? Ik ben dol op vers fruit. De boeren van deze streek zijn ongelooflijk gul. Toe maar. Dit zijn de beste van het seizoen.'

Ode kan het niet laten om één zoete druif te proeven. Hij heeft gelijk, ze smaakt zalig. 'Kende je mijn broer goed?'

Hij probeert je in de val te lokken. Laat je niet vangen.

Nu ga je ophouden met me als een idioot te behandelen of ik zoek een mes en snij je uit mijn borst.

Ode zucht bijna hoorbaar van opluchting als ze Ferrells aanwezigheid voelt krimpen tot niet meer dan een puntje onder haar hart. Ze weet heel goed wat de beste gevechtstechniek is: gebruik het wapen van je vijand tegen hem.

'Euh, ja, ik kende hem zelfs heel goed,' zegt Raaf. Hij gaat terug op de bank zitten, drinkt nog eens aan zijn flacon en bijt in een appel. Het sap druppelt van zijn kin. 'De eerste dagen van zijn verblijf bij de Broeders was hij heel eenzaam. O, en die nachtmerries, daar leed hij echt onder. Ik probeerde hem zoveel mogelijk te troosten. Hij was in elk geval dol op appels. U ook?' zegt Raaf en hij probeert er Ode een aan te smeren.

Wat een toeval. Dit is dezelfde soort als die ze in Langlicht kweekten. Zij en Roan hadden altijd gevochten om gele appels als deze: Roan was weggelopen met de appels die Moeder haar had gegeven. Zij had hem tot boven in de Holle Reus achternagezeten. Ze was woest dat hij ze allemaal had opgegeten, maar hij had alleen maar gedaan alsof, om haar te plagen.

Ze negeert de appel die hij naar haar uitsteekt en fluistert dreigend: 'Ik weet wie je bent, Raaf.'

'Dat dacht ik al, Onze Ode. Maar zoals je ziet, heb ik elke gelegenheid te baat genomen om het goed te maken,' zegt hij met een droevig gezicht. 'Wist je dat ik van Darius het bevel kreeg om alle kinderen naar de Stad te brengen? Hij was vooral geïnteresseerd in jou en je broer. Als ze jullie vrijwillig hadden afgestaan, zou die tragedie hun bespaard gebleven zijn. Ik smeekte Sancto om jullie dorp gewoon even binnen te rijden en een voorsmaakje te geven van wat er hen te wachten stond. Dan had ik opnieuw kunnen gaan onderhandelen met die dreiging als argument achter de hand. Maar die Broeders zijn echte beesten. Ze hebben iedereen afgeslacht. Ik was er kapot van. Dus nam ik Roan onder mijn vleugels. Dat was het minste wat ik kon doen. En nu zal ik jou ook helpen, om dezelfde reden.'

'Hoor je dat?' vraagt Ode onschuldig. Boven het gedender van de vrachtwagen en het hoefgetrappel van de Fandors uit, hoort ze tien, misschien twaalf mannen te paard naderen. Met haar gevoelige oren lijkt het of er een storm raast. Maar deze man heeft de zintuigen van een mug. Wie had het ooit in zijn hoofd gehaald om in hem een potentiële Meester te zien? Maar je ziet dat het eindelijk tot hem doordringt, want zijn gezicht trekt helemaal wit weg.

'De Broeders,' fluistert hij hees. Raafs zwaard ligt naast hem, maar hij grijpt er niet naar. Lafaard. 'Ga liggen, ga liggen!' gilt hij en hij glijdt zelf ook op de vloer.

Ode kijkt hem minachtend aan. Denkt hij nu echt dat ze daar naast hem gaat liggen bibberen? Voor zover ze weet, zijn de Broeders tegen de Stad. Misschien zijn zij wel de bondgenoten die ze zoekt. Ze heeft de gesprekken van Darius afgeluisterd: de Fandors kunnen niet tippen aan de techniek of moed van de Broeders. En omdat ze met veel minder zijn, zal de Fandorescorte genadeloos worden neergeslagen.

De vrachtwagen begint aan een wilde vlucht. Hij dendert en dokkert vervaarlijk over de hobbelige weg van een steile helling. Er klinkt een ijselijke gil en een seconde lang voelt Ode zich gewichtloos. Ze wordt van haar plaats geslingerd en tuimelt door de laadruimte tot de vloer het plafond wordt en ze haar hoofd tegen iets hards stoot. Ze ligt onder het lijf van Raaf en kan geen kant meer op. Als de vrachtwagen met gierende banden remt, verliest ze het bewustzijn.

Er druppelt bloed in haar gezwollen oog. Als ze het eindelijk open krijgt, kijkt ze in een blauwe waas. Dekens – ze versmachten haar. Met haar vrije arm duwt Ode ze van zich af. Nu kan ze makkelijker ademen en richt ze haar zintuigen op de omgeving. Het is stil. De anderen zijn verdwenen of dood. Ze voelt dat het veilig is om te bewegen en wurmt zich onder de Vogelman vandaan. De misselijkmakende zoete geur van zijn adem is walgelijk.

Centimeter per centimeter slaagt ze erin om eerst haar ene en dan haar andere been onder Raaf vandaan te trekken. Al die tijd is ze ervoor beducht dat Ferrell opnieuw van zich zal laten horen. Maar hij blijft weg-gedoken in zijn hoekje, nog steeds doodsbenauwd door haar laatste dreigement – of misschien wil hij niet dat ze weet wat hij denkt … Zou ze dat kunnen, zijn brein binnendringen zoals hij dat van haar is binnen-gedrongen? Waarom heeft ze daar nooit eerder aan gedacht? Maar ze kan nu niet langer bij die mogelijkheid stilstaan. Als ze zich met een laatste ruk helemaal bevrijdt, kreunt Raaf en heft hij zijn hoofd op.

'O Onze Ode, wat een opluchting, je leeft nog!' roept hij uit, maar dan, alsof hij zichzelf betrapt, fluistert hij: 'Zijn de Broeders weg?'

'Ja. En jouw troepen blijkbaar ook.'

Raaf snauwt. 'Die verdomde Fandors ook, waardeloze, ongemanier-de idioten. U bent gewond, Onze Ode,' zegt hij en hij reikt naar de snee boven haar oog.

Ze deinst achteruit. 'Het is maar een schrammetje.'

Raaf komt nog een beetje wankel overeind, knijpt voorzichtig in zijn armen en benen, draait met zijn nek, en buigt naar verschillende kanten om te controleren of zijn ruggengraat niet beschadigd is. Als hij zich helemaal heeft onderzocht, kakelt hij tevreden: 'Nog helemaal intact.'

Voorlopig.

'Kom, we gaan buiten eens kijken en overleggen wat we gaan doen.'

Hij loopt naar de portieren en laveert tussen de banken die nu boven hem hangen. Hij steekt zijn hand naar boven en draait aan de klink van het portier. 'Juffrouw,' teemt hij terwijl hij zijn gevouwen handen uitsteekt om haar een zetje te geven, 'u hoeft alleen nog maar de deur open te du-wen.'

Alsof je dat zelf niet kunt, stinkende slijmbal. Ik weet wat je denkt: als er ons daarbuiten een akelige verrassing te wachten staat, ben ik het eerste doelwit. Gelukkig hangt Ode voor haar veiligheid af van haar eigen zintuigen, niet die van hem, en zonder er nog een seconde langer over na te denken, zet ze haar voet stevig op zijn handen en laat ze zich optillen, zodat ze haar hoofd buiten kan steken. De vrachtwagen heeft een spoor van omgewoelde aarde en verpletterde struiken achtergelaten.

'En?' vraagt de irritante angsthaas.

'Behalve een paar veldmuizen is er geen enkele beweging. Ben jij bang voor muizen?'

'Helemaal niet, lieve juffrouw,' trompettert Raaf als ze allebei naar het daglicht klauteren.

De vrachtwagen ligt erbij als een dood dier: op zijn rug, met de wielen in de lucht. De voorruit zit vol bloedvlekken, het hoofd van de chauffeur ligt ertegenaan.

Raaf snuffelt aan hem. 'Dood, morsdood.'

Maar op de helling naast de weg, staat er iets heel erg levends te grazen. Raaf snelt ernaartoe en stapt behoedzaam over het lijk van een gesneuvelde Fandor. Het paard doet of het hem niet ziet en gaat rustig verder met kauwen. 'U hebt geluk, Onze Ode, net zoals uw broer ooit. De Broeders laten zelden een dode ruiter of paard achter.'

Onoplettende dwaas. Ze staan op de bodem van het ravijn. En het is overduidelijk dat dit lijk van een grote hoogte is gevallen. Het paard dat de geur van zijn ruiter volgde, moet een pad naar beneden hebben gevonden, wat betekent dat er ook een makkelijke weg terug naar boven is.

Nadat ze wat voedsel uit de vrachtwagen hebben gehaald, klimt Ode op het dier en geeft ze de teugels aan Raaf. 'Wil je deze om het paard te leiden?' vraagt ze op haar koninklijkste toon.

Raaf probeert tevergeefs zijn woede te verbergen, knoopt zijn dierbare vogelmantel vast achter het zadel en aanvaardt het vernederende klusje.

Darius moet wel een hele hoge prijs voor je bieden.

Dat weet ik wel zeker.

Maar deze walgelijke appelpoetser is misschien nog iets helemaal anders van plan.

Ik zou hem niet overschatten.

'Ik denk dat we heel dicht bij de weg zijn waar ik het over had.' De angst die Raafs onzekerheid voedt, is pijnlijk zichtbaar. Heeft hij dan helemaal geen zelfbeheersing?

'Ik denk dat het paard daarlangs in het ravijn is afgedaald,' glimlacht Ode liefjes en ze wijst naar een smal pad in een rood stakenbosje.

'Ik denk dat je gelijk hebt.' Die arme Raaf slaakt een zucht van verlichting. 'Dan ... zijn we bij zonsondergang zeker op onze bestemming.'

Hij is toch nog ergens goed in, want nog vóór de zon is ondergegaan, zien ze in de verte de Stad opdoemen. En dat gaat gepaard met de verschrikkelijkste stank die Ode ooit heeft geroken.

Raaf wijst een meer in de verte aan als boosdoener. 'Het eet alles op wat erin sukkelt, Juffrouw. Ze zeggen dat uw broer gestorven is toen hij erover moest.'

Opeens wordt ze vreselijk misselijk en begint ze te kokhalzen. Als Roan een manier had gevonden om de Meesters te doen geloven dat hij dood was, waarom had hij dan het risico genomen om naar de Stad te komen?

'Juffrouw ...'

Ze houdt hem met haar hand op een afstand en blijft maar overgeven, tot ze een leeg omhulsel is dat niets binnen kan houden, zelfs geen gevoelens. Vooral geen gevoelens.

'Zet nu uw kap maar weer op, Juffrouw,' zegt Raaf en hij wijst naar de naderende muren van de stad.

Ze verbergt haar gezicht diep in de kap van de toga terwijl Raaf naar de bewaker in de wachttoren wuift, en de poort openzwaait. Terwijl hij het paard naar het binnenplein leidt, fluistert Raaf: 'Welkom in Helderzicht, Onze Ode.'

Ode heeft nog nooit iets zo pijnlijk kneuterigs gezien. Huisjes bekleed met felgekleurde tegels, straten van glimmende leisteen. Overal bloemen in bloei. Madeliefjes, rozen, leeuwebekjes, margrieten ... Allemaal pogingen om die stank te verdoezelen, waarschijnlijk.

Dan ziet ze dat er door de luiken voor de ramen licht brandt. Licht! Als ze opkijkt, ziet ze de kabels. Elektriciteit! Wat doen ze hier in vredesnaam, dat ze hier zo rijk zijn?

Raaf stopt voor een pittoresk huis. 'Dit is mijn thuis als ik ver van huis ben,' kondigt hij aan met zoveel ironie in zijn stem, dat ze zich afvraagt welke waarheid er achter die woorden schuilt. Als Raaf haar helpt af te stijgen, moet ze zich inhouden om hem geen trap te geven. Ze beent langs hem door, het verzorgde huisje in. Boeken! Allemaal boeken die door de wet verboden zijn. Haar ogen glijden over de titels. Een heleboel boeken over geneeskunde en ziektes. Daar is niets illegaals aan, maar er staat ook poëzie, geschiedenis, zelfs teksten in uitgestorven talen, waarvan ze zeker is dat Raaf ze niet kan spreken.

Hij gniffelt als hij haar vragende blik ziet. 'O nee, die boeken zijn niet van mij. Trouwens, dit is niet mijn huis. Hier logeer ik gewoon als ik in de stad ben. Het was ooit van een plaatselijke genezer. Een vriendin van je broer, trouwens. Nadat ze met hem ontsnapte, mocht ik het gebruiken.'

Roan is in deze stad geweest, in dit huis. Ze glijdt met haar hand over de tafel, een bar ... en voelt iets ... een onverwacht, verrukkelijk gevoel. Ja. Ja! De onmiskenbare straling van Zand.

Ferrell, word wakker!

Wat is er?

Hier heeft een Zandeter gewoond, hè?

Inderdaad. Alandra. Je hebt haar al ontmoet. Ze was de beste van onze jongeren, maar haar opleiding was nog niet voltooid.

De Geitenvrouw. Degene die niet vocht.

Ode loopt langs Raaf door en trekt de deur naar een kleine kamer open. Een apotheek. Ze laat haar ogen snel over de vele bokalen op het rek glijden. Ode wijst naar een onopvallend bokaaltje waar ze niet bij kan. 'Zou je dat even voor me willen pakken, alsjeblieft?'

Raafs vingers klemmen zich rond het waardevolle bokaaltje, maar voor hij het eens goed kan bekijken, grist Ode het opgewonden uit zijn hand. Als ze het deksel eraf haalt, zakt de moed haar in de schoenen. Het is leeg. Er zitten amper nog een paar kruimeltjes in. Toen die Alandra vertrok, heeft ze het Zand blijkbaar meegenomen.

Jij bent een eindeloze voorraad gewend, maar Zand laat je niet zomaar achter. Jij gebruikte in een week waar wij met zijn allen een jaar zuinig op waren.

'Wat een onverwacht genoegen, Raaf.'

De stem klinkt vleierig, zelfverzekerd. Ode hoort onmiddellijk dat deze man het voor het zeggen heeft in deze stad. Raaf snelt bliksemsnel de apotheek uit en laat Ode daar achter.

'Gouverneur Brak! Wat heerlijk om u terug te zien!'

'Mijn beste Raaf, is er iets gebeurd?'

'We zijn weer aangevallen door Broeders.'

'Goddank dat je het er zonder kleerscheuren vanaf hebt gebracht.'

'Zonder kleerscheuren en zonder angst. Ik ben de laatste weken bij een aantal gouverneurs langs geweest en ze zijn allemaal ziedend. De aanvallen van de Broeders zijn rampzalig voor de handel en net als u hebben de gouverneurs er genoeg van dat zij daar de schuld van krijgen.'

'Dat werd tijd!'

'Ik doe wat ik kan. Het is niet mijn schuld dat Darius weigert om zijn dierbare technologie buiten de stadsmuren te gebruiken. Hij beloofde me dat hij maatregelen zou treffen om de Broeders ten gronde te richten, en het is niet meer dan normaal dat hij onder druk wordt gezet om zich aan zijn woord te houden. Sommige risico's zijn het nemen waard. Zonder meer geavanceerde wapens kunnen we de vijand niet neutraliseren.'

'Daar ben ik het volkomen mee eens. Als de verhalen over de wapenopslagplaatsen van de Stad kloppen, zou het voor de Meesters zelfmoord betekenen om het nog langer uit te stellen. Maar mijn vriend, ga je me nog voorstellen aan je gast?'

Voor Raaf een woord kan zeggen, loopt Ode op de man met de zilveren haren toe. Gouverneur noemde Raaf hem. Ja. Hij vindt zichzelf een hele mijnheer in zijn zwarte maatpak. Hij glimlacht en steekt zijn hand uit, maar als ze haar kap afzet, zakt heel dat deftige imago als een pudding in elkaar.

'Is dat ... de Meesters zij geloofd ... is dat ...?'

'Ik vertrouw er natuurlijk op dat dit onder ons blijft, Gouverneur Brak.'

Brak is helemaal van de kaart en schraapt zijn keel. 'Waar... waaraan, als ik zo vrij mag zijn ... Waaraan hebben wij de eer ... van uw hooggeëerd bezoek te danken?'

'Ik ben op een geheime missie, Gouverneur. Niemand mag weten dat ik hier ben. Mijn maaltijden moeten door deze deur worden aangegeven. Niemand, zelfs geen dienstbode, mag me zien. U mag niemand van mijn aanwezigheid op de hoogte brengen. Het welslagen van mijn missie hangt af van de grootste geheimhouding. Kan ik op uw discretie rekenen?'

Brak buigt het hoofd. 'Onze Ode, op mijn erewoord. Blijft u maar hier zolang u dat noodzakelijk acht en wij houden onze mond dicht en onze ogen open voor u.'

'Dank u,' zegt Ode. Haar vriendelijke stem camoufleert haar walging voor de man. 'Als u me nu dan alleen wilt laten.'

Brak glimlacht breed, buigt nog eens, dribbelt de deur uit en trekt ze voorzichtig achter zich dicht.

Raaf begint uitgelaten te kakelen. 'U bent me d'er eentje, Onze Ode, ongelooflijk!' Zijn bespottelijke gelach werkt haar danig op de zenuwen. Tijd om deze vogel van zijn stok te meppen.

'Ben je klaar?' vraagt ze koud, alsof ze het tegen een irritant kind heeft.

Raaf roept zichzelf meteen tot de orde.

'Is Brak te vertrouwen?'

'Daar kunt u gerust over zijn. Hij zou wel gek zijn om ons te dwars- bomen.'

Ons? Raaf zou beter een gierenmantel dragen. Hij komt voorzichtig telkens een stapje dichterbij om er zeker van te zijn dat zijn maaltijd hem niet bijt. Geen wonder dat Kordan hem liever dood dan levend zou zien. Die twee zijn van hetzelfde slag en er is in het nest van de oudste maar plaats voor één vogel.

'Als u me nu wilt excuseren, dan ga ik alles in orde brengen.' Hij maakt een buiging. 'Als u me toestaat ...' En als ze knikt, snelt hij haastig de deur uit.

Als ze terugkomen, zullen ze je kwaad doen.

Ik heb er geen idee van wat ze zullen doen. Maar daar kom ik wel achter.

Ode nestelt zich in een zachte stoel, sluit haar ogen en ademt diep in, één keer, twee keer, tien keer. Ze ziet de vonk, dan de vlam en pro- beert het licht te volgen, maar er is een kracht die zich aan haar vast- klampt, die haar tegenhoudt.

Laat me los.

Nee. Er is geen tijd. Begrijp je dat dan niet, ze gaan je probe- ren te gebruiken.

Wat weet jij daar nou van?

Naïef kind! Je verspilt de krachten die je hebt gekregen. Sta op!

Ode probeert uit alle macht te blijven zitten, maar haar handen klemmen zich om de armleuningen en ze duwt zichzelf overeind. Ze strompelt naar een tafel, grijpt naar een poot, maar haar ene hand trekt aan de andere en als ze zichzelf wegrukt, trekt ze de tafel omver en keilt alles wat erop staat tegen de vlakte. Ze voelt hoe ze als een slecht bestuurde marionet met houterige stappen recht naar Alandra's apotheek beent.

Wat wil je van me?

Ik wil dat je meewerkt!

Het zweet loopt van haar voorhoofd, ze duwt haar armen tegen de deurpost, maar haar greep verzwakt, glijdt weg en ze staat binnen.

Neem de glimmende groene bokaal. Neem hem! Hij zal je kalmeren.

Haar hand kegelt de bokaal tegen de muur. 'Me kalmeren? Denk je dat ik niet weet dat jij me helemaal in je macht wilt krijgen? Of wil je mij worden? Maar zo kan ik het ook spelen!' Ze concentreert zich op Ferrell en duwt tegen de rand van zijn bewustzijn.

Ze proeft bloed en beseft opeens dat hij haar eigen hand gebruikt om met een vijzel op haar hoofd te slaan. Keer op keer.

Ik sterf nog liever dan dat ik mijn gedachten met jou deel.

Odes zenuwen slaan vonken uit, het lijkt of ze door duizend wespen tegelijk wordt gestoken. Haar armen klapwieken bezeten in het rond en slaan alle bokalen van de rekken. Ze tolt de woonkamer in en grijpt de boekenkast vast. Alles keilt tegen de vlakte, boeken, flessen, kaarsen, bijna allemaal op Ode.

Hulpeloos ligt ze op de grond tussen glasscherven en klei en haar lichaam doet overal pijn, als de deur opengaat. Gouverneur Brak en Raaf deinzen verschrikt achteruit als ze de ravage zien. Raaf snelt naar haar toe.

'Onze Ode? Wat is er gebeurd?'

Maar ze is zo zwak, ze heeft moeite om haar ogen op hun gezicht te laten rusten. Ze laat ze dichtvallen en verzamelt al haar energie om hun gesprek af te luisteren, als ze in een hoekje staan te fluisteren.

'Ze heeft een beroerte gekregen of zoiets.'

'Denk je dat ze krankzinnig is?' vraagt de Gouverneur.

'Dat zou ons goed uitkomen.'

'Het is te riskant. We moeten Darius op de hoogte brengen.'

'Nee. Het apparaatje zal zijn werk doen. Dan is ze van ons.'

Brak slaakt een diepe zucht. 'Een soort waarborg.'

'Als de geruchten kloppen, heeft ze meer kracht dan alle Meesters samen. Jij verdient meer dan dit stadje, Gouverneur. Dit is je kans. En kansen moet je altijd grijpen, Brak.'

Er valt een stilte. 'Goed dan. Doe het maar.'

Raaf hangt nu boven haar. Ze ruikt zijn zurige adem. 'We kunnen je helpen, Ode. We zouden samen zoveel kunnen verwezenlijken.' Hij strijkt haar haren uit haar gezicht en nek.

'Heb je dit nog al gedaan?' vraagt Brak.

'Af en toe. Hou haar stevig vast, zodat ze geen bruuske bewegingen maakt.'

Word wakker! Word wakker! Word wakker!

Ik zou gelukkig kunnen zijn, Ferrell.

Je zou een slaaf zijn, dat weet je best.

Geen pijn meer.

Doe niet zo stom!

Twee sterke handen wegen op haar polsen.

Doe iets!

Ze hoort de klik van een knipmes dat openspringt.

Waar wacht je op. Lafaard! Ga je nu de man dienen die je volk heeft laten uitmoorden? Walgelijk kwaadaardig kind!

Koud metaal trekt een spoor over haar gloeiende huid. Ode kreunt.

Dit is de man die haar familie heeft vermoord; het was zijn woord dat Langlichts ondergang werd. Zonder Raaf was zij nog steeds een kind dat met haar broer om een appel vocht. Ode opent haar mond.

'Wacht!' sist Brak.

De twee mannen leggen hun oor op haar mond om te horen wat ze zegt. Ze schrikken als haar ogen opeens wijdopen schieten. Maar niet voor lang.

Als ze begint te krijsen, vertrekken hun gezichten van de pijn. Ze grijpen naar hun oren en proberen het bloed dat tussen hun vingers gulpt, tegen te houden. Raaf strompelt naar de deur, probeert te vluchten. Zijn handen reiken naar de klink, maar hij heeft de kracht niet om ze naar beneden te duwen. Hij valt op de vloer en smeekt Ode met rode tranen op zijn wangen om hem te sparen. Maar ze stopt niet voor de grote gevederde huichelaar levenloos naast zijn kameraad, wijlen Gouverneur Brak ligt.

En Onze Ode, de Icoon van de Stad, Erfgenaam van de Aartsbisschop, Idool van de Fusie, Onze Allerbeste en Beminde Ode, sluit de ogen, klemt haar pop tegen zich aan en glijdt weg in een donkere, dodelijke slaap.

Het hellevuur

HUN BESLISSING WAS BEPALEND VOOR DE UIT-
SLAG VAN DE OORLOG. MAAR DE DETAILS WAREN
ALLEEN DE DEELNEMERS BEKEND.
TOEN VERDWENEN VIER VAN DE BELANGRIJKSTE
REBELLENLEIDERS, ROAN, HARON, YANA EN
STEPPE, MET HUN LEGERS. DEGENEN DIE ACH-
TERBLEVEN, WERDEN AFGESLACHT DOOR DE
AGGLOMERATIE.

- DE OORLOGSKRONIEKEN

Onder het magische licht van de maan loopt Kira langs de littekens in de rots die de slapende vulkaan achterliet toen hij instortte. Roan bestudeert de lagen gladde steen die ooit brandende lava waren.

'Weet je hoe lang hij al sluimert?'

'Ik heb gehoord dat de laatste uitbarsting zeventigduizend jaar geleden plaatsvond. Hij kan elk moment opnieuw actief worden, maar als het aan Darius ligt, zijn we hier dan allang weer weg.'

In het duister dat steeds zwarter kleurt, ziet Roan zuilen staan. Ze zijn in het stollingsgesteente gehouwen en lijken wel de ingang van een tempel. Kira gebaart dat hij zijn schoeisel moet uittrekken en moet wachten.

Roan voelt aan de ring in zijn hand. Hoe was iets dat ooit van zijn overgrootvader was geweest in handen van Sancto gekomen? Waarom had hij die ring gekregen? Kira's gefluister wenkt hem. Misschien vindt hij binnen het antwoord op zijn vragen.

In de gewelfde open ruimte achter de zuilen zitten honderd vrouwelijke krijgers in kleermakerszit en met hun zwaard op schoot te mediteren. Een pezige, grote vrouw met grijze haren zit tegenover hen. Dat

331

moet de leidster zijn. Het valt Roan meteen op hoe sterk ze samen lijken, hoe geconcentreerd ze zijn. Geen wonder dat ze zulke korte metten met de Fandors hebben gemaakt.

'Onze troepen wisselen een keer per maand van taak. Een derde gaat op verkenning, een derde blijft met haar gezin in de stad en een derde keert terug naar hier om haar opleiding verder te zetten.

Roan wordt ongemakkelijk van de gelijkenis met de Broeders, maar hij probeert het niet te laten merken. 'Een eliteleger,' is alles wat hij zegt.

'Ze kennen hun gelijke niet. En ze zijn beter dan de beste Broeders,' antwoordt Kira, alsof ze zijn gedachten kan lezen.

'Helpen Broeder Wolf en Adder met de training?'

Kira lacht. 'Het is net andersom. Lang geleden heeft Ende hen alles geleerd, voor Sancto De Broederschap oprichtte. Alle vaardigheden die jij van de Broeders hebt geleerd, komen van die vrouw.'

Kira's ogen draaien naar de oudere vrouw die de groep leidt.

Roan bestudeert haar rustige trekken, hoge jukbeenderen en grote voorhoofd. 'Ze lijkt op jou.'

'Het is mijn grootmoeder. Al het werk dat ze heeft gedaan, heeft maar één doel: de Stad ten onder brengen. De legers van de Stad zijn immens groot en gecentraliseerd. We weten dat ze wapens hebben waarvan we de aard en het aantal alleen maar kunnen raden. In vergelijking met hen zijn we met niet veel, en we zijn over alle windrichtingen verspreid. Messen, zwaarden en pijlen zijn alleen efficiënt als je dicht genoeg bij je vijand kunt komen. We hebben gewacht op die ene die alle legers kan samenroepen en ze wil leiden. Sancto geloofde dat hij die man was, maar hij moest ondervinden dat hij ongelijk had. Hij ontdekte dat de helft van de strijd zal worden uitgevochten in het Dromenveld, waar maar weinigen kunnen komen en wie van de Lopers geeft nog genoeg om vlees en bloed om de noden van de gewone sterveling te gaan verdedigen? Stilaan raakte hij ervan overtuigd dat jij degene was waar iedereen op wacht ... Dat dachten we allemaal, Roan van Langlicht.'

'Ik heb de Stad gezien. Ik zou nooit mensen naar het slagveld sturen om hen te bevechten ... Ze zouden geen schijn van kans maken en worden afgeslacht.'

Kira staart Roan somber aan. Dan glimlacht ze. 'Je bent net zoals ze hebben voorspeld. Ik zal het een eer vinden om jou te dienen.'

'Je begrijpt het niet ...'

Ende, de vrouw met de grijze haren, staat plotseling op.

Roan bloost, nu beseft hij pas dat hij zijn stem heeft verheven. 'Vergeef me,' verontschuldigt hij zich.

'Dat zul je moeten verdienen,' bijt Ende met scherpe stem. Ze gebaart naar een van de vrouwen om haar zwaard naar Roan te gooien. In een oogwenk staat ze aan de andere kant van de kamer en haalt ze uit naar zijn nek. Hij weert haar af, maar Ende is snel, sneller dan hij ooit heeft gezien. Haar zwaard snijdt en steekt vanuit elke mogelijke hoek. Het gekletter van hun zwaarden echoot door de stenen ruimte tot Ende net zo abrupt als ze is begonnen, ook weer stopt.

De krijgers die nieuwsgierig hebben staan kijken, beginnen te applaudisseren. Als hun lerares zich vliegensvlug naar hen draait, stoppen ze meteen. Dan draait Ende zich met een uitgestreken gezicht terug naar Roan.

'Nou, je bent in elk geval wie je zegt dat je bent,' zegt ze. 'Maar je bent een beetje stram. Wat heb je het laatste jaar allemaal uitgespookt? Onkruid gewied?'

'Ja,' zegt Roan, en dat is ook zo.

'Laat je niet opdraaien door oma, Roan. Na haar ben jij de beste die ik ooit heb gezien.'

'O, maar hij is beter dan ik, hij is gewoon niet meer in vorm,' snuift

Ende en ze loopt naar een zware deur. 'Kom, Roan, op dit gesprek heb ik heel lang gewacht.'

De dikke deur is de toegang naar een kamer die sober en elegant oogt. Elk voorwerp dat er staat, is even mooi en creëert een sfeer van rust die Roan zelden heeft ervaren. Ende gaat met haar rug naar hem toe zitten en schenkt drie koppen muntthee uit.

'Kom bij me zitten, Roan,' biedt ze aan en ze wijst naar de bamboemat tegenover haar.

Maar als hij langs het lage tafeltje loopt, blijft Roan plotseling staan. Aan de muur hangt een foto: Onze Ode.

'Ik heb haar vooruitgang aandachtig in de gaten gehouden,' zegt Ende. 'Ik heb gehoord dat ze heel veel kracht heeft gekregen.'

'Ze is weggelopen.'

'Ah,' zegt Ende.

'Een man die ik heb ontmoet, Willum, is op zoek naar haar. Hij denkt dat hij haar kan helpen.'

'Ik weet zeker dat hij dat zal doen. Willum is een goeie jongen.'

'Kent u hem dan?'

Kira en Ende glimlachen. 'Hij is mijn broer,' zegt Kira.

Roan bestudeert de gezichten van de vrouwen en ziet de gelijkenis. 'Jullie hebben allemaal dezelfde ogen.'

'En nog veel meer,' zegt Ende en ze geeft Roan zijn kopje thee. Hij gaat tegenover haar zitten en legt de ring op de tafel tussen hen.

Ende drinkt haar thee in één teug op. 'Zoals je waarschijnlijk wel weet, waren er vier groepen bij de Breuk. De ene werd Langlicht, een andere de Oase, nog een andere werd de Gunthers en de vierde werd uitgeroeid door een epidemie die Darius ongeveer vijftig jaar geleden op hen losliet.'

Roan heeft al een aantal puzzelstukjes op hun plaats kunnen leggen.

'Maar zijn virus heeft zijn werk maar half gedaan, is het niet? De vrouwen overleefden en ontsnapten naar de top van deze slapende vulkaan, ver uit het zicht van Darius. Ze zwoeren dat ze nooit meer zouden worden verslagen en werden grote krijgers.'

Kira lacht. 'Ik zei je toch dat hij slim was, oma!'

'Wat ik niet begrijp,' zegt Roan, 'is uw relatie met dat dorp, en met de Broeders.'

Kira haalt de schouders op. 'We wilden de mythe dat we volledig waren uitgeroeid, in stand houden, maar we hadden natuurlijk nog steeds behoefte aan vrienden. Dus leidden onze vrouwen allemaal dubbellevens en namen ze sterke en gezonde mannen uit de dorpen om zich voort te planten. Aanvankelijk werden er alleen meisjes naar hier gesmokkeld om te worden opgevoed en opgeleid, en bleven de jongens in de dorpen bij hun vaders.'

'Maar dat is nu veranderd,' gaat Ende verder. 'Toen die verschrompelde pruim van een man kinderen uit de dorpen begon te ontvoeren, besloten wij om elk kind dat we vonden naar hier te smokkelen en te verbergen.'

Roan staart Kira verbijsterd aan. 'Dus jij deed maar alsof tegen Sancto? Je gebruikte hem alleen maar voor … zijn zaad?'

'We doen onze uiterste best om het niet zo ver te laten komen, maar de meesten van ons krijgen na een tijd toch gevoelens voor de partner,' glimlacht Kira droevig. 'Ik geloof dat Sancto de wereld echt wilde verbeteren, maar dat hij werd misleid. Hij dacht dat hij een tijdelijk verbond met Darius had gesloten. Maar in werkelijkheid had Darius Sancto stevig in zijn greep. Toen ik hem aanmoedigde om mee te werken aan onze actie om zoveel mogelijk kinderen te redden, aarzelde hij geen moment.'

Roan verstijft.

'Maar je hebt hem niet kunnen overhalen om Langlicht te redden?'

Kira schrikt niet van zijn bestraffende blik, maar haar verdriet is tastbaar. 'Sancto heeft me niet verteld dat hij van Darius de opdracht had gekregen om hem jou en je zus te bezorgen. Er werden klerken uitgestuurd, dus wist Sancto dat jullie belangrijk moesten zijn, maar hij besefte niet wie jullie waren. De legenden van Langlicht werden als sprookjes beschouwd en voor hem was jullie dorp het zoveelste dat moest worden vernietigd, of hij dat nu zelf deed of iemand anders. Hij dacht dat het een noodzakelijk offer was voor de kinderen die hij nog moest redden.

'Een van jullie tweeën hield hij om persoonlijke redenen achter, en daar mogen we hem dankbaar voor zijn, want wat hij ook van plan was, het is weinig waarschijnlijk dat jullie nog allebei zouden hebben geleefd als hij dat niet had gedaan.'

'Maar toen hij je beter leerde kennen, begon hij te beseffen dat jij en je gaven zijn verstand te boven gingen. Het was te laat om Langlicht te redden, maar nog niet te laat om jou te redden. Hij was ervan overtuigd geraakt dat jij de leider was, waar we zo lang op hadden gewacht en er was geen weg meer terug. Ondanks het feit dat je hem had aangevallen, bleef hij je zoeken en hopen. Ik waarschuwde hem dat hij je niet zou kunnen overtuigen, dat je hem niet meer kon vertrouwen sinds je had ontdekt wat zijn aandeel in de vernietiging van Langlicht was. Maar hij wilde niet naar me luisteren. En toen hij de laatste keer bij Darius werd ontboden, zag hij iets dat hem doodsbang maakte. Hij kon er niet over praten, maar het deed hem besluiten dat hij je tot zijn laatste snik zou proberen terug te winnen.'

Roans gedachten dwalen af naar die laatste keer met Sancto, naar het gevecht. Sancto had hem iets proberen te vertellen. Maar hij was niet in staat geweest om te luisteren en die onmacht had tot veel nodeloos bloedvergieten geleid. 'Ik moet erachter komen wat hij weet.'

Ende raapt de zilveren ring op en houdt hem in haar handpalm. 'Ik was bang dat je hem zou verliezen.'

'Ik heb vaak gewenst dat ik hem zou verliezen, maar ik heb hem gehouden om me te herinneren aan de eerste wonde die ik een ander heb toegebracht.'

'Dat was wijs, Roan. Heb je je ooit afgevraagd hoe het komt dat hij zo weinig weegt?'

'Ik dacht dat hij hol was.'

'Niet echt hol. Binnenin zit er energie uit het Dromenveld.'

'Jullie zijn dus allemaal Zandeters,' zegt Roan moedeloos.

'Nee,' antwoordt Ende. 'Al onze Zandeters, vrouwen en mannen, zijn omgekomen in de epidemie. Dus hebben we uiteindelijk toch de weg van Roan van de Breuk moeten volgen, al waren we dat aanvankelijk niet van plan. Hij was het Zand gaan haten, omdat hij er zeker van was dat het tot een catastrofe zou leiden. Dat was de reden voor zijn breuk met Darius, en waarom hij mijn moeder de ring gaf om voor jou te bewaren.'

'Voor mij?'

Ende haalt de schouders op. 'Iedereen dacht dat hij krankzinnig was, weet je, zelfs de mensen die van hem hielden. Het verschil was dat wij zijn waanzin voor genialiteit hielden, terwijl de anderen dachten dat hij gek was – althans dat beweerden ze toch.' Ze steekt haar hand uit en neemt die van Roan. Als ze hem recht in de ogen kijkt, kan ze in zijn bewustzijn binnendringen. Een waterval van beelden stroomt Roans geest binnen.

RODE REGEN VALT UIT DE HEMEL. BOMEN STAAN IN BRAND. EEN GEWONDE SOL-DAAT LIGT TE KRONKELEN OP EEN BLOEDERIG WIT LAKEN. HONDERDEN EN HONDER-DEN GEBROKEN KRIJGERS KRUIPEN BIJ ELKAAR ROND KAMPVUREN. EEN MAN VAN ROND DE VIJFENDERTIG, DIE EEN BEETJE WEG HEEFT VAN ROANS VADER, TUURT NAAR DE HALVE MAAN. HIJ DRAAIT ZICH OM EN ZIJN GROENE OGEN GEVEN LICHT. HIJ HEFT

ZIJN HAND OP, NEEMT DE RING IN DE VORM VAN EEN DAS VAN ZIJN VINGER EN
STEEKT HEM OMHOOG. 'VOOR EEN VEILIGE DOORTOCHT,' ZEGT HIJ. 'HIJ DRAAGT ALLE
VORMEN IN ZICH EN STELT JE NOOIT TELEUR.'

Ende laat Roans geest weer los.

'Ik weet niet of ik het begrijp.'

'Dat komt gaandeweg wel terwijl je je taak uitvoert,' zegt Ende. 'Maar
sterkte komt van het hart en van het moment dat je je taak aanvaardt. Je
staat aan een kruispunt, Roan van Langlicht. In jou komt oude hoop weer
tot leven en uit jou zal nieuwe hoop ontspringen.' Ende zwijgt, ze laat
Roans arm los. 'Maar voor jou zal de tocht nog heel zwaar zijn en je enige
beloning is dat je je taak zult hebben volbracht. Dat is veel gevraagd van
een jong iemand als jij. Wil je nog steeds terugkeren naar dat oord des
verderfs?'

'Ja.'

'Je mag deze ruimte gebruiken.'

'Na de laatste keer ben ik een tijdje ziek geweest. Zoiets zou opnieuw
kunnen gebeuren. Of nog iets ergers.'

'Als je ziek terugkomt, zal ik je genezen. Als je niet terugkomt, zullen
we wachten tot je lichaam sterft en je goed begraven,' zegt Ende. Roan
voelt een rilling over zijn rug lopen.

Nu de risico's van zijn onderneming zo onverbloemd zijn verwoord,
draait hij zich naar Kira en vraagt: 'En Bubbel?'

'Ik zal hem op de hoogte brengen.'

'Als hij de wacht bij je wil houden, mag dat,' biedt Ende aan.

Roan steekt de dassenring aan zijn vinger, haalt diep adem en probeert zijn hoofd leeg te maken. Maar de angst om in het Dromenveld te
sterven en zijn lichaam in deze wereld achter te laten, het te reduceren
tot een zieloze, gedachtenloze plant die alleen nog maar op de dood
kan wachten, blijft hem door het hoofd spoken. Hij is er zich maar al te

goed van bewust hoeveel ervan afhangt dat hij dit tot een goed einde brengt. Hij haalt verschillende keren diep adem, maar die doemgedachten houden hem aan de grond genageld.

Met een paar sprongen landt Roans witte krekel op zijn ring. Het diertje steekt zijn vleugels op, wrijft ze tegen elkaar en begint zijn lied. Roans angst is aan banden gelegd, zijn onrustige geest gesust en met elke ademtocht dringt er via zijn voetzolen steeds meer licht in zijn lichaam. Het klimt langzaam omhoog, de straling stuwt naar zijn staartbeentje, schiet door zijn ruggengraat en dan is hij eindelijk vrij.

ROAN STAAT AAN DE RAND VAN DE KLOOF EN KIJKT NAAR ZIJN HAND VAN KLEI. AAN ZIJN VINGER ZIT DE ZILVEREN DASSENRING. HIJ IS MET HEM MEE GEREISD.

DE IJZEREN STANDBEELDEN, GEGESELD DOOR REGEN EN WIND, HEBBEN EEN DIKKE ROESTLAAG. HET STANDBEELD DAT HET DICHTSTE BIJ STAAT, DRAAIT HAAR HOOFD. ZE PROBEERT TE GLIMLACHEN, MAAR KAN ZICH NAUWELIJKS VERROEREN.

'ROAN!' MOMPELT LONA. HAAR STEM KLINKT ZWAK.

'IK WILDE WETEN HOE HET MET JE GAAT.'

'MET ONS GAAT HET PRIMA, ROAN,' FLUISTERT BUB. 'WE ZIJN HIER GOED IN.'

'IK HEB NOG HEEL WAT WERK VOOR DE BOEG. JULLIE MOETEN NOG EVEN VOLHOUDEN.'

'DAT ZAL WEL LUKKEN,' ZEGT KAAK.

'WE ZIJN NIET BANG,' ZEGT LONA.

'WE WETEN DAT JE ONS NIET ZULT TELEURSTELLEN,' VERZEKERT GIP HEM.

EEN BLIKSEMSCHICHT LICHT DE VEERTIEN IJZEREN KINDEREN OP. ZE LIJKEN ZICH VERZOEND TE HEBBEN MET HUN OFFER – ROAN KAN ALLEEN MAAR RADEN TEN KOSTE VAN WAT ... HOE LANG HOUDEN ZE HET NOG VOL ALS HIJ ER NIET IN SLAAGT OM DE KLOOF TE DICHTEN??

MISSCHIEN HEEFT SANCTO DE INFORMATIE DIE HIJ NODIG HEEFT, IETS DAT HEM DE WEG KAN WIJZEN. MET DIE HOOP IN ZIJN HART LAAT HIJ DE KINDEREN ACHTER. SECONDEN LATER STAAT HIJ AAN DE RAND VAN HET WATER. HIJ SPRINGT OP EEN IJS-

BERG, WORDT OVER DE WOELIGE ZEE, TOT AAN DE RAND VAN DE DRAAIKOLK GESLINGERD.

ZONDER AARZELEN SPRINGT ROAN IN DE DRAAIKOLK. TERWIJL HIJ NAAR BENEDEN TOLT, GRIJPT DE STANK VAN DE DOOD HEM BIJ DE KEEL. VEEL TE SNEL GLIBBERT HIJ IN HET SLIJM DAT KRIOELT VAN DE BLOEDZUIGERS. HIJ VOELT OM ZICH HEEN EN GRIJPT TOT ZIJN AFGRIJZEN STEEDS IN HANDENVOL PARASIETEN, TOT HIJ EINDELIJK ZIJN WRE-KER VOELT. SANCTO'S OGEN SCHIETEN OPEN, ZIJN KOUDE VINGERS STRENGELEN ZICH OM ROANS ARM EN SLEUREN HEM ONDER DE WRIEMELENDE MASSA. ROAN ADEMT DE WALGELIJKE SOEP IN, IN DE HOOP DAT HIJ DAARMEE ZIJN OVERGAVE KAN BESPOEDI-GEN. ZIJN LONGEN VULLEN ZICH MET BLOEDZUIGERS EN SLIJM, MAAR ZUIGEN OOK LUCHT OP. WARME LUCHT. HIJ KNIPPERT MET ZIJN OGEN TEGEN HET FELLE ZONLICHT EN STAAT OP DE RAND VAN EEN BODEMLOZE AFGROND. HET IS HETZELFDE RAVIJN WAAR SANCTO EN LELBIT DE DOOD VONDEN.

HIJ HOORT EEN AANVALSKREET. SANCTO STORMT OP HEM AF MET GEHEVEN ZWAARD. ROAN TREKT ZIJN HOOFD IN EN WACHT OP DE GENADESLAG. ZONDER DAT HIJ HET WIL, STEEKT HIJ ZIJN KIN OMHOOG. HIJ ZIT NIET IN ZIJN HUIDIGE LICHAAM, MAAR IN HET LICHAAM VAN DIE DAG, TOEN ZIJN HAAKZWAARD KLETTEREND NEER-KWAM OP SANCTO'S WAPEN. HIJ PROBEERT TE STOPPEN MET VECHTEN, DE DOOD DIE HIJ VOLGENS MABATAN IN DE OGEN MOEST KIJKEN, TE VERWELKOMEN, MAAR DEZE ROAN IS DE ROAN DIE SANCTO WIL DAT HIJ IS EN DIE GEEFT NIET OP. HET GEVECHT WOEDT VERDER, ELKE UITHAAL, ELKE SLAG WORDT OPNIEUW UITGEVOCHTEN. AL-LEEN ZIJN ZE NU MAAR MET Z'N TWEEËN. NU ZAL ER GEEN LELBIT ZIJN OM HEM TE KOMEN REDDEN.

WANKELEND HAKKEN ZE OP ELKAAR IN OP DE SMALLE RICHEL, GEEN VAN BEIDEN HAALT DE BOVENHAND. TOT SANCTO DE BLOEDENDE PIJLWONDE OP ROANS ARM ZIET EN ER MET ZIJN VUIST OP SLAAT. DEZELFDE PIJNSCHEUT ALS TOEN SCHIET DOOR ROAN HEEN EN HIJ HAALT UIT MET ZIJN ZWAARD, RAAKT SANCTO IN ZIJN DIJ. WOEST GEEFT SANCTO NOG EEN SLAG OP DE WONDE. ROAN VALT EN SANCTO ZET ZIJN ZWAARD TEGEN ZIJN KEEL.

340

'DOE NU WAT JE MOET DOEN,' FLUISTERT SANCTO TERWIJL ZIJN ZWAARD ROANS KEEL OVERSNIJDT.

HET BLOED GUTST OVER ROANS ARMEN EN STROOMT HET RAVIJN IN. ZIJN LICHAAM WORDT HELEMAAL KOUD EN HIJ DUIKELT STUURLOOS VAN DE AFGROND, ALS EEN VLIEGER ZONDER STAART. DOOR DE NEVEL VAN ZIJN DOOD ZIET HIJ NOG NET EEN RODE FLIKKERING IN DE OGEN VAN DE RING. DE GLOED VERSPREIDT ZICH OVER ZIJN HANDEN EN DAN ZIJN ARMEN. AL ZIJN LICHAAMSDELEN BEGINT TE VERSCHUIVEN EN TE VERANDEREN: ZIJN ARMEN WORDEN POTEN, ZIJN KAAK REKT UIT EN UIT ELKE PORIE GROEIEN ER BORSTELIGE HAREN. HIJ HEEFT DE GEDAANTE VAN EEN DAS AAN-GENOMEN.

ROANS VAL VERTRAAGT, HIJ DRAAIT HONDERDTACHTIG GRADEN, WINT WEER SNEL-HEID EN KATAPULTEERT ZICH NAAR DE DODE PROFEET. SANCTO STAAT HEM BOVEN AAN DE AFGROND OP TE WACHTEN, MET ZIJN ZWAARD LUSTELOOS IN DE HAND, ZIJN HANDEN LANGS ZIJN ZIJ. HIJ BIEDT GEEN WEERSTAND ALS ROAN IN ZIJN OOG DUIKT.

DOOR SANCTO'S OGEN ZIET ROAN DE GEBOENDE GANG, DE PRACHTIGE EIKEN DEUR, SANCTO'S HAND DIE NAAR EEN KOPEREN KLAUW REIKT. ALS DE DEUR OPENZWAAIT, WORDT HIJ VERWELKOMD DOOR EEN VREEMDE LEEFTIJDLOZE MAN MET PRIEMENDE OOGJES EN EEN SUPERSTRAKKE HUID, DIE HEM UITNODIGT OM TE GAAN ZITTEN.

'GEGROET, SANCTO. JE NIEUWE MOTOR IS HELEMAAL NAAR WENS, MAG IK HOPEN?'

'UW VRIJGEVIGHEID IS LEGENDARISCH, MEESTER DARIUS. IK BEN VEREERD.'

'JA. WAAROM HEB JE DIE JONGEN VOOR ME VERBORGEN? JE WIST TOCH DAT IK OP ZOEK WAS NAAR HEM?'

'ALS IK HET HAD GEWETEN, HOEDER, HAD U HEM VAN MIJ MOGEN HEBBEN. DE NACHT VAN DE RAZZIA HEBBEN WE ALLEEN HET MEISJE GEVONDEN. DE JONGEN HEB IK PAS LATER ONTDEKT, VER WEG VAN HET DORP. HIJ BEWEERDE DAT HIJ HAD ROND-GEZWORVEN. HIJ ZEI DAT HIJ KON LEZEN, DUS DACHT IK DAT HIJ ME NOG VAN PAS KON KOMEN.

'WAT MOET JIJ MET EEN LEZER?'

'DOKTER ARCANTHAS HEEFT GEVRAAGD OM DE MEDISCHE BOEKEN TE RECUPE-REREN. IK DACHT DAT DE JONGEN DAAR MISSCHIEN BIJ KON HELPEN. WE LEVEN OM DE MEESTERS TE DIENEN.'

'OVER HET ALGEMEEN HEB JE DE VERLANDEN ONBERISPELIJK BESTUURD.'

'DANK U.'

'JIJ BENT MIJN PRINS.'

SANCTO BUIGT HET HOOFD. 'U VEREERT ME, ZIENER.'

ER VERSCHIJNT EEN SLUWE GRIJNS OP HET GEZICHT VAN DARIUS. HIJ WENKT SANCTO DICHTERBIJ. 'IK WIL JE IETS LATEN ZIEN.'

IN DE MUUR SCHUIFT ER EEN PANEEL OPEN EN KOMT ER EEN GLAZEN SCHAP TE VOORSCHIJN. ER STAAT EEN STOLP OP, MET EEN HAND DIE NAAR EEN ZINDERENDE KORAALBLAUWE LUCHT REIKT. DE ONDERKANT VAN DE ARM ZIT DIEP IN EEN ZILVEREN POEL.

'OP EEN DAG ZAL DIT BOUWWERK ZIJN VOLTOOID. MAAR NET ZOALS JOUW MOTOR HEEFT HET BENZINE NODIG. DIE JONGEN, ZIJN ZUS, DE KINDEREN DIE JE IN HELDER-ZICHT VOOR ME GAAT OPHALEN – HET IS HUN LOT OM MIJN MACHINE VAN ENERGIE TE VOORZIEN.'

IS DAT ALLES WAT WE VOOR DE MEESTERS ZIJN? BENZINE? ROAN ZOU DARIUS AAN-VLIEGEN ALS HIJ MEER DAN EEN HERINNERING WAS.

VIA DE ARM KOMT ER IETS UIT DE ZILVEREN POEL BOVENDRIJVEN. DE HUID LIJKT GELADEN EN ALS SANCTO DICHTERBIJ KOMT, ZIET ROAN EEN WIRWAR VAN KRONKE-LENDE, KRIJSENDE SILHOUETTEN DIE WORDEN GEMARTELD.

'WAAR DOET DIT JOU AAN DENKEN, SANCTO?'

'MOGE DE VRIEND ONS ALLEN REDDEN.'

'HEEL SCHRANDER VAN JE. JOUW VRIEND IS NATUURLIJK DE VRIEND VAN ONS AL-LEN. MIJN BOUWWERK IS GEMAAKT OM HEM TE EREN EN OM DE MENSHEID TE DIENEN. ALS JE MIJ HELPT, HELP JE DE VRIEND EN DE HELE WERELD. JE MOET MIJN VERTROU-WEN OPNIEUW VERDIENEN, SANCTO. DAT KUN JE ALLEEN DOOR MIJ DE JONGEN EN DE KINDEREN TE BEZORGEN.'

'IK ZAL ZE VINDEN.'

'IK ZAL ERG TELEURGESTELD ZIJN ALS JE HET NIET DOET. NIETS ERGERT ME MEER DAN VERSPILLING. MAAR HET IS MIJN LOT ALS LEIDER DAT IK AF EN TOE ZELFS EEN PRINS MOET ELIMINEREN ALS HIJ VAN ZIJN KOERS AFWIJKT.

'IK ZAL U NIET TELEURSTELLEN.'

DARIUS GLIMLACHT. ZIJN TANDEN GLIMMEN EN HIJ VERDWIJNT IN DE VERTE.

TERUG BIJ DE AFGROND WORDT DE DAS UIT HET OOG VAN SANCTO GESLINGERD. ROAN NEEMT ZIJN MENSELIJKE VORM TERUG AAN EN GAAT VOOR DE MOORDENAAR VAN ZIJN FAMILIE STAAN.

'HEB JE HET GEZIEN?' VERDEDIGT SANCTO ZICH. 'DARIUS PROBEERT ZIELEN TE ROVEN EN ZE OP TE SLUITEN IN ZIJN MACHINE. IK BEGRIJP NIET HOE HIJ VAN PLAN IS ZIJN BUIT TE GEBRUIKEN, MAAR HIJ LIEGT ALS HIJ ZEGT DAT HIJ DE VRIEND WIL EREN. HIJ WIL DE PLAATS VAN DE VRIEND INNEMEN, DE PLAATS VAN GOD ZELF. HIJ IS DE DUIVEL, ROAN. DAT HEB JE NU TOCH ZELF KUNNEN ZIEN? EN VOELEN. HIJ WIL EEN EIND AAN ALLES MAKEN. GA NAAR DE BROEDERS, NEEM DE WAPENS OP EN LEID HEN IN EEN OPSTAND TEGEN DE STAD. DARIUS MOET WORDEN GESTOPT.'

ROAN STAART DE DODE PROFEET VERBIJSTERD AAN. 'VRAAG JE ME NU OM DE TOTALE OORLOG TE VERKLAREN?'

'DARIUS IS NU AL OORLOG AAN HET VOEREN. JE HEBT ZIJN SLACHTOFFERS TOCH GEZIEN? DUIZENDEN HULPELOZE KINDEREN, HELE DORPEN VERWOEST – HIJ VERNIE-TIGT IEDEREEN DIE DE MEESTERS IN DE WEG STAAT. WIL JE HEN NIET TEGEN NOG MEER ONHEIL BESCHERMEN?'

'MAAR JIJ HEBT HEM GEHOLPEN. HOE KUN JE DAN NU ...'

'OMDAT IK ER OOK DEEL AAN HAD, ZIT IK NU HIER. EN IK VRAAG JE NIET OM TE HELPEN, IK SMEEK HET JE.'

'ER MOET NOG EEN ANDERE WEG ZIJN DAN OORLOG.'

ER WELLEN TRANEN OP IN DE DODE OGEN VAN DE MAN. 'IK KEN GEEN ANDERE WEG. DAT BETEKENDE MIJN ONDERGANG. JE HEBT GEHOORD WAT JE MOEST HOREN.'

DE ROTS WAAR ZE OP STAAN, BEGINT AF TE BROKKELEN TOT EEN GOLVENDE MASSA DIE OMHOOG KRUIPT LANGS SANCTO'S BENEN, BORST, NEK, EN TEN SLOTTE ZIJN OGEN, DIE ROAN WANHOPIG BLIJVEN AANKIJKEN TOT ZE WEGZINKEN IN DE LEVENDE BEERPUT.

VERDRIETIG DAALT ROAN AF LANGS HET WERVELENDE LICHT DAT ZICH ALS EEN TRECHTER IN DEZE ZEE VAN ELLENDE BOORT, EN LAAT SANCTO ACHTER. LEGERS LEIDEN, MENSEN DE DOOD INJAGEN, HOE KAN HIJ DIE VERANTWOORDELIJKHEID OP ZICH NEMEN? DAT KAN TOCH NIEMAND?

ALS HIJ BIJ DE DRAAIKOLK KOMT, HOORT HIJ STEMMEN. ZIJN VOLK. HET VOLK VAN LANGLICHT. HUN GEZANG HYPNOTISEERT HEM, SMEEKT HEM OM ZICH OVER TE GEVEN AAN VERDRIET EN VERLANGEN, OM ZIJN TRANEN TE LATEN VLOEIEN, MAAR HET ENIGE WAT HIJ WIL, IS WEER BIJ ZIJN OUDERS ZIJN, AAN HUN ZIJDE MOGEN WERKEN, VRIJ VAN DE LAST DIE OP ZIJN SCHOUDERS RUST.

DE STEMMEN KLINKEN LUIDER NU. ZE ZIJN DE DRADEN DIE HEM MET IEMAND VERBINDEN DIE HIJ BEMINDE. ZE RAKEN VERSTRENGELD EN VERWEVEN, WIEGEN HEM MET GELACH EN LICHT, TOT HIJ BIJ ZIJN MOEDER EN VADER WORDT GEBRACHT. ZIJN MOEDER HEEFT HAAR WERKKLEDING AAN, OP HAAR WANG ZIT EEN VEEG ZAAGSEL. ZIJN VADER IS IN ZIJN OFFICIËLE TOGA, DE TOGA DIE HIJ ELK JAAR DROEG BIJ DE HERDENKING.

ZE STEKEN HUN ARMEN UIT EN ROAN OMHELST HEN. ZIJN MOEDER DROOGT ZIJN TRANEN EN KUST HEM. 'WE ZIJN ZO TROTS OP JE.'

'MAAR IK HEB GEFAALD. IK HEB ELKE WET OVERTREDEN. VLEES GEGETEN, GESLAGEN, GEMOORD.'

'JE LEERDE OM GEWELD AF TE WIJZEN EN RESPECT TE HEBBEN VOOR HET LEVEN,' ZEGT ZIJN VADER. 'EN JE WAS EEN GEHOORZAME LEERLING. MAAR AL VERHOOGT DIE GEWELDLOOSHEID DE KANS DAT DE MENSHEID OVERLEEFT, ROAN, ZE BIEDT GEEN ENKELE GARANTIE. DE NACHT DAT LANGLICHT WERD VERWOEST, HEB JE MET EIGEN OGEN GEZIEN HOE ONZE GEWELDLOOSHEID FAALDE.'

'IEDEREEN ZEGT DAT IK HEN NAAR EEN OORLOG MOET LEIDEN.'

'OMDAT NIEMAND ANDERS HET KAN,' ZEGT ZIJN MOEDER.

ROAN KIJKT HEN BEIDEN ONGELOVIG AAN. 'MAAR DAT WIL TOCH NIET ZEGGEN DAT IK HET DAN MOET DOEN?'

ROANS VADER KIJKT ZIJN ZOON RECHT IN DE OGEN, MAAR ZIJN STEM IS BELADEN MET VERDRIET. 'ER KOMT EEN OORLOG, OF JIJ HEM ZAL LEIDEN OF NIET. ROAN, DE GAVE DIE JIJ BEZIT, ZOU HOOP OP VREDE IN HET CONFLICT BRENGEN. DAT WAS DE ERFENIS VAN LANGLICHT. HOE JE DIE GAVE GEBRUIKT, KUN ALLEEN JIJ BESLISSEN.

HEEL EVEN SLAAT ROAN DE OGEN NEER. HIJ HEEFT NOG ZOVEEL VRAGEN, MAAR HIJ WEET DAT ER GEEN ANTWOORD OP ZAL KOMEN, DAT ER GEEN ANTWOORD IS, EN MISSCHIEN WIL HIJ WEL GEEN ANTWOORD. ZIJN OUDERS HEBBEN KEUZES GEMAAKT, HIJ MOET ZIJN EIGEN KEUZES MAKEN. ALS HIJ WEER OPKIJKT, ZIET HIJ DAT DE HELE OMGEVING DOORSCHIJNEND IS EN ZIJN OUDERS LICHT UITSTRALEN.

'WACHT, ALSJEBLIEFT!'

'LOOP VRIJ, ROAN VAN LANGLICHT,' FLUISTEREN ZE TERWIJL HET ZINDERENDE LICHT HEM OMHULT EN TROOST.

Bubbels bezorgde gezicht hangt boven dat van Roan. 'Alles goed met je?'

Roan glimlacht. 'Ja,' zegt hij. En voor het eerst in jaren gelooft hij dat echt.

DE SLAPENDE VULKAAN

ALS DE MAAN IN HET OOG VAN DE STIER
STERFT, WEES DAN WAAKZAAM IN HET OOSTEN,
EN WACHT GEDULDIG TOT ZE OP DE HANDEN
VAN DE TWEELINGEN VERSCHIJNT, WANT DAT IS
DE VOORBODE VAN DE NIEUWE TIJD.
— HET BOEK VAN LANGLICHT

Roans schouder tintelt. Het is hetzelfde gevoel dat hij had toen Willum hem aanraakte. Er verschijnt een rat met bruine vlekken. Roan volgt het diertje, dat over een groen landschap wegdribbelt en op Willums knie springt. Willum zit in kleermakerszit naar zijn lege handpalmen te staren. Achter hem, in de verte, staat er een boom in brand. De vlammen springen van zijn uitgestrekte takken, kraken en sputteren in een boze dans van wervelende kleuren. Roan kan het gegil in de kille nachtlucht bijna horen, het geroffel van paardenhoeven, het gebulder van krijgers. De boom, begrijpt Roan, is Ode. Hij kan haar gezicht zien, de tranen die uit haar ogen stromen.

Hij snelt naar haar toe, hij zou die vuurzee zo graag in de kiem smoren, maar de hitte houdt hem op een afstand.

Op de achtergrond van het gesis van het knapperende licht, klinkt onmiskenbaar Odes stem. 'Maak je maar geen zorgen, dit is wat er moest gebeuren, maar wat niet kon gebeuren. Hier wacht ik al zolang op. De toekomst wacht op jou, Roan. En daar zien we elkaar weer, dat beloof ik.'

De karmozijnrode vlammen worden helderblauw en dan wordt Ode omstuwd door een wolk van wit licht, waarna er niets anders overblijft dan een hoopje gouden asse. Als Willum neerknielt om het glimmende poeder voorzichtig bij elkaar te vegen, huilt er een wolf. Als Roan met zijn ogen zoekt waar het gehuil vandaan komt, wordt hij over het landschap gevoerd, naar een heuvelkam. Daar staat een gigantische stier. De onder-gaande zon werpt een rode gloed op de glimmende zwarte vacht van het dier. De wolf houdt Roans haakzwaard tussen zijn tanden en laat het wapen in zijn hand vallen. Met weerzin pakt Roan het handvat vast. De stier buigt zijn voorpoten en knielt voor hem.

De grond onder hem begint te schudden en voor de hoeven van de stier scheurt de aarde open. Roan en de stier storten in de afgrond tot bij de plaats waar de roestende Novakins over de bodemloze kloof hangen. Hun lichamen zijn zo strak gespannen dat ze dreigen te scheuren. Er druppelt bloed op de ijzeren beelden, zoals balsem op een wonde, en het staal slaakt een diepe zucht van verlichting.

Roan ziet dat het bloed van zijn zwaard komt. Hij strompelt terug en probeert zijn wapen te laten vallen, maar het is met zijn hand vergroeid.

Willum, die achter hem loopt, laat het gouden stof dat Ode was uit zijn vingers op de kinderen waaien en als hij zich naar Roan draait, glim-lacht hij. 'We hebben nog tijd tot de stier in het oosten aan de hemel ver-schijnt. Dan is het te laat.'

Roan schrikt wakker. Het getsjirp van de krekel heeft hem in slaap ge-wiegd terwijl hij hier, op de rand van de vulkaan, lag te wachten. De zachte middagzon glimt nog door de mist. Welke beelden van wat hij allemaal heeft gezien, kwamen van Willum? En welke van zichzelf? Van zijn hoop, zijn angsten?

Hij zegt hun namen hardop, als een gebed. 'Lona. Bub. Kaak. Jam. Gip. Runk. Sake. Dani. Beck. Anais. Tamm. Korina. Geemo. Theo.' Ze zijn geen moment uit zijn gedachten geweest. Hij heeft nog tijd tot de Stier in het oosten aan de hemel komt om zijn belofte na te komen. Tot vol-gende lente. Nog zes maanden. Hij zal hen niet teleurstellen.

Een bulderlach haalt Roan uit zijn gepieker. Bubbel zit bij Kira en een paar andere vrouwen en hij heeft iets grappigs gezegd. Ze tekenen een kaart op een stuk perkament. Als hij dat ziet, heeft Roan het gevoel dat een sterke windstoot de toekomst onverbiddelijk zijn richting uit blaast.

Bubbel voelt ook dat er geen weg meer terug is. Hij kijkt Roan aan. Hij wijst naar de helling van het ravijn. Er komen twee mannen het pad opgeklommen. Krijgers.

Roan haalt eens diep adem en vult zijn longen met de frisse lucht om zijn gemoed te bedaren. Hij staat op om Broeder Wolf en Broeder Adder te verwelkomen, met zijn zwaard in de hand en Langlicht in zijn gedachten.